陳墨 著

武俠品賞

憶念金庸
重溫武俠

修訂金庸（下）

金庸小說新版評析

金庸改版令你大驚奇

金庸改版令你大驚奇

《書劍恩仇錄》新修版閱讀札記

《書劍恩仇錄》是金庸先生的第一部小說，寫作之始雖屬奉命倉促上陣，但故事的主線卻大致上還是清晰而又完整，小說中精彩地講述了乾隆和陳家洛這對兄弟的命運衝突故事。只是講故事的方法和言語，經過了第一次修訂時的反覆琢磨。在流行版，即第一次大修後的《書劍恩仇錄》的「後記」中，作者說：「現在修改校訂後重印，幾乎每一句句子都曾改過，甚至第三次校樣還是給改得一塌糊塗。」*其態度的認真嚴謹，由此可見一斑。

新修版再作修訂，仍然是逐字逐句地看過，只不過，並非每句話都有改動。新修版問世後，大家看法不一，意見紛紜。究竟如何，需要認真的比對和分析。本文是由我閱讀新修版過程中的札記整理而成，對新修版和流行版進行了比較仔細的比對和思考，按照實事求是的方法原則，做出自己的分析和評論。

*該後記寫於一九七五年五月，見北京三聯書店一九九四年五月版下冊。

具體分爲：一、改得好的例子；二、改得成問題的例子；三、應該改但卻沒有改的例子；四、有關陳家洛對霍青桐的情感專題；五、有關方有德其人其事的修訂；六、有關小說的尾聲，六個部分。

最後，本文使用的版本是，流行版爲北京三聯書店一九九四年五月第一版第一次印刷，新修版爲臺北遠流出版公司二〇〇三年八月四版一刷。

一、改得好的例子

新修版改得好的例子很多，大部分字句的修改都很不錯。只不過，若是每一個字的修訂都要評述，既占篇幅，也無必要。所以，這裏只涉及相對重要的情節和細節的修訂，而不涉及一般性的文字修訂。

如此就開門見山，看新修版第一回的結尾，增加了一段陸菲青的心理活動：「這一番話，陸菲青都聽在耳裏，尋思……多半這紅花會是我們一條線上的兄弟，跟屠龍幫差不離。這件事今日教我撞上了，陸菲青若是袖手不理，圖他媽的什麼明哲保身，『綿裏針』還算是人不是？」這一段話，就是修改得好的典型例證。

此一心理活動，在文中有多重功能：第一，是從旁觀者的角度界定了紅花會的性質，這是最儉省也最具權威性的界定方法。第二，是表現了陸菲青這一人物的主觀心理，此人是這部小說中出現的第一個武林人物，開始的時候，會讓人覺得此人是一個躲避風頭甚至膽小怕事的人，從這裏開始，我們就要對他刮目相看了。第三，這一段心理活動邏輯嚴謹，但卻又風趣生動，個性突出。

再如，新修版第三回書中，周仲英的小兒子周英傑向父親承認自己上了當，增加了幾個字：「是，爹爹！**我不是混蛋……**」＊這幾個字看起來尋常，但卻生動，一是周英傑在說明情況，二是自我辯護，三是能在客觀上激怒父親周仲英，即激化情緒，從而推動情節的發展。

又，第四回書中，駱冰搶了鎮遠鏢局鏢師韓文沖的白馬後，新修版增加了一句：「幸好韓文沖這馬也是初乘，否則良馬眷戀舊主，不會如此容易奪到。」這一句加得恰到好處，否則，就是小說中的一個小小的漏洞：若這白馬是韓文沖乘坐已久的夥伴，即使駱冰搶走，牠也不會輕易服從；只要主人韓文沖一聲呼哨，就會轉投舊主。現在加上這一解釋，那就沒有

＊見遠流新修版上冊第三回，黑體字是新修版增加的。

問題了。

又，第五回書中，余魚同救文泰來，用笛中短箭射中了辰州言家拳掌門人言伯乾，新修版增加了一段解釋：「他本來武功高強，但短箭突如其來，全無徵兆，竟不及避讓……」這一解釋，合情合理。若不加以解釋，言伯乾這個人就未免顯得太膿包，這對辰州言家拳這一門派也就不夠公平。

又，新修版第六回的結尾處，增加了一個段敘述：「陳家洛道：『多虧七哥神機妙算，此事一舉兩得。』周綺聽得總舵主稱讚徐天宏，暗暗歡喜，俏目向他望去，滿眼都是笑意。徐天宏向她伸了伸舌頭，眨了眨了眼。」這一段，除了最後「眨了眨了眼」之說有點古怪之外，總體上說，豐富了小說的細節，也增加了小說的情趣。陳家洛表揚徐天宏，表明他進入了總舵主的角色；周綺開心驕傲，是照應前文她要徐天宏想點子救助百姓的線索；徐天宏向女友眨了眨眼，則是他詼諧性格和喜悅心情的由衷表現。

又，第八回中，陳家洛和李沅芷打鬥結束，李沅芷離去之後，新修版加了一句：「陳家洛過招大占上風，極感快慰，忽地心頭掠過了霍青桐的俏麗身影。」這一細節大有道理。在陳家洛的心中，李沅芷乃是自己的「情敵」，所以戰勝她自然會感到快慰，也自然會掠過霍青桐的身影。在他的心中，這一仗與其說是爲自己打，不如說是無形中想要打給霍青桐看。

進而，在第八回中，陳家洛回家，看到乾隆在自家的題詩碑之後的心理活動，流行版寫的是：「這皇帝口是心非，自己出來遊山玩水，也就罷了，說什麼『總廑萬民戚，非尋一己歡。』」新修版改爲：「皇帝說什麼『總廑萬民戚，非尋一己歡。』倘然這真是心裏話，那麼他倒也關懷老百姓的安危苦樂。」這一改動相當大，前者根本就不考慮乾隆說真話的可能性，先入爲主，判定乾隆是說假話，這樣寫當然也沒啥不可。後者改爲設問語氣，顯得更好。因爲這表明陳家洛的心智更加成熟，考慮和判斷問題更加客觀公允，而且，他畢竟剛剛見過乾隆，總體說來，乾隆留給他的印象還算不錯。還有一個不可忽視的因素，這首詩是題寫在陳家，陳家洛對乾隆的判斷和猜測多少會客氣一點點。

第八回的最後，關於回人進貢給乾隆的玉瓶上的美人圖像，流行版中，回人使者凱別興說：「那是敝族最出名的畫師斯英所繪。這對玉瓶本屬木老英雄的三小姐喀絲麗所有，畫中美人就是她的肖像。」這一說法，有一個大大的疑問，那就是木卓倫爲何要把繪有自己美麗女兒畫像的玉瓶送給乾隆，那不是故意引誘嗎？更不必說穆斯林少女的畫像是否能給人看，本身還成大問題。如此看來，流行版取巧過分，但卻留下了明顯的人工痕跡。

新修版改爲凱別興說：「那是五百年前敝族最出名的畫師斯英所繪。瓶上美女是敝族古時傳說中的女英雄瑪米兒，她得真主安拉護佑，捨身爲族人立下大功。敝族有許多玉器帛畫、地毯上都有她的肖像。這對玉瓶本屬木老英雄的三小姐喀絲麗所有。喀絲麗就像瑪米兒那樣美！」修訂後的表述，不僅消除了人爲的痕跡，而且將眼前的現實與回部的歷史聯繫起來，將喀絲麗與瑪米兒聯繫起來，擴大了小說敘事的象徵表現空間。送這樣的瓶子給乾隆，不僅沒有人工痕跡，且明顯愛女多了一層用意：那就是回部希望和平，但卻有英勇不屈的傳統。與此同時，也將喀絲麗的美貌順帶介紹出來，自然而然地爲後文鋪墊。

又，第十六回書中，陳家洛和香香公主燒火堆拒狼群，張召重突然來到，昏迷過去，香香公主露出憐憫之意，陳家洛決定不殺他，新修版中增加了一句話：「這一生中不論如何艱險危難，決不能做什麼事教喀絲麗心中不喜。」這是最典型的愛情心理，陳家洛深愛喀絲麗，從這一細節中即可看出。

又，第十七回書中，霍青桐在迷城之中發現瑪米兒的遺書，陳家洛不知道瑪米兒是誰，流行版中，喀絲麗只是向陳家洛做出了最簡單的解釋：「那是『很美』的意思。想來她活著的時候生得很美。」新修版對此作了修正補充：香香公主說：「那是『很美』的意思。我們的玉瓶上畫的美女，就是她了。我們的壁畫、地毯上，也有她的肖像。」霍青桐道：「大家都說，玉瓶上的畫像，有點兒像喀絲麗。這個瑪米兒，是我們族裏偉大的女英雄。」新修版的修訂，說玉瓶上的畫像是回部民族女英雄瑪米兒，這就合情合理得多。霍青桐的補充，進一步將香香公主與瑪米兒聯繫起來，不但完善了情節邏輯，而且還具有一定的象徵作用。因而這一改動，前後呼應，一舉兩得。

與之相應的，是作者在新修版第十九回書中，對玉瓶的畫像作了相應的修正。流行版中說：「當日乾隆見了玉瓶上香香公主的肖像，便即神魂顛倒。後來玉瓶被駱冰所盜，乾隆大怒，殺了兩名看守玉瓶的侍衛，但思念玉瓶上美人愈加熱切，於是派張召重去回部傳令，務必要將此美人送京。」新修版改爲：「當日乾隆見了玉瓶上回族美女的畫像，以爲僅爲古代畫工意像，其後聽回人使者說起，才知當世確有更勝於此的美人，不禁神魂顛倒，於是派張召重去回部傳令，務必要找些回人絕色美女送京。」這樣寫，也合情理，沒有漏洞。

又，第十八回中，陳家洛決定用新悟出的「庖丁解牛掌」與張召重惡鬥之前，流行版中有這樣一段：「陳家洛對余魚同道：『十四弟，煩你給我吹一曲笛子。』余魚同臉一紅，忙將李沅芷放在地下，橫笛口邊，問道：『吹什麼？』陳家洛微一沉吟，道：『霸王雖勇，終當命喪烏江，你吹《十面埋伏》吧！』余魚同不明他的用意，但總舵主有命，當下奮起精神，吹了起來。金笛比竹笛的音色本更激越，這曲子尤其昂揚，一開頭就隱隱傳出兵甲金戈之音。」新修版中，將這一段余魚同吹笛助陳家洛武打的情節刪除了，後面的有關吹笛的線索，例如「余魚同越吹越急，只聽笛中鐵騎奔騰，金鼓齊鳴，一片橫戈躍馬之聲」以及「忽然間笛聲突然拔高，猶如一個流星飛入半空，輕輕一爆，滿天花雨，笛聲緊處……」等等，自然也就一併刪除了。

刪除這一段，有些讀者或許會覺得非常遺憾，余魚同吹笛，陳家洛武打，音樂和舞蹈配合得如此默契，堪稱金庸小說武功打鬥藝術化的典範之一。然而，問題也恰恰在這裏，這一段情節，也正因爲要追求藝術化的效果，將音樂和舞蹈結合起來，露出了太多的人爲痕跡，使得武打本身虛化得太厲害，反過來傷害了小說的真實性和可信度，因而有些得不償失。再說，上面的這段情節及其關聯句中，還有大量的問題，損害小說的機體：一、陳家洛讓余魚同將受傷嚴重的李沅芷放在地上，吹笛子幫他武打，恐怕不合人道精神；二、吹奏《十面埋伏》，將張召重比作楚霸王項羽，顯然不倫不類；三、陳家洛從未使用過這套武功，更從未與余魚同排練過，如何張口就說要音樂伴奏？四、一根金笛要吹奏出「鐵騎奔騰」已屬不易，還要「金鼓齊鳴」就明顯讓人爲難，還要「一片橫戈躍馬之聲」和「滿天花雨」，那就更是難以想像了；五、沒聽說有《十面埋伏》的笛子曲。

又，第十八回書中，張召重被打敗，並被送入狼群之中，陸菲青不忍心，情不自禁地跳下去要拯救這個師弟，沒想到張召重恩將仇報，要與陸菲青同歸於盡。流行版中的說法是：「左手一拉，右手一舉，已將陸菲青遮在自己身上。」在流行版中，張召重一壞到底，死不改悔。新修版第十九回對此有重要修改。*雖然張召重開始時也將陸菲青抓住，但後來卻大不相同：「張召重……突然間認出了他，叫道：『師哥，是你啊！你一直待我很好，像我親哥哥一般……』急速翻身，遮在陸菲青身上，擋住凶狼爪牙，兩隻狼猛咬他背心……」

如此一改，在修訂版中，張召重有了最後的人性靈光一閃，這並不違背「人之將死其言也善」的通常規則，也符合在特定情況下，從本能的自保到理智的認知再到靈光閃現的心理規則，而且出人意料地給人以強烈震撼和深刻啟示。張召重畢竟是一個人，而不是一個妖魔，在臨死前的靈光一閃完全符合人性，使得這一藝術形象呈現出極大的藝術張力。這樣的結局，顯然比流行版中的一壞到底要好得多。而新修版在張召重死後，再加上「陸菲青垂淚不語」一句，使得這一場景有了更加豐富的人文內涵。

又，第十九回書中，紅花會群雄在少林寺大苦禪師的請求下，不得不放走成璜和瑞大林

---

*流行版第十八回變成了新修版的第十九回，是因為作者在新修版中，對流行版的第十八回結尾和第十九回的開頭作了一些篇幅調整。流行版的第十八回直到陳家洛等人在回疆完成了所有的任務，要趕到福建去才結束，但新修版中，則是在陳家洛和張召重的打鬥過程中就結束了第十八回，讓這兩人在第十九回的開頭繼續打鬥。

二人，在流行版中，放了就放了。新修版中卻加上了一段：「陸菲青將成瑞二人帶在一旁，點了二人穴道，詢問從北京趕來福建，傳何密旨。二人只說皇上特派金鉤鐵掌白振率領十餘名侍衛來到福建，命福建總兵調集三千旗兵及漢軍旗官兵，在德化城候命，到時皇上有加急密旨下給方藩台，會同白振及總兵，依旨用兵。至於這些兵馬如何用途，只有到時候開拆密旨，方能知曉。陸菲青……當下解開二人穴道，遣其自去，悄悄將情由告知了陳家洛。」

增加的這一段，使得小說敘事更加周密，乾隆派白振等人前來福建，正是為了要火燒福建南少林寺，毀滅一切與他的身世有關的證據。而陳家洛等人則相反，來尋找這些資料，並且對乾隆用兵的行為進行了錯誤的猜測。與此同時，陸菲青等人的細緻也在這一段情節中體現出來。若像流行版中那樣，說放了這兩名大內侍衛就放了，那麼紅花會群雄加上陸菲青等人就都顯得太粗心大意了。

又，第十九回書中，陳家洛闖關闖到第二關大顛和尚處，發現大顛和尚的瘋魔杖法幾乎是不可擋，只好行險不抵抗。流行版中的寫法是：「大顛雖然勇猛，平素從不殺生，哪肯無故傷人性命？禪杖砸到離他頭頂二尺之處，陡然提起……」新修版的寫法是：「大顛知陳家洛是友非敵，禪杖砸到離他頭頂二尺之處，陡然提起，改砸為掃，滿擬將他掃倒，叫他知難而退，也就罷了。」這一寫法，比流行版的寫法更加真實可信，也更加周密生動。

又，第十九回書中，石雙英趕到山東泰安迎接陳家洛一行，新修版刪除了流行版中的一段：「心硯奔上前去，叫道：『十二爺，那奸賊死啦！』石雙英一愣。心硯又道：『張召重，張召重！』石雙英喜道：『張召重死了？』心硯道：『正是，給餓狼吃得乾乾淨淨。』」這一段本身沒啥不好，心硯年輕熱情，忍不住要向石雙英報告張召重死亡的消息，因為石雙英曾被張召重打傷，這消息當然應該及時告訴他。但現在，張召重死前曾有人性光輝閃動瞬間，群雄對他的死亡也就由純粹的解氣變成了唏噓和感傷，因而心硯也就不能把張召重之死當成純粹的喜訊報告給石雙英了。群雄見面，肯定有很多話說，張召重之死的消息肯定會讓石雙英知道，但不見得一定要明寫出來。改動的部分，沒有任何問題。

二、改得不成功或不恰當的例子

新修版的修訂，成功的地方固然很多，不成功的例子也有不少。以下我們還是按照小說的順序，依次掃描分析。

首先，新修版第一回書中，對霍青桐的容貌描寫有小小改動。流行版是說：「當真是麗若春梅綻雪，神如秋菊披霜，兩頰融融，霞映澄塘，雙目晶晶，月射寒江。」新修版改為：

「……當真是麗若冬梅擁雪，露沾明珠，神如秋菊披霜，花襯溫玉，兩頰暈紅，霞映白雲，雙目炯炯，星燦月朗。」這一改動，很難說好或者不好。說好，那是改動之後顯得更加通俗易懂，雖仍然是四六駢體，但卻減少了不少冬烘氣味；若說不好，是因爲這些文字都是從陸菲青的眼中出來，有點冬烘才是正常，不必修改。更大的問題是，若陸菲青先生盯住這個美貌姑娘不眨眼，並且作太長的形容文章，那就令人懷疑這個老前輩是不是不正經了。

又，小說第二回寫陳家洛和袁士霄下棋，新修版中加了一句話：「棋盤旁站著個小道童，遇有食子、打劫，便伸手從棋盤中捏子。」這句話本身是沒有問題的，陳家洛和袁士霄下棋，兩人都離棋盤很遠，在遠處將棋子投嵌在棋盤上，但若要食子、打劫，當然需要一個人在旁邊服務。所以，這句話彌補了一個小小的細節漏洞。問題是，這句話加的不是地方，因爲，上述情形，是從陸菲青等旁觀者眼裏出現的，剛來第一眼，應該是看不出這個小道童在這裏幹啥。除非他們站了一會，從小道童的動作中看到他的功能作用。

又，第五回書中，當章進趕來拯救文泰來的時候，新修版增加了一個細節，即文泰來大喊：「快去救十四弟！」——流行版中就沒有這個細節，這對文泰來的形象肯定是一種損害，余魚同是爲了救他而身陷囚車之中，若文泰來根本想不到喊人去救十四弟，實在說不過去。新修版增加這一細節，算是補上了一個漏洞。問題是，這句話卻沒有得到任何的回應：

文泰來身邊的駱冰、車前的章進，竟不約而同地對文泰來的呼喊置若罔聞。作者說章進是「心不旁騖」，也就是說沒有聽見；那麼駱冰呢，她總該注意丈夫的一舉一動、一言一行吧？何以她也對文泰來的呼喊沒有任何反應或故意不加理睬？難道說她對余魚同還有意見、不想救他？無論如何，總該有個合理的解釋才好。

當然，我們知道真正的原因，乃是作者故意安排如此，要讓余魚同被李沅芷所救，方便以後的行動。但這一情節需要專門設計，確保每一步進展都有合理且充足的理由，而沒有任何漏洞或人爲的痕跡。流行版中的問題更加明顯，新修版注意到了一處漏洞，但卻仍然沒有整體上重新檢查和彌補。在同一回書中，過了很長一段時間之後，文泰來再次高喊詢問：「十四弟呢？他傷勢重不重？大家快去救他回來！」這當然很好，但卻仍然存在一些問題。

問題一，文泰來若是真正關心余魚同，又怎麼會等了這麼長的時間，才重新想起來要去救余魚同？當他第一次大喊、發現沒有人注意的時候，他就應該接著喊，一直到有人答應去救余魚同爲止，哪能跟自己的妻子說了半天話、看了幾場打架之後，這才想起還有一個爲了拯救自己而受了重傷、身陷囚車的兄弟？問題二，更要命的是，文泰來第二次大喊，仍然沒有任何回應，只有駱冰有口無心的答上一句「是，十四弟？他受了傷？」然後再一次置諸腦後。然後，文泰來夫婦再一次共同將余魚同受傷被囚之事拋到九霄雲外，再也沒有任何人提起！

余魚同的這種遭遇，無形之中幾乎成了對紅花會群雄的「兄弟情誼」的一個尖刻的反諷。他雖然是個犯了錯誤的同志，但怎麼說也還是同志啊！再說，駱冰既然沒有將余魚同犯錯誤的事情告訴別人，那麼紅花會群英如此對待自己的同志，就更加不能原諒了，他們有那麼多時間精力看熱鬧、議論打架和武功，卻沒有人分心去尋找和拯救自己的兄弟，這實在說不過去吧?!在後文中，對余魚同的這段遭遇也是始終語焉不詳，只是匆匆一筆帶過，說是李沅芷在混亂之中爬上了一輛車、車中就是余魚同，這顯然也太簡單，且不合情理了。

實際上，余魚同的這段遭遇，應該大有文章可作。那就是：

一，駱冰曾經來到余魚同的車前，將余魚同「喚醒」，但當他高興地說「你也來啦」的時候，駱冰不理不睬的轉身離去——駱冰沒有細想車中會是余魚同，情有可原——這卻是給余魚同「致命一擊」，使得他明白自己是「不受歡迎的人」。

二，當余魚同的車子沒人看管，余魚同掙扎著探出頭去，看到駱冰夫婦相見時候的歡喜，以及夫婦間「耳語」的情形，懷疑是駱冰在對丈夫講述自己的「壞事」，更感到自己無顏面再見自己的兄長同道，從而奮力一掙，從車裏爬了出去。

三，恰好是這個時候，章進或者其他人聽到了文泰來的呼喊，前來尋找余魚同，但在車子裏卻沒有見到人影，大家盡了心力，不至於再有任何無情無義的責備。

四，余魚同是故意越爬越遠，憑著自己的機智，躲到了一個相對安全的地方，最後竟被李沅芷發現——最好是不要讓李沅芷在車中發現他，那樣實在有點說不過去，即使文泰來沒有大喊要救余魚同，即使車中不是余魚同而是別的什麼人，紅花會中人或周綺等也該有點好心或好奇心，要看看另一輛車中關押的是什麼人，也應該將那個被官府關押的人救出來才對。所以，不能讓余魚同在車上。

五，經過這一番身心兩方面的痛苦掙扎，余魚同不想、不敢、不願再見紅花會的兄弟，從而決心跟著李沅芷一起到杭州去，試圖忘卻自己所做過的一切，這才有了充分的理由。否則，余魚同既然知道陳家洛等紅花會眾弟兄都來到了杭州，怎麼能不與他們相見？相見之際，又怎麼會用一塊布蒙住自己的臉？

又，第六回書中，徐天宏和周綺談及自己的仇人，流行版中說只知道仇人姓方，卻不知道名字，新修版對此作了修改：「……只知道他姓方，好像叫什麼方有德。得，得，得他媽的屁！他左臉上有一大塊黑記，一見面就知道。」新修版的這一段話，至少有三處不妥：

第一，既然知道對方名字，就不能再說「只知道他姓方」這句話。

第二，徐天宏在這本書中從頭到尾只說一次髒話，偏偏要在自己的女朋友面前說，顯然不妥當。作者或許要表現徐天宏對仇人的憤恨情緒，但須知徐天宏號稱武諸葛，是紅花會中最爲冷靜且最爲足智多謀者，無論如何都不大可能在一個大姑娘面前這樣說話。

第三，之所以要知道仇人的名字，是因爲後面的與方有德遭遇的情節有大改變，流行版中是他們直接見到方有德，當然要能夠認出對方的形象才好；新修版則是從榜文中看到方有德這個名字，所以知道仇人的名字就至關重要，至於對方的形象如何，反而不甚重要了。按照徐天宏講述的情況看，他知道並且記住仇人的名字的可能性最大，而記住仇人的形象可能性則較小，他甚至沒有機會和可能見過方有德。所以，修訂版中保留流行版中的形象特徵，即「左臉上有塊黑記」就沒有多大的必要性了。

又，第十回書中，寫到乾隆失蹤之後，杭州軍政官員們在城內四處搜查，流行版說：「哪知道全城的紅花會眾早已隱匿的隱匿，出城的出城，一個也沒抓到。」新修版小做修改：「哪知城中**和軍營**的紅花會人眾早已隱匿的隱匿，出城的出城，一個也沒抓到。」新修版專門提及軍營中的紅花會眾，看起來是更加周全了。雖然流行版中的「全城的紅花會眾」中也可以包含軍營中人，但專門說軍營顯然更加細緻周全，這一改動本身沒有問題。有問題的是，這一軍中紅花會眾的設計和安排，仍然是有點顧前不顧後：躲得了一時，能否躲得了一世？還是一個懸而未決的問題。軍人與百姓的不同，是他們有組織，跑得了和尚跑不了廟。若作者能夠給這些軍中紅花會眾安排好後路，那才是真正的周全，否則，就總會是一個讓人放心不下的大問題。

又，第十三回書中，有關韓文沖的結局，小說流行版中只說「韓文沖回到洛陽隱居，閉門彈琵琶，再不出門，終於得享天年。」新修版中加上了幾句話：「韓文沖回到洛陽隱居，閉門**靜**彈琵琶，**什麼《平沙落雁》、《昭君出塞》，彈個不亦樂乎，從此不涉江湖**，終於得享天年。」

這幾句新增加的話，當然可以看成是一種輕鬆幽默的調侃，沒有什麼大問題。但若體會出其中的挖苦意味，難免讓人不大舒服：韓文沖雖然並非俠客，但作爲一個鏢師奔波於江湖，出賣自己的體力生活，並無明顯的劣跡，經歷被紅花會所俘之後，終於心灰意冷，不再行走江湖，這樣的選擇也是無奈，讓人悲憫。作者對此人的被迫退休非但毫無憐憫之心，反而加以調侃挖苦，這未免不合金庸小說的人文精神。當年那樣寫反而更好，何以新修版反而如此不厚道呢？

又，第十五回書中，紅花會英雄見到霍青桐大敗清兵，衛春華大聲稱讚，接著是「徐天宏沉吟道：『皇帝明明跟咱們結了盟，怎麼卻不撤兵？難道他這是故意的，要把滿清精兵在大漠中滅掉？』文泰來道：『我才不相信那皇帝呢！他怎能料到霍青桐姑娘會打這大勝仗？

他派張召重來，用意顯然不善。』眾人議論了一會，猜測不透。」最後這一句話，已經是非常準確的總結。因為在這一段中，衛春華等人只是看到眼前的勝利，徐天宏感到事情蹊蹺，但卻難以作出明確的判斷，只有文泰來一個人堅持說皇帝不可信（**他的這一判斷是以個人的痛苦經歷作為依據的**），說來說去，意見紛紜，當然沒有人猜測得透。這種寫法，不僅符合小說的章法，也符合烏合之眾的常規和真實。

新修版增加了一段：「文泰來等一直懷疑乾隆結盟之心不誠，另有奸謀，只是礙著陳家洛的面子，不便說明，只和章進等幾人相對搖頭。文泰來悄悄和徐天宏議論，都說要好好提醒總舵主。然這是興漢驅滿的唯一良機，除此之外，亦無別策。大家都說務必小心，即使得罪了總舵主，但眾兄弟一片丹忱，亦盼他能諒解。」看起來更加仔細，然而其中卻有多重自相矛盾。一、懷疑乾隆結盟之心不誠，實際上就是懷疑陳家洛的判斷不準，也是懷疑陳家洛和乾隆的兄弟情誼不真，這不光是一個面子問題，而是比面子要複雜得多的問題。二、前面決定要提醒總舵主，後面卻又強調這是興漢驅滿的唯一良機，實際上等於否定了提醒的意義。三、否定提醒的意義之後，卻又說務必小心，怕得罪了總舵主，如此形成了再一次反覆，使人不知所云。四、最關鍵的是，後面的情節中，我們並沒有看到文泰來等人提醒陳家洛，這一改動變得沒有下文，反而成了一個新的漏洞。

又，第十六回書中，香香公主和陳家洛遇到陳正德夫婦，香香公主提議大家玩個遊戲，流行版中是：「香香公主忽向陳正德道：『老爺子，咱們來玩個遊戲好嗎？』」新修版將這句話中的「遊戲」改為「玩兒」，這句話變成了：「老爺子，我們來玩個玩兒好嗎？」作者要進行這一改動，顯然是因為「遊戲」這個詞太現代化了，古代很少說這個詞。問題是，「玩兒」這個詞並不通行，讓人覺得彆扭，真要改動，也應該是「玩個戲法」才好。

又，第十九回書中，陳家洛進京，原本是與白振聯繫，白振親自接待趙半山和心硯，對這二人十分客氣，小說中寫陳家洛「心知白振是感念自己在錢塘江邊救他一命，是以與前全然不同了。」這一解釋當然沒有問題，但新修版中，乾隆將白振派往福建火燒少林寺去了，不在北京，改為白振的副手王清接待陳家洛的使者。心硯回來說王清對他們很客氣，小說中寫道：「陳家洛點點頭，心知白振是感念自己在錢塘江邊救他一命，是以囑咐副手善待紅花會眾人。」這一改動就明顯有問題了：

白振感念陳家洛救命之恩，本人對陳家洛及其屬下或許會客氣三分，但若要說他交代自己的部下也對紅花會首領加倍客氣，可就說不通了：紅花會是反叛組織，白振及其屬下則是皇家侍衛，正是水火不相容的敵手，白振有天大的膽子，也不敢交代下屬善待紅花會。王清善待紅花會的真正原因其實非常簡單，那就是乾隆親自交代下來，若紅花會有人前來聯繫，務必對他客氣一點，因爲紅花會成了乾隆的「生意夥伴」。若陳家洛連這一點也不知道，如此蒙昧於人情事理，則這一段心理活動就變成了對陳家洛的諷刺了。作者沒道理要故意諷刺陳家洛，所以這一段心理活動就成了問題。

又，第十九回書中寫乾隆的心理活動，流行版這樣寫：「……他勸我驅逐滿洲人出關，回復漢家天下，本是美事，只是畫虎不成反類犬，別要大事不成，反而斷送了自己的性命。這件事這幾個月來反覆思量，難以決斷，到底如何是好？」接下來是下一段：「想到此事，心底一個已盤算了千百遍的念頭又冒將上來：『現今我要怎樣便怎樣，何等逍遙自在，這件大事就算能成，亦不免處處受此人挾制，自己豈非成了傀儡？又何必捨實利而圖虛名？』……」這一段的重點是：一、乾隆這幾個月一直都在想這個問題，且總是左右搖擺，搖擺的原因當然是計算自己的安危與得失。二、寫乾隆此次心理基本上擺動到一個相對固定的位置，那就是要背棄自己和陳家洛的盟約了。只不過，不細心的讀者可能還不能察覺，從而並不影響後面情節的懸念性和緊張感。

新修版改動了：「……回復漢家天下，哼，哼，想得倒挺美！」換行後的說法與流行版的說法基本一致，但在其後卻又加上了一段：「又想：『圖此大事得成，固然是青史名標，功烈遠邁秦皇漢武、唐宗宋祖，從此不受太后挾制，做一個真正的自在天子。但危難重重，稍一失算，不免身敗名裂，到底此事有幾成把握？』尋思：『倘若我將紅花會從根剷除，不免殺了我的親弟弟，哼，哼！當年李世民爲圖大事，還不是殺了建成、元吉？』……妒念一起，什麼兄弟手足之情，全都抛向了九霄雲外。……」這一段改寫的缺陷是，第一，將乾隆幾個月來不斷思索、難以決斷的意思消除了，也使得高水準的讀者失去了想像的空間。第二，早早透露乾隆的決心和殺氣，對小說敘事也是一個重大損失，使得接下來的情節失去了緊張感。第三，將乾隆的心理和形象漫畫化了，雖然面對權力鬥爭，乾隆可能不惜殺人，乃至不惜殺自己的親弟弟，但在下定決心之前，總會有本能的猶豫，否則，乾隆何必去浙江陳家祭奠？乾隆形象還是一層一層地展開爲好。

又，第十九回書中，陳家洛見到喀絲麗的美麗身體，流行版寫了：「（陳家洛）忽想：『造出這樣美麗的身體來，上天真是有一位全知全能的大神吧？』心中突然彌漫著崇敬感謝的情緒。」新修版在這一段的後面，又加上了一小段：「不自禁的跪下地來，面向西方，以手加額，磕下頭去。他自少年時便在回部，見慣了回人向真神崇拜的儀節。」看起來，增加的這一段順理成章，而且還有人物動作，在電影和電視畫面中肯定會更形象，也更好看。問題是，這樣一來，陳家洛的那種純粹的宗教情緒反而被他的磕頭行爲給沖淡了。更何況，陳家洛此刻並不是穆斯林，爲何要用穆斯林的儀節來禱告，而不是用他自己的方式來禱告？

又，第二十回書中寫到白振的結局，流行版寫的是：「乾隆忽道：『他是你的救命恩人，又何必再打？』白振知皇帝已有疑他之意，從侍衛手裏接過一柄刀來，說道：『陳總舵主，我不是你對手。』陳家洛道：『我敬重你是條漢子，只要你不再給皇帝賣命，那就去吧！』趙半山守在東面窗口，往旁側一讓。白振淒然一笑，道：『多謝兩位美意，在下不能保護皇上，那是不忠；不能報答閣下救命之恩，那是不義；不忠不義，有何面目生於天地之間？』回刀往自己項頸中猛力砍落，一顆首級飛了起來，蓬的一聲，落在地下。」

新修版第二十回書中，作者修訂了白振的結局：「……趙半山守在東面窗口，往旁側一讓。白振淒然一笑，道：『多謝兩位美意。在下到此地步，還有什麼面目再混跡於江湖？』縱身從窗口跳出，遠遠去了。」

這兩種截然不同的結局，不同的讀者或許有不同的評價。按說，第二種結局，即讓白振離開皇宮，逃命而去，似乎更加真實，也更加合理。一來，白振這樣的人能夠逃命的時候多半會自己逃命；二來，他也不值得爲乾隆這樣的人犧牲。但在我看來，白振的自殺更具悲劇衝擊力，更令人震撼，也更讓人敬重。這樣，才能將白振這個人與尋常的大內侍衛區分開來，乾隆是不是值得效忠是一回事，而白振是不是忠於自己的職守和人格尊嚴則是另外一回事。在忠義不能兩全的時候選擇有尊嚴的死，總比苟且偷生要光彩得多。實際上，還有一個問題也許作者沒有想到：白振能夠逃到哪裡去？普天之下，莫非王土，到處都是乾隆的勢力範圍，對此，白振肯定會深有體會。白振說他沒有面目混跡於江湖，問題是：江山之主會不會讓他活下去？如此活下去，又有怎樣的意義？如此看來，新修版的改動不僅有問題，而且問題還很大。

三、該改而沒改的例子

新修版中有改得成功和改得不成功的例子，也還有一些本來成問題，即應該修改，但卻沒有改的例子。下面依次說明。

首先，在小說的第二回書中，余魚同出場時的自我介紹：「『……在下行不改姓，坐不改名，姓余名魚同……在下是紅花會中一個小腳色，坐的是第十四把交椅。』他把笛子揚了一揚，道：『你們不識得這傢伙嗎？』」

這段話，語句本身沒有問題。我也很喜歡這一段話，這樣寫，不僅讓在暗中旁觀偷窺的李沅芷如癡如醉，從此埋下了愛戀的種子；而且也爲此後余魚同對駱冰的「非禮」埋下了伏筆，因爲眼前的這個余魚同，實在是神采飛揚又輕浮外露。這一段話，可以說完全符合余魚同的性格。

只不過，我又有點擔心，因爲余魚同所幹的工作，乃是紅花會這一秘密且「非法」組織的地下工作，即標準的特工，如果到哪裡都是「大丈夫行不改姓，坐不改名」，隨隨便便就把自己的身分告訴人家，還說自己在紅花會中「坐的是第十四把交椅」；進而，別人沒有認出他來，居然還要將自己的金笛拿出來晃動一番，那豈不是等於在自己的額頭上標上「我是亂黨」、「我是皇家欽犯」的字樣？如果總是這樣，這個人怎麼能夠幹好工作，怎麼能夠成爲一個稱職的地下工作者？他不稱職，豈不是要讓紅花會隨時處於高度危險之中、紅花會的事業豈不是要隨時遭受完全不必要的危險或損失？如果他不稱職，而紅花會卻又將聯絡四方的重任交給他，那麼紅花會的老領導人于萬亭先生豈不是完全不會用人？

鑒於此，理應有所修訂。例如，還是讓他「行不改姓，坐不改名」，說出自己是余魚同，且說出「余者，人未之余。魚者，渾水摸魚之魚也。同者，君子和而不同之同，非破銅爛鐵之銅也。」這樣的吸引小姑娘李沅芷的話來。但，後面的「我在紅花會中……」等話則似乎應該省略掉，讓余魚同先生少犯點錯誤。

又如，第三回書中寫道：「文泰來怒道：『文某豈是貪生怕死之徒？躲在這般的地方，便是逃得性命，也落得天下英雄恥笑。』」

如果是第一次讀《書劍恩仇錄》，讀到這裏，會爲文泰來的英雄氣概所折服，覺得大英雄果然與眾不同。但，對這部書的情節有了瞭解之後，就不會這麼看了。就會覺得，文泰來這樣想、這樣說、這樣做，完全是草莽氣概、流寇作風，更要命的是，他根本不顧大局。這與余魚同隨便暴露自己的身分職業如出一轍，而性質則更要嚴重得多：因爲此時的文泰來，身負天大的重任，乾隆皇帝的身世之秘，世上已經只有他一個人瞭解。如果他仍然這樣衝動，僅僅只考慮自己的英雄氣概，隨時隨地要表現自己的英雄氣概，隨時隨地要找人拼命，那麼，他把紅花會老舵主于萬亭的信任和囑託置於何地？將紅花會推翻滿清、光復漢人江山的大業置於何地呢？如果文泰來只是一個完全不顧大局的莽夫，而于萬亭卻讓他參與這件天大的秘密，且將這一秘密全都託付他一人，那麼于萬亭豈不是瞎了眼睛？于萬亭爲何不讓心智更加成熟穩健，性格更加堅毅韌性的趙半山來承擔這一重任？

再說，鐵膽莊弟子孟建雄只不過是好心好意的讓他們躲避一時，所謂權宜之計也，即使並非身負重任，也該懂得權衡輕重，所謂「識時務者爲俊傑」。何況文泰來身負天大的使命，而又身受重傷，根本就沒有戰鬥力？在《倚天屠龍記》中，張三豐面臨不可預測的劫難，要求自己的殘疾弟子俞岱岩無論如何也要忍辱負重，以便將武當派的武功、尤其是張三豐剛剛創出的太極拳、劍傳下去。文泰來此刻肩負的重任，應該比俞岱岩的任務重大得多，何以完全沒有忍辱負重的自覺？光會拼命，算什麼真正的大英雄？

值得注意的是，這位文泰來老兄，此後還有多次這樣的「老子跟你拼了」的衝動。如在第四回書中，駱冰回憶他們夫婦遇到大內侍衛的圍攻時說：「……四哥發了狠，說我奔雷手豁出性命不要，也不能讓你們逮去……」全不想自己若是有三長兩短，于萬亭老當家的遺志就沒有人知道了。此人隨時隨地要表現自己的「不怕死」，卻絲毫不想到自己的責任，如此對紅花會的事業顯然大大不利，如此對這一人物的英雄形象的刻畫也是弊多利少。

又如在第五回書中，余魚同跟蹤追查文泰來的下落，發現了蹤跡：「……只聽得文泰來罵道：『你們這批給朝廷做走狗的奴才，文大爺落在你們手中，自有人給我報仇，瞧你們這些狼心狗肺的東西，有什麼下場。』」這裏還是要表現文泰來的英雄氣概，與前面不同的是，這裏並不是敵人圍攻，而是已經被俘，並沒有人惹他，而是他自己發怒，似乎一心要惹怒對方，好讓敵人殺了自己。

這個大英雄被殺，當然會有人給他報仇，問題是：他所肩負的秘密重任由誰來完成呢？此人性格中沒有堅韌素質，作者也不想要賦予此人這一素質，那也應該讓此人懂得自己肩負重任需要隱忍，從而與自己的本性發生矛盾衝突。若寫出這種內心的矛盾衝突，文泰來這一形象肯定會更有深度，也更有英雄氣概和性格魅力。

又，小說第三回中，寫到駱冰說鐵膽莊主周仲英害死了文泰來，「此言一出，徐、楊、衛、張四人全都又驚又悲。」這段話有兩個毛病，第一個毛病是，章進和徐天宏都已經知道「文泰來被害」的消息，再聽一遍，心情肯定與第一次聽到不一樣。第二個毛病，是我們看不明白，其中所列的「張」是誰？紅花會中並沒有一個姓張的，甚至，此時的屋中也沒有一個姓張的。這是一個明顯的破綻。

又，第三回中有這一段：「衛春華雙鉤一擺，叫道：『孟爺，你我比劃比劃。』」看起來沒啥，但問題是，之前陳家洛已經說過，救出文泰來要緊，鐵膽莊這裏的賬要留待以後再算，這是陳家洛這個新任總舵主的命令，章進是個沒什麼頭腦的莽夫，且周綺罵他是駝子，氣不過出手，還情有可原。但衛春華要再次出手挑戰，可就沒有道理了，這樣做，分明是不把陳家洛的命令當一回事。我想，這絕不是作者的初衷。除非是：章進要找周綺出手，孟健雄怕周綺招架不住，想出手幫她，卻被衛春華攔住——衛春華這時出手，就有點道理了。

後面還有：安健剛想要幫助周綺，卻又被蔣四根攔住，打了起來。緊接著還有：「……在下就單身請周老英雄不吝賜教幾招。」陳家洛這樣做，同樣有出爾反爾之嫌。這樣做，對他的權威和他的性格都會有不好的影響。他要出手，一定要有一個非出手不可的理由，本來找鐵膽莊報仇本身就是最好的理由，但陳家洛卻已經說過暫時不算賬、救人要緊——救人確實更加要緊——何以馬上就出爾反爾？至少應該是：周仲英見女兒不是章進的對手，但自己的弟子卻又被對方其他人攔住，根本無法幫助自己的女兒，紅花會中的其他人眼見爭鬥又起，也在一邊躍躍欲試，周仲英忍不住動手幫助自己的女兒，周仲英出手，紅花會當然會有好幾個人同時出手抵擋，從而使得周仲英說出「紅花會就會倚多為勝」的話，這才引得陳家洛出面，單獨挑戰。如此才有道理。

又，第四回書中，霍青桐對陳家洛說「……為了什麼，我心中明白。你昨日見了那少年對待我的模樣，便瞧我不起。這人是陸菲青老前輩的徒弟，是怎麼樣的人，你可以去問陸老前輩……」每次看到這裏，我都要想，既然霍青桐姑娘知道陳家洛的心事，為何不乾脆將話挑明了？說什麼「昨日見了那少年」，為何不乾脆說「昨日見了那姑娘」？這樣陳家洛的誤會不就當面消除了？又說什麼「這人是……」，為何不直接說「這姑娘是……」為何再一次將一個消除誤會的機會白白錯過，且故意轉彎抹角？這樣轉彎抹角的說話方式，可不是回疆兒女的說話習慣，尤其不是霍青桐性格的正常表現啊！

若要考慮情節的自然發展，還是不要讓霍青桐「明白」為好。霍青桐雖然聰明智慧，畢竟不是神仙。第一，她知道李沅芷是個姑娘，也以為對方肯定知道，因為李沅芷師徒不是跟紅花會的人在一起麼？紅花會總舵主知道李沅芷女扮男裝的真相是正常的，不知道，反而不正常。所以，霍青桐不會想到陳家洛是因爲李沅芷與她親熱舉動而懊惱。第二，霍青桐更不會想到，看上去那麼英氣勃勃、統領群雄的紅花會總舵主陳家洛，會這樣的小心眼，立即做出如此不同的決定來。

深入一層說，讓陳家洛始終不知道李沅芷女扮男裝的真相，這當然是作者的安排，是整體情節構思的一個重要關鍵點。只不過，這樣的情節線索，實在有些讓人擔心隨時會有露餡的危險。因爲其中有著太多人爲的痕跡：霍青桐說話要如此莫名其妙的轉彎抹角；陸菲青說話也要這樣或那樣小心翼翼的避開男女性別的話題；更要命的是：霍青桐明明說了，要陳家洛去問陸菲青，他的徒弟是怎樣的人，而陳家洛居然根本就不去問！——這未免太也不合情理，雖說陳家洛面皮薄，直接去問似乎有些不好意思，但陳家洛既然常常爲此耿耿於懷，又怎麼能不乾脆下決心去查個明白？退一步說，就算不好意思去問陸菲青，爲何不去問余魚同呢，余魚同是陸菲青的師侄、李沅芷的同門師兄，且又是紅花會的十四弟，是自己的屬下兄弟，陳家洛爲何也不敢問、不去問呢?!再退一步，就算陳家洛自己不好意思直接去問，爲什麼不讓屬下其他人——例如武諸葛徐天宏——去向陸菲青、余魚同側面打聽呢？這件事情拖了那麼長的時間不解決，實在不能得到充分合理的解釋。陳家洛雖然內向，雖然顧惜自己的面皮，但他又是一個非常聰明、有頭腦的人，至少能想出上百個點子來，將李沅芷的身分及其與霍青桐的關係調查清楚，否則，就不是這個十五歲就中了舉人的陳家洛了。這個謎團既然不能歸於性格，那就只能歸於命運，但如此歸於命運，總讓人心裏不踏實，甚至不舒服，因為這樣的情節，實在勉強得很。

再深入一層，作者之所以要作如此情節構想，無非是要為陳家洛的「移情別戀」做出鋪墊或開脫：以為霍青桐已經有了男朋友，且兩人關係親近密切，已「發展」到了勾肩搭背的程度，所以就努力忘卻霍青桐，從而在與香香公主戀愛的時候，就不會有道德上、心理上的負擔。實際上，要達到這一敘事目的，也不一定非要讓他不明白李沅芷是男是女不可。陳家洛迷戀霍青桐，可以說有一點一見鍾情的意思，但卻在自己內心苦苦掙扎，時時刻刻都想擺脫霍青桐的影子，除了霍青桐有「男朋友」這個障礙之外，其實還有更深刻、也更堅固的障礙，那就是：霍青桐是回疆女兒，是穆斯林，陳家洛知道，自己若不是穆斯林，就很難與她成親，而他自己恰恰又不信伊斯蘭教，也不大願意、不大可能假裝信教而騙取霍青桐的婚姻——書中已經提及了這一點，只是沒有對此加以利用和發揮。

陳家洛還知道，霍青桐的師父雪雕關明梅及其丈夫陳正德與自己的師父天池怪俠袁士霄之間，有著某些陳年舊怨，以至於近在咫尺也不相往來，如此，陳家洛與霍青桐的關係，勢必受到師門恩怨的影響，陳家洛當然不會為了霍青桐而背叛自己的師門，霍青桐大概也不會如此，所以，兩個人的未來可以說是陰影重重，見不到什麼陽光希望。

又，第七回書中，陳家洛對乾隆說唐玄宗：「……把花花江山送在胡人安祿山手裏，那可大大不對了。」這一段話看起來沒啥問題，但其中「胡人」二字卻值得考慮。此時，陳家洛還不知道乾隆是自己的哥哥，那就是對一個「胡人」皇帝說話。而且此時對話的重點其實並非胡漢恩仇，而是江山與歷史得失，暫時又沒有與他撕破臉面，說話總要留點分寸。若說胡人啥的，簡直有些當著和尚罵賊禿。其實，說「把花花江山送在安祿山手裏」也能表達同樣的意思，因為安祿山本身就是胡人，乾隆不傻，大概也能聽出來，只是對方並不失禮，他就是生氣也沒有辦法，只能悶在心裏。這樣豈不是更好玩？

又，第八回的開頭寫道：「旗營和綠營兵丁本來排得整整齊齊，忽然大批兵丁從隊伍中蜂擁而出……原來紅花會在江南勢力大張，旗營和綠營兵不少得人引薦入會，漢軍旗營和綠營中的漢人兵卒尤多。」這個皇家軍隊中，無數人當著皇帝的面衝出來朝拜紅花會總舵主的場景，肯定讓許多讀者激動萬分。但，仔細一想，這裏至少有兩方面的問題。第一個問題是，紅花會到底是怎樣的一個組織？為何連滿洲軍人也踴躍加入這個組織？若紅花會是一個政治性的組織，即要以反滿抗清作為政治目的和幫會宗旨，問題就是：滿人怎麼會參加漢人的民族組織，怎會參加反對自己民族的政治運動？難道是他們吃飽了撐得慌，也要來「反滿抗清」不成？若紅花會本來只是一個尋常的民間幫會，沒有政治色彩，則作者在小說中就有必要專門做出解釋，說于萬亭是因爲得知乾隆的漢人身分，且應終生所愛陳世倌夫人的請求，才介入民族政治鬥爭。從書中的種種跡象看，紅花會本來就像一個政治性組織，所以，這樣的說法未免有些誇張，而且難以通過推敲。

緊接著的另外一個問題是，如此耀武揚威，以後怎樣呢？換句話說，如何處理這一示威行動的善後工作？讀者肯定要關心，這些公然在皇帝、提督、總兵官等軍政首腦面前暴露自己身分的士兵，以後怎麼辦？至少，在乾隆與陳家洛和紅花會達成妥協之前，皇帝與提督難道不會在自己的軍隊中清除這些「亂黨」？但，書中卻沒有這樣的交代，似乎在這些紅花會「亂黨」如此放肆地公開示威之後，什麼事情也沒有發生。這樣的處理，未免不合情理。即使皇帝不下清除的命令，提督、總兵們也會積極地、徹夜不眠地進行這種清除工作，甚至，皇帝與提督可能立即調來別的地方軍隊，而對本地的這些軍隊就地解散、取消部隊番號，並對這些參加紅花會的士兵嚴加懲處。誰都知道，皇家軍隊最不能容忍的，就是這樣的「亂黨」，更何況他們還公開示威、驚嚇和侮辱皇帝？

又，第八回書中：「李沅芷……嬌叱一聲：『看劍！』」這一細節看起來沒有問題，想起來卻有。陳家洛怎麼如此遲鈍，聽到對方如此「嬌叱一聲」，居然沒有半點疑惑？前面說到過的那個小鎮上的惡霸糖裏砒霜先生，很快就看穿了李沅芷女扮男裝的把戲，何以陳家洛卻將對方的種種女性化表現視若無睹，而對對方的「嬌叱」又如此置若罔聞？這只能是作者故意這樣寫的，陳家洛只能「服從命令聽指揮」，自己沒有半點主動性。陳家洛的盲目，看不清男女也就罷了，現在最好是別讓他兼耳朵也聾，將「嬌叱」換成另一曖昧些的說法才好。

又，第八回陳家洛回家，「見堂中懸了一塊新匾，寫著『愛日堂』三字，也是乾隆所書，尋思：『愛日二字是指兒子孝父母……這兩個字由我來寫，才合道理，怎麼皇帝親筆寫在這裏？這個皇帝，學問不免欠通。』」進而，陳家洛走到母親的住處，居然又有新發現：「只見館前也換上了新匾，寫著『春暉堂』三字，也是乾隆御筆……」過了一會兒，「突然之間，全身一震，跳了起來，心道：『春暉二字，是兒子感念母恩的典故，除此之外，再無他義。皇帝寫這匾掛在我姆媽樓上，是何用意？他再不通，也不會如此胡來，難道他料我必定歸來省墓，特意寫了這些匾額來籠絡我麼？』」

這些寫法，大有問題。作者的設計，是乾隆在心裏已經認可了海寧陳世倌夫婦就是他的父母，所以才會在陳家不斷題寫匾額，又是「愛日堂」，又是「春暉堂」，充分表現出兒子緬懷自己父母的熾烈情感。問題是，乾隆是否願意公開承認自己是陳世倌夫婦的兒子，是否敢於承認自己是一個漢人?答案是否定的。否則,他就不會如此急不可耐且不擇手段地抓捕文泰來,也不會在祭奠父母墳地的時候,用帷帳將這裏全部遮住。

這樣,問題就來了:若他不願公開自己的漢人身分,為何要在這裏公然題寫容易引起別人懷疑和震驚的「愛日堂」和「春暉堂」的匾額呢?陳家洛既然產生了這樣的懷疑,那麼別人呢?別人看了這樣的匾額,難道不也會產生與陳家洛同樣的感想?陳家並不是一個人跡罕見的隱秘地方,皇帝曾在這裏住過,當時必然跟著一大批文臣武將,武將也還罷了,文臣之中,難道沒有人產生懷疑?皇帝走後,這裏說不定會成為一個看新鮮的小小旅遊熱點,那麼,就會有更多人產生懷疑,如此怎麼得了?!

乾隆書寫這「愛日」與「春暉」的匾額,左右都有陷阱。要麼是別人也像陳家洛的最初反應一樣,感到這個皇帝沒有學問,甚至簡直是「不通」;要麼是會暴露乾隆自己的身分秘密,這就更加要命了。看到這樣的匾額,無論人們產生怎樣的猜想,都會對乾隆不利,而這些聯想、猜測,肯定都是乾隆最不願意看到的。也就是說,乾隆既然不想別人知道自己的身世秘密,當然也不願意讓人感到他學問不通,那就無論如何也不該公然題寫這樣的匾額。所以,有關題寫匾額的情節,應該全部刪除,要讓陳家洛產生疑惑,那也只好請他到乾隆的題詩之中去想辦法。實際上,如果沒有題寫匾額這一情節的鋪墊,讓陳家洛毫無心理準備地在自己的父母墳前看到乾隆祭拜的情形，那樣的震驚和衝擊力肯定會更大。

又，第八回書中，陳家洛和乾隆在父母墳前見面，乾隆驚奇地問：「你是陳……陳世倌的兒子？」陳家洛回答：「不錯，江湖上許多人都知道。你也知道吧？」

陳家洛的回答有問題。此刻，陳家洛雖然當了紅花會總舵主，威風八面，但在江湖上恐怕還沒有多少人知道他的名字，更遑論他的身世。原因很簡單，紅花會畢竟是一個秘密幫會組織，更重要的是，陳家洛才剛剛當上總舵主就立即從西北來到此地，江湖上知道他當了紅花會總舵主消息的人都極少，談不上許多人都知道。進而，這裏陳家洛不僅說自己的名聲很大，而且重點是說江湖上許多人都知道他陳家洛乃是海寧陳家的子弟，這就更加不妥當了。無塵道長、趙半山這些老牌江湖名人的身世也不是很多人都知道，文泰來的身世，我就到現在也不大清楚，何以陳家洛如此自信，說江湖上許多人都知道他的身世？

又，第九回書中寫到張召重和陳家洛定約：「好吧，那麼三個月後的今日，咱們再在葛嶺初陽臺相會。」這一說法，看起來沒啥不妥，張召重只不過是把比武之約推遲了三個月而已。問題是，張召重是大內侍衛，三個月後肯定不會還在杭州，所謂官身不自由，他其實無法確定自己三個月後會在哪裡當差，也就是說，無法確定自己三個月後能否來杭州比武。張召重是一個看重自己的武林地位，但卻更加熱衷功名利祿之人，不可能爲了一次比武約會而耽誤了自己的前程。當然，他也不會故意說謊，不願意有約不到而遭到江湖好漢的恥笑。所以，這場約會的時間地點肯定要認真考慮，約會的地點肯定要根據自己的情況確定。

又，第九回書中寫道：「王維揚向來豁達豪邁，這次死裏逃生，把世情更加看得淡了，笑道：『剛才我見你和張召重說話，才知你是冒牌統領。哈哈，真是英雄出在少年，老頭兒臨老還學了一乖。咱們是不打不成相識。雖然我和姓張的比武是你們挑起，可是我性命總是你們救的。』」要這麼說，當然也沒有太大的問題，只不過，對王維揚此刻的心情，上述表現卻算不上準確，因而，也就失去了一次表現王維揚這一開鏢行的老江湖的性格心理的好機會。

遇上了這樣的情況——被紅花會組織無辜、無故地關押了好幾天，而最後居然又被設計陷害要與張召重比武，險些爲此丟了性命，至於得罪了張召重那是更不必說了——任何一個有名望、有個性、有自尊的人都會積怨。何況，王維揚還是一個開了近四十年鏢局，在江湖上、武林中差不多人人敬重，從來沒有受到過如此挫折，且養成了一種自尊自大脾性的老生薑？

簡而言之，要想王維揚的內心對紅花會當真沒有半點芥蒂和怨恨，那幾乎是不可能的，也是不現實、不合邏輯的。只不過，王維揚除了自尊心強、武功高強之外，還有一個本領，那就是會審時度勢，會見風使舵，會打哈哈自我隱忍、自我轉彎「交朋友」——不是說開鏢局靠的是「三分武功、七分面子（社交）」麼？——即使他對紅花會的人恨之入骨，但顯然，紅花會不但人多勢眾，而且是一幫敢於殺官造反的亡命之徒，與鏢行實在不是一個路子，因而無論如何也得罪不起，只好將自己的這場羞辱苦果自己暗中吞下，做出一副豁達豪邁、看淡世情的樣子來，維護自己的自尊與利益，不要與紅花會發生任何衝突，也不要讓紅花會的人看出他內心的懷恨。所以，王維揚的大笑之中，一定有濃厚深沉的苦澀和辛酸。

又，第十一回書中，寫到陸菲青奉命在六和塔的第十一層守禦，看到陳正德夫婦攻入第十層，勢不可擋，他非但不出面調解，而是「……知二人是俠士高人，決不會給清廷做走狗，何以拼命向監禁乾隆之處攻來，必有原因，決定躲起來看個究竟，因此關明梅闖到第十一層時無人阻截。他見關明梅劍刺乾隆，和陳家洛說明誤會，就比眾人先一步上了第十三層，躲在樑上，他輕功卓絕，陳正德和無塵又鬥得激烈，都沒留心。」

讓陸菲青躲起來，無非是作者不想讓陳正德、關明梅與陸菲青照面，從而保證兩段情節，即一、關明梅刺殺皇帝，和二、陳正德和無塵道長打鬥。這兩段情節也確實很好看，但這樣一來，卻又難免會有另外一些質疑。

第一，陸菲青的個性就要受到嚴重的扭曲。此人奉命守禦第十一層，是一個要緊所在，怎能如此莫名其妙、鬼頭鬼腦，六十歲的老翁居然玩起了頑童的把戲？遇到老熟人不是迎接上去，排解糾紛，反而毫無道理的故意躲藏起來？要知道防守職責重大，若讓乾隆遇險，或是讓陳正德、無塵兩人受傷，都是十分嚴重的事件。一向嚴謹縝密的陸菲青怎能做出這樣的事情來？他又並不是老頑童，而且沒有絲毫老頑童的氣味，若是此事發生在三方面都知根知底的情形下，或是發生在無關緊要的時刻，或許還可以理解，問題是，不要說陳正德夫婦與紅花會之間只有芥蒂而沒有交情，且陸菲青與陳正德夫婦、與紅花會之間的交情也並不深，此刻關係重大，陸菲青還要如此，那就肯定不是出於他的性格，而是出於作者硬寫。

第二，陳正德、無塵這兩大高手的形象也要隨之受損。因爲在武俠小說中，凡是武功高手，必然是能夠「眼觀六路、耳聽八方」，即隨時注意身邊的情況，哪怕是在激烈的打鬥中，也不例外。何以這兩大高手變成例外了呢？更何況，書中似乎在說：陳正德、無塵這兩個絕世高手在第十三層的小小斗室之中比武，陸菲青從他們的身邊、甚至頭上飛身上了頂樑，他們竟然「都沒留心」！——如果陸菲青是他們比武之前就到了這層，先行藏身於頂樑之上，那又有兩個問題，一是陳正德和無塵那時在哪裡？二是書中明明又說，陸菲青是見到了關明梅刺殺乾隆之後才到第十三層去的。那時候關明梅幾次大喊陳正德都沒有人應答，表明陳正德正在與無塵比武，陸菲青想要躲在頂樑之上，就非要從這兩個高手的身邊、頭上躍起不可！這兩個人居然都沒有留心，沒有發現，他們算是什麼高手啊?!

實際上，陸菲青即使出來跟關明梅照面，也不會影響大局。因爲陳正德只要遇到無塵，就非要大打一場不可，並不會因爲對方和陸菲青在一起而罷手，後來的事實正是這樣。而關明梅，這個脾氣火爆的老太太，一定等不及陸菲青從頭到尾的解釋，肯定要繞過陸菲青，先上樓去，先將乾隆「解決了」再說！總之，小說中對有關陸菲青的這段胡鬧的描寫，實在是弊多利少，應該改寫。

又，第十三回書中，關東六魔中的滕一雷、顧金標、哈合台三人找到了余魚同出家的寶相寺，余魚同「聽哈合台和顧金標在他背後激烈爭辯。哈合台力主即刻動身，到回部去找霍青桐報仇，顧金標不依，定要先找余魚同。」這一情節設計，有些問題沒有解決。一開始，滕一雷等人誤會紅花會殺了他們的三個同伴，找余魚同這個紅花會的骨幹報仇，自然是合情合理。但哈合台遇到了韓文沖，「韓文沖把焦閻三魔送命的經過詳細說了，哈合台才知金笛秀才和紅花會果然不是他們的仇人，他對余魚同很有好感，忙約韓文沖趕去解救。」韓文沖跟隨哈合台找到了滕一雷、顧金標二人，顯然已經解釋過了余魚同和紅花會不是殺死焦文期和閻氏兄弟的仇人；不難設想，韓文沖肯定還要解釋，紅花會勢力強大，會中高手極多，非區區關東三魔所能對抗，因此避之則吉。

按照常理，關東三魔即使不講是非，至少也應該懂得利害才對。如此，他們應該去找余魚同道歉、主動解開相互過節才是。找不到他也就罷了，如何還會繼續尋找余魚同報仇？小說作者的解釋是，顧金標對余魚同的仇恨，在於余魚同曾將一碗湯潑在他臉上，但這事的起因乃是關東三魔不分青紅皂白地要抓余魚同啊。退一步言，就算顧金標心胸狹窄，只記得別人的過錯，而不反省自己，哈合台明明對余魚同有強烈好感，並且不斷勸諫，老大滕一雷爲何不能做出一個稍稍合理的仲裁？

又，第十四回書中，木卓倫將兵權交給自己的女兒霍青桐的時候說：「咱們今日要和滿洲兵決一死戰，這一仗由霍青桐姑娘發施號令。」

父親稱呼自己的女兒爲「霍青桐姑娘」，總有點讓人感到彆扭。在漢語中，這樣的稱呼只能用於比較陌生的人之間，現在是本部族人內部說話，甚至父女之間，如何出現了這樣的稱呼？無論是直呼「青桐」還是說「翠羽黃衫」，都要比這樣的稱呼更加真實和貼切。

又，第十六回書中，霍青桐再次被關東三魔抓住，小說中只有一句簡單的解釋：「原來霍青桐扶病追趕師父師公，不久就遇到關東三魔……」缺少更加詳細的解釋，恐怕有些讀者並不明白，關明梅明明看到自己的女徒弟病重，爲何不在家裏好好照顧徒弟，至少要讓她恢復得更好些？更不明白，霍青桐爲何不在師父的家中好好休養，硬是要扶病去追師父師公？

解釋起來非常容易，那就是，陳正德夫婦對霍青桐十分關心，因而聽到徒兒受到委屈，自然要去教訓陳家洛，這對夫婦都是性格火爆、心思簡單之輩，想不到也算計不出要去教訓陳家洛需要多少時間，同時忽略了霍青桐需要人照顧一事。另一方面，霍青桐知道自己師父和師公的脾性，不願意讓師父將陳家洛殺害了，所以雖然扶病，也要追趕出來，這才會有再度被抓的厄運。

又，在流行版第十八回、新修版第十九回書中，陳家洛決定南下福建少林寺，繼續找尋有關乾隆身世的證明資料。小說中如此寫道：「陳家洛……心想：『圖謀漢家光復，關鍵在於大哥的身世，中間只要稍有錯失，那就前功盡廢。此事勢須必成，遲早卻是不妨。我須得先到福建少林寺走一遭，探問明白。雍正當時怎樣換掉孩子？他本來早有兒子，我大哥明明是漢人，雍正爲何讓他繼任皇位？在那兒總可問到一些端倪。』」

雍正爲何要讓乾隆這個漢人繼位當皇帝，這個問題永遠也不會有真正的答案，因爲歷史上的乾隆並非漢人，這一問題其實並不存在。而乾隆的漢人身分乃是出於小說作者的虛構，所以無論怎樣解釋，都不可能是真正的準確答案。這裏的問題是，陳家洛明明已經掌握了雍正寫給陳世倌的字條，也掌握了母親寫給于萬亭的書信，這兩份文件，都是最鐵硬的證明資料。要證明乾隆就是陳世倌的兒子，無需再找其他資料了。上述心理敘述中，陳家洛要到少林寺去探問明白，且試圖在那裏「總可問到一些端倪」，缺乏充分的邏輯依據。乾隆是否陳世倌的兒子，雍正為何要讓乾隆繼位，這些都與于萬亭沒有真正的關係，與福建少林寺更沒有關係，陳家洛這樣想，後來也這樣做，實際上是出於作者的設計和安排。從小說敘事邏輯角度看，這一設計，實際上存在嚴重的邏輯漏洞。

又，第十九回書中，寫文泰來追趕成璜和瑞大林到少林寺中，文泰來要告辭，但少林寺僧卻不放他走：「三僧見他只是謙退，只道他心虛膽怯，必有隱情，心想紅花會故總舵主于萬亭是少林寺革逐的弟子，莫非他是來為首領報怨洩憤？互相一使眼色，元痛抖動方便鏟，鋼環亂響，直截過來。文泰來是當世英雄，哪能在敵人兵刃下逃走，只得揮刀抵敵。」

這一寫法，明顯有人為痕跡，將少林寺高僧寫得概念化，甚至有些莫名其妙了。文泰來既然標明了身分，而且十分謙退，那就充分表明自己的善意，少林寺高僧為何要如此一反常規地逼迫他打鬥？進而，文泰來既然謙退，何來「為首領報怨洩憤」之聯想？最後，少林寺僧人自己的這番蠻不講理的強行阻止文泰來離去的行為，豈不是沒事找事，如何是出家人的作風，更遑論高僧氣象？

四、陳家洛對霍青桐的情感

有關陳家洛對霍青桐的情感心理，流行版中相對簡單明確。那就是，陳家洛曾對翠羽黃衫霍青桐一見鍾情，但很快就因爲女扮男裝的李沅芷與霍青桐的一個當眾親熱的動作，誤會了她有自己的心上人或者是一個比較輕浮的少女。但如前所述，這一傳奇小說中經常運用的誤會法，在這部小說中實在有些經不住推敲。但小說架構已成，要進行大規模的修改肯定有這樣或那樣的難度。

我們看到，在新修版中，作者採取了一些補救措施，使得陳家洛和霍青桐的情感線索更加明晰、生動和複雜。其中有不少精彩的修訂，但也有一些混亂的地方，對此，我們還是要具體問題具體分析。以下我們具體看。

新修版第四回書的結尾，作者增加了一小段：「陳家洛聽她言語中似含情意，不覺心意微動，但隨即想到那美貌少年的模樣，秀眉俊目，唇紅齒白，可比自己俊美得太多了。陳家洛素來自負文才武功，家世容貌，同儕中罕有其比，忽然間給人比了下去，心頭沒來由的一陣悵惘，這次相救文泰來功敗垂成，初任總舵主便出師不利，未免掃興，本來心頭一熱，想趕上去再跟她說幾句話，沮喪之餘，只跨出兩步，便即止步。」說明這些當然很重要，這不僅說明陳家洛當時爲何不去追問霍青桐的原因，也揭示了陳家洛的心理特徵。

這一段話明確了兩點，第一點是陳家洛確實對霍青桐動心了。第二點是李沅芷的出現對陳家洛是一種挫傷。雖然，作者在新修版中，此處並沒有特意寫到陳家洛對霍青桐的懷疑和不滿，但謝絕霍青桐同行的決定，即已經能夠充分說明問題。

進而，作者在新修版的第五回開頭再增加一段：「陳家洛……一個念頭猛地湧上心來：『漢回不通婚，他們回人自來教規極嚴，霍青桐姑娘對我雖好，但除非我皈依回教，做他們的族人，否則多惹情絲，終究沒有結果，徒然自誤誤人，各尋煩惱而已。』『我對回教的真神並不真心信奉，如爲了霍青桐姑娘而假意信奉，未免不誠，非正人君子之所爲。豈不遭人輕視恥笑？』」這一段增加得更有必要，陳家洛想到漢回不通婚這一點，實際上是表明他還在不斷想念霍青桐，同時又在自我勸解不要多想，從而爲他的「忘情」找到一種非常現實的困難依據。

在其後的情節中，由於和李沅芷相遇並發生摩擦，陳家洛常常因此而想到霍青桐，新修版增加的有關的細節，我們在前面的有關段落中已經作過分析。陳家洛心中再一次閃現霍青桐的影子，要到第十三回書中。

流行版第十三回中寫道：「陳家洛得知關東三魔要去找霍青桐報仇，甚是關切，翠羽黃衫的背影在大漠塵沙中逐漸隱沒的情景，當即襲上心頭。但想到那姓李少年和她親密異常的模樣，以及陸菲青所說他徒兒與她兩相愛悅的言語，又覺自己未免自作多情，徒尋煩惱，然而要將心頭的思念置之度外，卻又不能。」

新修版中，這一情感心理有很大的改變：「……但想到那姓李少年和她親密異常的模樣，雖看出那少年似是女扮男裝，但這人容貌秀美，倒似做戲的小旦兒一般，心中瞧他不起，而霍青桐英氣逼人，又似渾不將自己一個紅花會總舵主瞧在眼裏，雖蒙贈以短劍，心中醋意萌生，總覺難以親近，每當念及，往往當她是個英俠好友，卻難生兒女柔情。」

新修版的這一段，是要說明以下幾點：第一，陳家洛實際上已經看出或已經猜到李沅芷女扮男裝，因此，李沅芷的因素不足構成陳家洛情感變化的關鍵性因素。第二，陳家洛看不上李沅芷。看不起她卻又要想到她，說明自己還是很在意她，在意她的原因，當然是因爲她與霍青桐的關係讓他不舒服。第三，陳家洛真正的困惑和焦慮，乃是覺得霍青桐英氣逼人，「渾不將自己一個紅花會總舵主瞧在眼裏」。只不過，這一段的敘述有些邏輯混亂，不禁讓人不易抓住要領，對此，我們或許可以用陳家洛此時心神不定，處於自我矛盾之中來解釋。

不過，這幾點之間的自相矛盾處，以及與前後文之間無法緊密關聯，卻不能不說。首先，若這裏說明陳家洛對李沅芷的性別已經有所察覺，那就必須通盤考慮，即要說明他是從何時看出李沅芷的女性身分的，顯然不會是在與霍青桐告別的當時，因爲要是發現了李沅芷是個姑娘，陳家洛就不會不讓霍青桐同行，則後面的愛情悲劇故事就不會發生，亦即完全是另一個故事了。

陳家洛最可能是在杭州與李沅芷交手的時候發現對方的身分，因而從那時開始，就應該揭穿這一層，消除陳家洛的心頭癥結。可是，我們看到，在新修版中，不僅在之前沒有任何地方專門寫到陳家洛明白了李沅芷的性別，且在這一段之後很久，當余魚同說明李沅芷的性別之際，陳家洛仍然表現出了驚詫表情，而且作者的說明也仍然是模稜兩可。這可以說是整部小說修訂中的最大問題。

其次，若陳家洛發現李沅芷是個女的，則上述第二點就不能成立：她本身就是女孩子，不是裝小旦，且與霍青桐之間的親熱也是正常的女性舉動，陳家洛就不存在看不起她的理由。最後，陳家洛真正在意的，是擔心霍青桐看不起他——這才是他無法承受，更無法安心的因素。可是，陳家洛的上述心理中說霍青桐不把他瞧在眼裏，卻又不對，當時霍青桐可沒有一點瞧不起他的意思。結論是，作者在這裏一股腦兒說出三條心理線索，並不十分恰當。

進而，在第十四回書中，當香香公主出其不意地向陳家洛明白示愛之後，流行版寫道：

「香香公主牽了陳家洛的手，坐在眾人身後，陳家洛覺得她嬌軟的身軀偎依著自己，淡淡幽香傳入鼻端，神魂飄蕩，真不知是身在夢境，還是到了天上。」新修版同一回書中增加了下面的一段：「……陳家洛知道香香公主將錦帶在自己頸中一套，便是明白示愛，心中喜樂，猶似便欲炸開，但突然間頭腦一陣清醒：『妹妹愛上了我，我好歡喜！但姊姊呢？她送我短劍，不是已向我示意鍾情了嗎？我收了她的短劍，便是受了她的情意。男子漢大丈夫，豈能出爾反爾，無信無義？我能跟喀絲麗明言嗎？我能做個負義的小人嗎？』」

進而，在第十四回書中，周綺見到陳家洛與喀絲麗情狀親密，大爲不滿，幾乎是當面質詢，陳家洛只得說：「霍青桐姑娘在見到我之前，就早有意中人了，就算我心中對她好，那又何必自討沒趣？」新修版在這一段話後面增加幾句：「他自知言不由衷，只是無可奈何的遁詞，不禁內心有愧，臉現慚色。」有意思的是，此後不久，書中還增加了這樣一段：「眾人見香香公主這般美麗可愛，陳家洛移情別戀，雖然負心不該，但難以抗拒，也屬人情之常，何況見他訕訕的言語支吾，似見內愧，都不禁有憂。」這一線索，對陳家洛的情感難題作出了部分較爲合理的解釋，也深入一層，遺憾的是作者並沒有抓住這個要點，在對這一情感難題進行通盤考慮的前提下加以好好利用。

又，在流行版第十四回結尾處，眼見救兵不來，形勢十分不利，書中寫道：「陳家洛一笑，心想今日良友愛侶同在一起，雖死無憾。」新修版中，作者又增加了這樣一段：「……又想：『霍青桐如真為了恨自己無情負心，不肯發兵來救，我便因薄倖變心而遭懲處。』反覺釋然，自責之情似乎稍減，但轉念又想：『翠羽黃衫英姿凜然，豈能如尋常女子一般小氣生怨。唉，終究是我對她不起。她這時心中一定比我苦得多。』」這是陳家洛的自我反省，寫得十分貼切。

可是，在第十五回書中，余魚同向陳家洛說明了李沅芷是女扮男裝，流行版中寫道：「陳家洛細看李沅芷，見她眉淡口小，嬌媚俊俏，哪裡有絲毫男子模樣？曾和她數次見面，只因有霍青桐的事耿耿於懷，從來不願對她多看，這一下登時呆住，腦中空蕩蕩的什麼也不能想，霎時之間又是千思萬慮，一齊湧到：『原來這人是女子？我對霍青桐姑娘可全想岔了。她曾要我去問陸老前輩，我總覺得尷尬，問不出口。她這次出走，豈不是為了我？她妹子對我又如此情深愛重，卻教我何以自處？』眾人見他突然失魂落魄的出神，都覺奇怪。」

新修版改寫成：「……曾和她數次見面，只因有霍青桐的事耿耿於懷，又覺此人俊美勝於自己，暗起自愧不如之念，由此不願對她多看。雖隱隱覺她不是男子，但內心故意對其貶低，只當她油頭粉面，是個紈袴美少年，全無英雄氣概，殊不足道。這一下登時呆住，霎時之間千思萬慮一齊湧到：『原來這人果是女子？我對霍青桐姑娘可全想岔了……』」這一寫法，與前面第十三回書中陳家洛「雖看出那少年似是女扮男裝」之說相矛盾，若陳家洛心中起了疑心，那就更會尋找合適的機會去揭開李沅芷的性別秘密。實際上，李沅芷的性別秘密的真相幾乎隨時隨地都是呼之欲出，只是作者在流行版中強行設定陳家洛毫不知情，而在新修版中則又如此模稜兩可，故意掩蓋了真相，不讓徹底揭穿，從而給小說敘事帶來了許多潛在的漏洞。

前面的分析中已經說到過許多例證，這裏再提供一個典型的例子，那就是從余魚同與大夥失散開始，徐天宏就對陳家洛說明：是一個女子救了余魚同，後來發現余魚同在李沅芷家；再後來李沅芷來找余魚同，余魚同卻又說「事關一個人的名節」，這幾件事聯繫起來，只要不是白癡，就不難找出李沅芷身分的答案來。陳家洛當然不是白癡，而且十分關心李沅芷的性別身分，如何會故意不去找尋答案呢？原因只有一個，那就是作者要故意這樣安排。

進而，在第十六回書中，陳家洛、香香公主和陳正德夫婦玩削沙堆遊戲，陳家洛輸了之後，說了一段梁山伯與祝英台的故事。流行版是：「香香公主第一次聽到這故事，她起初不斷好笑，說梁山伯不知祝英台是女扮男裝，實在笨死啦。陳家洛心想：『我不知李沅芷是女扮男裝，何嘗不笨？』轉念又想，也正因此而得與香香公主相愛，卻又未免辜負了霍青桐的一番心意，喜愧參半，不由得歎了口氣。」新修版增加了一大段：「陳家洛心想：『我不知道李沅芷是女扮男裝，何嘗不笨？』『難道自己真的瞧不出李沅芷是女扮男裝嗎？』她雖裝得甚像，但面目嬌媚秀美，一望而知是個絕色美人。但一來其時初接總舵主大任，深懼不勝負荷，又逢文泰來被捕，不知如何搭救，戒慎恐懼之際，不敢再惹兒女之情；二來陳家洛一生之中，相處熟稔的女孩子只是晴畫、雨詩那樣的小丫頭，溫柔婉順，他說什麼就是什麼，霍青桐這般英姿颯颯，雖美而不可親，一見就只想遠觀而不想接近，似乎自己故意想找個藉口來退縮在一邊。其實他見李沅芷面目美秀，脂粉氣甚重，只當她是個善於調情騙女人的浮浪子弟，但卻比自己俊美得多，他一生事事皆占上風，忽然間給人比了下去，既感氣惱，又生了醋意成見，不免故意對其貶低，不肯正視真相。其後，天目山徐天宏洞房之夕，李沅芷前來混鬧，陳家洛也料到是陸菲青的女弟子，內心深處卻不願由此消去對霍青桐的芥蒂，此後也正因此而得與香香公主相愛，卻又未免辜負了霍青桐的一番心意，對她未免有愧於心，喜愧參半，不由得歎了口長氣。」

這一段試圖解決陳家洛究竟是否知道李沅芷的女性身分這一問題，但作者還是不想徹底解決，轉彎抹角，三重四複，轉來轉去，以至於還是不知所云。在這裏，作者試圖說明陳家洛不願意面對李沅芷是個女孩子這一真相，但我們卻找不到他不願面對這一真相的真正理由：他不喜歡李沅芷，是因爲對方若是男子而與霍青桐關係密切，因而怕承受不了這一打擊；但若能找出李沅芷的女性真相，則她與霍青桐之間的任何親密舉動都完全不成問題，陳家洛爲何要懼怕這樣的結果呢？

最後，在第十七回書中，陳家洛在玉峰迷城之夜看到霍青桐玉容憔悴，有一段非常重要的心理活動。流行版中是：「……心想：『雖然我們相互從未傾吐過情愫，雖然我剛對她傾心，立即因那女扮男裝的李沅芷一番打擾，使我心情有變，但我萬里奔波，趕來報訊，不是爲了愛她麼？她贈短劍給我，難道只爲了報答我還經之德？儘管我們沒說過一個字，可是這與傾訴了千言萬語又有什麼分別？』又想：『日後光復漢業，不知有多少劇繁艱巨之事，她謀略猶勝七哥，如能得她臂助，獲益良多……唉，難道我心底深處，是不喜歡她太能幹麼？』想到這裏，瞿然心驚，輕輕說道：『陳家洛，陳家洛，你胸襟竟是這般小麼？』……」這本來是一個最深刻的發現，我們對陳家洛愛上喀絲麗而遠離霍青桐的原因判斷，最主要的證據就來自這一段。這一段，該是陳家洛愛情心理的最深處。

然而，新修版增加了一些內容：「……『獲益良多，不過……唉，難道我心底深處，是不喜歡她太能幹麼？是的，我敬她多於愛她，我內心有點兒怕她』……又想：『當在西湖三潭映月和李沅芷動手之際，我已明明白白的知道她是女子了。此後我對喀絲麗情根深種，只有情不自禁的狂喜，從未想到這是有負於霍青桐。陳家洛，你負心薄倖，見異思遷，那就是了，豈能爲自己的薄德開脫？』」除了重複前面的主題外，這裏又出現了一個新的說法，即在西湖動手之際，陳家洛「已明明白白的知道她是女子」，這一說法，與前面多處提及的「似乎知道」和「似乎不知道」的情況又產生了矛盾。

綜上所述，我們看到，新修版雖然努力修訂陳家洛的情感心理和情感態度，使之具有更大的豐富性和深刻性，並且盡力使之富有變化，然而，由於缺乏通盤考慮，且不想完全改變流行版的誤會格局，使得新修版中對陳家洛的愛情心理的描寫，非但沒有真正層層深入，寫出更新更深的情節內容來，反而在「到底是否知道李沅芷性別身分」這一點上轉圈子，結果自相矛盾，將讀者搞得稀里糊塗。因此，我們只能說，新修版中對陳家洛的情感心理的修訂，是不成功的。

不成功的關鍵，是作者在修訂時沒有真正的通盤考慮，作者的心裏並沒有一張清晰的陳家洛愛情心理的路線圖。通常是想到哪裡寫到哪裡，看到哪裡改到哪裡，結果就出現了先後重複，甚至前後矛盾，使得陳家洛的愛情心理在同一個層面上轉圈子，以至於作者到最後幾乎都說不清楚陳家洛與霍青桐之間到底是怎麼回事。關鍵的關鍵，其實就是捨不得放棄陳家洛對李沅芷性別身分誤解這一原始設計。若作者讓陳家洛在杭州西湖就明白了李沅芷的身分，作者的思路肯定會豁然開朗，決不會如此原地轉圈子。在我看來，陳家洛的情感路線圖其實早就存在於流行版小說之中，只不過由於作者固執地堅持陳家洛對李沅芷的性別誤會，才使得這一情感路線圖變成迷宮道路一般複雜曲折，結果自己也在其中迷路了。

不用增加任何情節，我們也能看到陳家洛對霍青桐的愛情經歷了階段性的變化，並從這些變化中整理出陳家洛情感的路線圖來。一、一見鍾情。二、因李沅芷女扮男裝而產生了可怕的誤會。三、誤會在杭州消除，但卻又增加了新的障礙，首先是穆斯林與非穆斯林之間難以結合。四、其次是遇到陳正德夫婦之後，又覺得這對夫婦與袁士霄關係不睦，因而也不喜歡自己。五、然而正當陳家洛在努力忘卻霍青桐的時候，又因要去回疆報訊，再次情不自禁，重燃對霍青桐的情感，並且覺得當時沒有要霍青桐同行是誤會了她、委屈了她。六、遇到喀絲麗之後，完全是情不自禁，根本就沒有想到喀絲麗居然正是霍青桐的親妹妹，更沒有想到喀絲麗會在公開場合表白對自己的愛。七、此後一段時間，陳家洛才真正開始陷入愛情與道德的矛盾之中，一時難以自拔。八、霍青桐不派救兵，開始引起了陳家洛的疑慮，結果讓陳家洛感到自慚形穢，對霍青桐不自覺地敬而遠之。九、直到三人一同進入迷城之中，陳家洛才終於隱隱約約地明白了自己內心最深處的奧秘：他與霍青桐之間情感的真正障礙，其實根本不在霍青桐身上，而在他自己心裏，即他無法接受一個性格、才能、智慧都超出自己太多的女性作爲自己的女友！

五、有關方有德身分的改動

新修版最大的改動之一，是對方有德這一人物的身分，及其紅花會群雄與他的相遇和衝突方式的改動。這一人物出現得很晚，直到小說的第十九回才出現。此人雖只是徐天宏的仇人，但在小說中的影響和作用卻非常之大，不僅代表草菅人命的朝廷官員，而且間接影響了紅花會和乾隆等多人的命運。

當然，這畢竟是一個次要人物，在初版及流行版中，作者對此人的設計並不周密，問題多多。新修版對這一人物進行了重新設計，徹底改變了此人的身分，從而填補流行版中的大量漏洞。不過，新修版也並非天衣無縫。

以下我們具體掃描分析。

流行版第十九回的開頭，寫紅花會群雄來到福建境內所遇到的第一個人，就是正在上吊的周阿三，他自殺的原因，是他的未婚妻包銀鳳要被退休官員方有德強佔爲第十一房姨太太，駱冰、周綺、章進、徐天宏等人忍不住要打抱不平，沒想到那個惡人方有德，正是徐天宏尋找了多年的大仇人！於是群雄決定喬裝新娘子和送親人，大鬧方有德的洞房和婚宴。流行版中的這一段故事，*看起來精彩熱鬧，實際上問題多多。

首先，周阿三上吊恰好被章進遇到，時間不對，地點也不對，周阿三若決心要上吊，爲何在大路邊上，隨便讓人看到？這一安排，明顯出於作者弄巧，雖能用所謂無巧不成書來解釋，但畢竟有太多的人爲痕跡，經不住推敲。

其次，方大人七老八十還要娶第十一房姨太太之說，細想起來，其實也有許多不合情理的地方：若並非爲了傳宗接代，方大人爲何要這樣多的姨太太？退休回鄉之人豈能對自己的鄉親做出如此恬不知恥、強搶民女的惡行？實際上，這不過是一個未加思索的老套故事，爲的是要畫一幅壞官如魔鬼的漫畫而已，根本就沒有考慮到其中缺乏足夠的人性依據。在別的武俠小說中出現這樣的情況也就罷了，在金庸的小說中出現這樣的情況，就讓人難以接受。

再次，陳家洛決定不要多事，且周綺明明懷孕在身，居然還要一個人上街，且找到房有德家去喝喜酒，進而居然發現這個方大人就是徐天宏的大仇人，這一情節也漏洞多多。周綺並不以細心見長，對丈夫的仇人面相決無此等敏感；方有德聽她一口北方話，如何會毫不察覺？

*這一段故事篇幅很長，無法在此引述，請見該書原文。

又次，紅花會群雄的武功驚人，這裏沒有人會認識他們，爲何他們不直接去找方有德，卻要如此轉彎抹角地讓余魚同扮演新娘，然後再大鬧喜筵和洞房？

又次，更加可笑的是，這一群紅花會的英雄，最終居然沒有抓住方有德，而是演一曲變一曲，發現了清宮侍衛瑞大林和成璜，結果卻不但沒有抓住這幾個大內侍衛，甚至讓走路都顫巍巍的方有德也莫名其妙地逃脫了。如此一來，這一場戲，就變成了一場不折不扣的兒戲。

最後，方有德的身分是年老退休官員，但卻又接受皇帝的派遣去火燒少林寺，後來還要出現在皇宮之中，形成小說敘事中更多也更大的漏洞。

新修版中，上述所有情節都被作者全部重新改寫了。

新寫的故事開頭是：「又行數天，進了德化城，一行人要找酒樓去喝酒吃飯，行經大街縣衙門外，只見三十來名男子頭戴木枷，雙手也都扣在枷裏，腳上有鐐，一排站在牆邊，個個垂頭喪氣，神色憔悴，太陽正烈，曬得人苦惱不堪，有的更似奄奄一息，行將倒斃。十來名差役手執皮鞭，在旁吆喝斥罵：『快些繳了皇糧，這就放人！』周綺忍不住問道：『喂！他們犯了什麼王法啦？這麼多人枷在這裏，大日頭裏曬著，可沒陰功啊！』一名差役頭兒模樣的人說道：『你們外路人，快快走罷！別多管閒事！』周綺怒道：『天下事天下人管得，什麼多管閒事了？』那差役頭兒用皮鞭指著牆上貼著的一張榜文道：『你識字不識？省裏的方藩台親自來德化催糧，皇上在回疆用兵，大軍糧餉的事，豈是鬧著玩的？外路人囉哩囉唆，一起抓起來枷了示眾。』……」

這樣的開頭，比流行版要合理得多。理由是：

一、大街上的幾十個人戴枷示眾，任何人都能看到，不存在人為的痕跡。

二、方大人的身分，從退休官員改為在任的官員，且正是福建省的藩台，親自來到這裏催糧，同樣完全沒有人為痕跡。

三、催糧的情節，與前面的皇帝在回疆用兵的情節有明顯的緊密聯繫，上下文互通，也顯得合情合理。

四、徐天宏在榜文上看到方有德的名字，比周綺去打聽到方有德的名字，顯然要合理得多。徐天宏見到此人與自己的仇人同名，當然要予以更多的關注。其後去衙門中打聽，也就順理成章。

五、余魚同打聽出京裏五名武官來此，與下文中火燒少林寺的情節緊密關聯，也讓方有德後來進京有了充足的理由，這要比讓成璜、瑞大林等大內侍衛跑到一個退休地方官員家喝喜酒要合理得多，也要精彩得多。

六、最後，因為陳家洛說「倘若這幾名武官傳的特旨是調動兵馬什麼的，暫時別打草驚蛇。」徐天宏就說：「私仇事小，咱們先當顧全大局。皇帝如真能信守盟約，多半須得在各省調兵遣將。」如此放棄對方有德的追殺，不僅合情合理，且充分顯示出徐天宏等人深明大義。

進而，在同一回書中，還增加了一大段方有德覲見乾隆的情節：「白振進來磕頭，說道：『皇上吩咐的事，臣與福建藩台方有德合力，已辦得妥妥當當。』乾隆點頭道：『傳方有德。』白振去傳了方有德進來。方有德磕頭稟告：『臣奉了聖旨，與白總管去少林寺辦事。當時得知有紅花會首腦來寺，臣怕打草驚蛇，第三天上待紅花會首腦遠去後再於半夜後動手……』乾隆不住點頭，最後說道：『這事辦得很好，朕另有升賞。那嬰兒交由白振看管，你們二人暫在宮裏候命。』」＊

這一段插敘，就將方有德來京、進宮的情節合理化了。在流行版中，方有德已經是一個年老體衰的退休官員，乾隆不可能去找他辦理火燒少林寺這樣的重大且機密之事，他也沒有理由要來京覲見皇帝。即流行版中讓退休官員方有德辦事、進京、留宿皇宮，存在明顯的漏

＊見遠流新修版下冊第十九回，引文中有刪節。原文較長，不便，也不必全部引述。

洞。現在，方有德成了現任福建省藩台，皇帝找他火燒福建少林寺，那是天經地義。讓他辦完事來京報告，也屬正常。而他辦事妥當，讓皇帝高興，留他在宮裏歇息候命，也說得過去。

當然，這一段也還有一些小問題，其一就是，乾隆「你們二人暫在宮裏候命」的說法，恐怕有點不妥，方有德是外省官員，當然要特地交代安排。但是否要安排他住進賓館，而不應該長時間留在宮中，則是一個不小的問題。白振原本是大內侍衛首領，在宮裏候命是他的工作，不應該特別交代。其二，緊接著上文的一段，是乾隆交代白振：「那陳家洛奉旨帶了那回族女子，說要去長城上頭開導。白振，你多帶得力人手，跟隨監視，護送他二人回宮，尤其那回族女子，千萬不能讓她走了。」這一做法，不符合皇帝辦事的規則，他不該、也不可能讓方有德聽到有關陳家洛和喀絲麗的消息。這是兩碼事。很顯然，乾隆應該命人將方有德帶下去休息，然後再向白振下令才是。

進而，在第二十回書中，方有德最後一次出現，修訂版中也作了相應的修改：「這老人便是原任福建藩台的方有德。他奉了皇帝交由白振等人傳來的密旨，和白振等大內高手率領軍馬夜襲少林寺，還把周綺的兒子搶了來。乾隆命他宮中暫候，這晚召見，想細問少林寺中是否還留下什麼和他身世有關的痕跡。詢問未畢，天山雙鷹等殺到。方有德躲在帳後不敢露面，這時見事勢緊急，他雖不會武藝，但陰鷙果決，立即抱了嬰兒出來。」

這一修改，表面看來似乎沒有什麼問題。但仔細看來則仍然有兩個明顯不足之處，第一是有關方有德率領軍馬火燒少林寺的故事訊息在前面已經被多次提及，例如前面所引述的他第一次覲見乾隆就作了詳細交代；而徐天宏見到陳家洛時，又一次講到方有德火燒少林寺的事情——這一點，新修版和流行版完全相同；＊到這裏若再說一次，那就明顯重複過多了。第二個問題是，乾隆在前面明明交代方有德將奪來的徐天宏和周綺的嬰兒交給白振，不用多說，都知道白振肯定會另找專人將孩子看管起來。從情理上說，乾隆恐怕不會同意將嬰兒留在自己的住地寶月樓中。這也就是說，此時這個孩子無論如何都不該在方有德的身邊，不可能讓方有德拿出來當成人質。更不必說，香香公主死後，乾隆是否還願意在寶月樓上接見臣下，這本身也還是一個大大的問題。

要解決這一問題其實非常簡單，那就是將乾隆召見方有德的時間挪到當晚，即將乾隆對方有德的兩次召見改爲一次。這樣，方有德帶著孩子進宮就變得合情合理，而且還不會出現

＊有關徐天宏敘述方有德帶人火燒少林寺的情節，請見第二十回稍前部分，這裏不再引述。

上面說到的在宮中候命、乾隆當著方有德的面佈置任務等問題，在最後的關鍵時刻，方有德抱著孩子出來當人質，不僅突如其來，達到出人意料的驚奇效果，同時還會減少有關火燒少林寺的重複，更重要的是，能夠在敘事邏輯上完全順理成章。

作者在修訂中出現的問題，來自對流行版的無形依賴，就像上述陳家洛對霍青桐的情感線索因爲受到流行版設計的局限一樣，在方有德的故事線索中，雖然作者改變了人物身分，但在一些細節上，還是不自覺地想要儘量省力，結果則因爲新舊版本的不匹配而留下新的漏洞或縫隙。

六、有關新增加的《魂歸何處》

新修版最大的改動，是增加了一個尾聲，在遠流版中名爲《魂歸何處》。講述陳家洛在宮廷政變失敗、喀絲麗犧牲之後，在憤怒、悔恨、悲哀和絕望的情緒下企圖自殺，獲救後走向新生的一段心路歷程。

從總想知道「後來怎樣」的普遍心理來說，看小說的時候，我們總是要在結尾處感到遺憾，怎麼就結束了呢？從而，這一段尾聲或許會受到一些讀者的歡迎，畢竟，我們能夠在這一尾聲中多瞭解主角陳家洛的後事。

但，從小說創作的角度說，新增加的這段尾聲，根本就沒有必要。因爲，流行版的小說結尾，在「浩浩愁，茫茫劫，短歌終，明月缺……一縷香魂無斷絕，是耶非耶？化爲蝴蝶」的沉痛輓歌之中，看「群雄佇立良久，直至東方大白，才連騎西去」，這樣的結尾，肯定會讓無數讀者黯然神傷，感到陳家洛寫給喀絲麗的悲情的輓歌餘音不絕，足以繞樑三日，且爲讀者留下了廣闊的想像空間。至於紅花會和陳家洛的後事如何，那已經是另外一個故事了。

然而，我們看到，作者在新修版中，卻不願意在最恰當處結束這部小說，硬要增加一篇《魂歸何處》的尾聲。在我看來，這是典型的畫蛇添足。

下面我們就來具體看看這一尾聲中的具體問題。

第一，陳家洛是否會自殺？

尾聲的開始，從阿凡提和霍青桐的話語中，我們得知陳家洛曾懸樑自殺未果。如是，我們首先就要面對這一問題：陳家洛會不會自殺？

小說中爲陳家洛設計了若干自殺的理由，例如：傷悼香香公主喀絲麗的逝世，出於對喀絲麗的嚴重的負罪感，出於對紅花會事業失敗的責任感和負罪感，等等。進而還有，陳家洛知道按照穆斯林的法則，凡自殺者都要墮入火窟，因而「這孩子孤苦伶仃的，我也要入火窟去陪她。」

但我們看到，作者的這些設計或說辭不無概念化的痕跡，屬於一念衝動而考慮不周。首先，陳家洛的自殺，不符合自殺心理學的一般規律，凡自殺者，要麼是蒙昧愚人，要麼是大智大勇，要麼是頭腦簡單的一根筋，要麼是智力發達但心理陰鬱者。陳家洛不屬於上述任何一種人。他並不愚鈍，即並非輕易地就會因恐懼而絕望；但卻也沒有真正的大智大勇，即並非能夠透徹人生的虛妄。他並非頭腦簡單一根筋，但卻也並不是那種心智發達而氣質陰鬱的人。

其次，陳家洛的自殺，選擇的時機也不對，若要自殺，當在香香公主自殺之際就自殺，或者死在喀絲麗的空墳中。通常的情況是，離致命精神打擊的時間越長，自殺的念頭就會越少，陳家洛率領紅花會群雄退避到回疆，始終與霍青桐在一起，自殺的理由實在不夠充分。

最後，也是最重要的一點，陳家洛自殺的審美效果不佳。儘管此人有這樣或那樣的弱點或缺點，但他畢竟還是小說中的英雄，是被大家認可的英雄領袖。就算爲民族光復事業而犧牲自己的情侶一事得不到現代人文主義者的諒解，但卻依然符合古代中國的英雄的價值觀念。陳家洛若不自殺，依然是一個英雄；若要自殺，則恐怕有怕負責任的懦夫逃避之嫌，這對陳家洛的形象將是一種致命的損害。

退一萬步說，就算陳家洛內心潛意識中真是一個懦夫，非常自卑，也非常虛怯，只想到要爲自己洗清罪責並逃避責任，一部武俠傳奇之書也沒有必要深入到這一層面，以至於使讀者的觀感無所適從。

第二，有關陳家洛的思想鬥爭

在這個尾聲中，陳家洛被救後，立即陷入了一場複雜紊亂的思想鬥爭中，小說中開始了一堂冗長的意識形態教育課程。起點是陳家洛請阿凡提帶他去見一位阿訇，要加入伊斯蘭教，因爲他覺得：「我一輩子讀孔夫子的聖賢書，原來都是不對的。唉，百無一用是書生，我讀錯了書，說什麼忠孝仁義，害死了不少好兄弟。」因此引出了陸菲青引經據典的教訓。

小說中的這一段也有一連串的問題。首先，這一段不好看，讓人莫名其妙，在武俠小說中進行如此冗長枯燥的意識形態和價值觀念的討論，向來是小說家的大忌。在小說的尾聲之中，尤其忌諱這樣長篇大論的思想交鋒，通常會讓讀者感到不知所云，因而同樣無所適從。

其次，陳家洛所提出的問題，也不是真問題。紅花會反滿復漢運動的失敗，不過是因爲領袖陳家洛缺乏政治鬥爭經驗，缺乏對人性的深入瞭解，缺乏對權力及其關聯性影響的真知灼見，這些與閱讀孔夫子的聖賢書沒有必然的關聯。孔夫子並沒有面臨民族衝突和民族危機這樣的問題，而害死不少好兄弟的行動失誤則與忠孝節義無關。更何況，我們在小說中並沒有發現陳家洛是一個多麼虔誠的孔子門徒，他從十五歲就離開了家庭，離開了正式的文化教育，很難說他對孔子之書有怎樣多的理解。

再次，陳家洛突然提出這個問題，不僅問題本身莫名其妙，更關鍵的是，再一次將陳家洛推到了一個尷尬的立場上：使他成了一個道地的不負責任的人，一個無法為之辯解的懦弱者。將自己政治鬥爭失敗的責任推到孔子之書上，這決不是一個英雄領袖的應有行為。在這裏，陳家洛既沒有反省自己，甚至也沒有深化自己對乾隆及其政治當權者的認識，只是怨天尤人，有何價值。

又次，由陸菲青來充當漢文化辯護律師，看起來非常合適，實際上也很難經得住推敲。這個人是否有可能來到回疆，本身還是一個問題——武當派的馬真被殺、張召重慘死，需要他回到武當；而《飛狐外傳》中也正是這樣寫的——更何況面對陳家洛的假問題，陸菲青為何也不為他診察癥結，反而與他這番廢話？

最後，加上陳家洛的這一段，並沒有任何情節的發展，反而使得小說的性格與命運的悲劇衝突主題受到損害。增加這一段，人們對於陳家洛的悲劇，就不再是同情和憐憫，而是感到不可思議，並因他不負責任和怨天尤人而對他產生負面的看法。也就是說，這一節實際上是破壞了小說的悲劇效果。

第三，有關天上的喀絲麗

尾聲中的華彩樂章，應該是陳家洛的信中出現喀絲麗在天空中白雲上的幻象，這一幻象如此生動形象，似乎讓作者十分癡迷。然而在我看來，這一情節，同樣是損害了陳家洛和喀絲麗的形象，且嚴重損害了小說的悲劇效果。

首先，這一幻象的出現，是進一步弱化了陳家洛的主體意志的結果，小說中寫到陳家洛的提問，如：「喀絲麗現今在哪裡？她這樣嬌滴滴的一個小姑娘，孤身一人，有誰照顧她、保護她啊？」如：「阿凡提說她是在天堂花園裏，那是真的嗎？」如：「天上真有安拉嗎？我們人世的一切，是好是壞，都是安拉賜給我們的，都是安拉安排的，決定的，是不是真的？」作者是要讓陳家洛在宗教中尋找安慰，但這樣一來，陳家洛的主體意志、文化背景、價值觀念和他過去的行爲方式全都被否定了，這也是對小說的故事情節及其命運悲劇主題的否定。

其次，喀絲麗成了宗教的傳聲筒和說教者，這對於純潔天真的喀絲麗形象並非是加分因素，相反，會讓人覺得人工的痕跡太重，從而使得這一美麗仙子的純真形象受到破壞。進而，喀絲麗的說教中提及「安拉吩咐：普天下的男人女子，都是安拉造出來的，都是我們的兄弟姐妹，大家應當和睦相處……」及「滿洲人也是安拉造的。安拉所造的男人女子，有許多不信奉安拉，不遵從安拉的規律，安拉最後會懲罰他們……」等等，這些話若在情節設計中及其人物行動過程中加以表現，當然沒有問題，但作爲說教，非但枯燥讓人難以索解，而且容易讓人模糊小說的性格和命運的衝突主題。

小說的尾聲部分之所以要增加這樣一大段喀絲麗背誦《可蘭經》及其安拉語錄，原因很簡單，是作者在「本書第三版修改時，曾覓得《可蘭經》全文，努力虔誠拜讀，希望本書所述，不違伊斯蘭教教義……」*作者的認真態度當然値得敬佩，小說中對伊斯蘭教的敘述當然不能違背伊斯蘭教義；《可蘭經》當然富有先知智慧，博大精深，問題是，作者在閱讀過程中所領會並顯然非常欣賞的段落，是否有必要讓喀絲麗死而復生在天上向大家佈道？

再次，前面已經說到，小說第二十回的結尾，喀絲麗犧牲，陳家洛等人無限懷念，但卻只見到了一座空墳，這一出人意料的結局已經讓讀者震撼，並且爲讀者留下了極大的藝術想

---

*見遠流新修版《後記》。

像空間，從而堪稱是小說最好的結局。作者還要續寫尾聲，實在沒有任何必要。讓喀絲麗重現在天際，並教導陳家洛，固然使陳家洛心滿意足，但卻嚴重沖淡了小說的悲劇氛圍，且對小說的情節主題進行了徹底的自我解構，這樣的尾聲，只能讓人覺得是畫蛇添足。

又次，死者已矣，留給生者無盡的悲痛和懷念，這種情感無法書寫，也沒有必要書寫。尾聲之名爲《魂歸何處》，若只是要說明喀絲麗的芳魂去了天上，進入了安拉的懷抱之中，則沖淡了這一人物留下的巨大悲劇性；若是要說陳家洛從安拉、《可蘭經》和安拉那裏找到了靈魂的歸宿，則缺乏不但更加充足的文化心理依據，並且從根本上改變了小說的敘事主題。

最後，若要增加尾聲，讀者真正關心的問題只有兩個：第一個問題，是陳家洛能否重振精神，重整舊部，繼續自己未竟的事業？第二個問題，是喀絲麗香消玉殞之後，陳家洛和霍青桐之間能否舊情重續？現在，我們看到，作者迴避讀者最爲關心的兩個問題，寫下一篇先知箴言的佈道書，如前所說，這並非小說敘事的正道。任何正確的道德教訓，若不融匯於小說的情節發展和人物的心靈形象，都只能成爲小說中的人爲補丁，而不會給小說增添藝術光彩。

綜上所述，我只能認爲，小說《書劍恩仇錄》的尾聲《魂歸何處》，實際上完全沒有必要，同時也很難真正成立，不能讓人信服。

七、簡短的結語

在小說連載後二十年，作者對其進行了第一次大規模的修訂，出版了得到廣泛認同的流行版。流行版出版二十多年以後，作者再次對《書劍恩仇錄》進行大規模的修訂，並出版了我們見到的新修版。這表明作者的創作態度認真嚴謹。這種精益求精追求完美的作風，乃是對自己品牌的負責，也是對廣大讀者負責。這一點，我們必須予以足夠的理解和尊敬。

只不過，前一個二十年，與後來的二十年畢竟不一樣。從一九五五年《書劍恩仇錄》開始連載到一九七五年第一次大規模修訂，雖然時隔二十年，但這二十年中，作者始終在創作小說，並保持了極高的創作水準和飽滿的精神狀態。而後面的二十多年中，作者停止了小說的創作，創作的心態和水準也難以恢復到最好的程度。近四分之一世紀之中，金庸先生的文化學識和人生經驗毫無疑問有進一步的豐富和發展，但其精力和創作心態是否能保持當年的狀況，則是一個問題。

二十多年以前，小說中的幾乎所有人物都活動在作者的大腦裏，即使是閉著眼睛也能夠順著小說的肌理進行修訂手術。從最新修訂版的情況看，作者雖然也修訂了小說流行版中的一些情節漏洞，從而取得了不錯的成績，但新修版本身卻又出現了一些新的問題。最關鍵的原因，是對小說的敘事肌理不再熟悉，從而在「一斑」與「全豹」之間遊刃有餘。新修版中修訂了陳家洛對霍青桐的情感態度和情感心理線索，這本來非常之必要。但由於缺少整體觀，以至於實際的修訂變成了小塊的補充，從而變成了同義重複，甚至喋喋不休。從而，雖說新修版有得有失，但總體上看，是所失大於所得，即並不讓人真正滿意。

更嚴重的情況是，由於作者心態和價值觀念的變化，在新修版中出現了大量的道德和宗教說教。新增加的尾聲《魂歸何處》就是典型的例證。流行版的金庸小說的創作目標，旨在他對生機勃勃且劫難重重的人生和人性進行探索性的講述，從而不斷自我超越，創造出小說的天才奇觀。而新修版則急於將作者自己的道德價值和宗教觀念推銷給讀者，從而脫離了米蘭昆德拉所說的「小說的智慧」及其重要法則。這，恐怕是新修版有得有失，且失大於得的根本原因。

《射雕英雄傳》新修版細讀札記

金庸先生的最新修訂版《射雕英雄傳》出版之後，曾引起一片譁然。讀者議論紛紛，質疑猜測，見仁見智，原本都很平常。人都有懷舊的特性，已經習慣並且喜愛流行版本的讀者，對作者的一些人物關係和故事情節的修訂不習慣或不喜歡，可以說是人之常情。正如當年金庸先生第一次修訂版問世的時候，也曾有不少人發表意見，表示「新書不如故」。＊一些讀者出於念舊之情，對新修版發表情緒化評論意見，甚至要抵制新版，這些都可以理解。

從一開始，就有許多金迷朋友問我對新修版《射雕英雄傳》怎樣看，遺憾的是，我當時並沒有看這部新修版，當然說不出任何意見。後來抽時間看了，還是很難對新修版發表好或

＊倪匡先生在其《我看金庸小說》中，就曾公開表示他「喜歡舊版甚於新版」，與他意見相似的，顯然不只是倪匡先生一人。老一代的讀者中，肯定有不少人與倪匡先生有某些同感。

不好的「一言以蔽之」式的簡單評語。這問題說起來太複雜，因爲新修版確實有許多改得很好的地方，也有不少改得成問題的地方，還有一些本該修改但卻沒有修改的地方。對此，我有一份比較詳細的閱讀札記，想與願意討論新修版得失的同道分享。

我閱讀的最新修訂版，是臺北遠流出版公司二〇〇三年八月出版的新修版四冊四十回本（以下簡稱新修版），用來與之比較的，則是北京三聯書店一九九四年五月版四冊四十回本（以下簡稱流行版）。這兩個版本都是金庸先生親自授權出版的標準版本，它們的權威性毋庸置疑。

本札記將包括以下五個部分，即：一、改得好的例子詳細舉證；二、應該改而沒有改動的例子詳細舉證；三、改得成問題的例子詳細舉證；四、有關「黃梅之戀」問題的簡要評析；五、簡單的結語。

一、改得好的例子詳細舉證

先說改得好的部分。我的辦法是按照小說敘事的順序從前到後，將所有我認爲改得好的例子都收集起來，一一加以舉證說明。以下便是。

例如，新修版第一回，書中調整了曲三，即黃藥師大徒弟曲靈風的年齡，在流行版中，他出場時的年紀只有二十來歲，而在新修版中則變成了四十上下。原來的年齡與他的師兄弟們不大一致，且容易造成年齡上的漏洞。修訂之後則無問題。進而，新修版中多次寫到了曲三的女兒傻姑，彌補了流行版中傻姑小時候從來沒有出現過這樣一個小小的漏洞或缺陷。*

*小說新修版第一回中，寫到傻姑第一次露面的情形是：「只聽得門外一個女孩子的聲音叫道：『我殺老虎，殺三隻老虎給爹爹下酒！老虎來啦，老虎來啦！』一隻公雞從門外飛撲進來，跟著一個女孩雙手挺著一柄燒火的火叉自後追進門來。那女孩五六歲年紀，頭髮紮了兩根小辮子，滿臉泥汙，身上衣服也儘是泥汙，似乎剛從泥潭中爬起來一般。她見了曲三，笑道：『爹，爹，我給你殺老虎！』曲三臉上露出笑容，顯得很是慈愛，笑道：『乖，乖寶，殺了幾隻老虎啦？』那女孩挺著火叉，又去追趕公雞，叫道：『殺三隻大老虎，一隻，六隻，五隻，給爹爹下酒。乖寶自己吃一隻！』那雄雞飛撲著逃了出門，那女孩挺火叉追了出去。」見臺北遠流公司二〇〇三年八月新修版第一回，第九頁。在第十六頁，小說中寫到曲三時，再次寫到他的女兒：「……他那個五六歲的小女孩，也常常捉雞、追狗，跟爹爹胡言亂語一番。曲三沒了妻室，要照顧這樣一個小女兒，著實不易。」第三十二頁，為傻姑增加了第三段，即：「這日午後，楊鐵心與妻子閒談，說起賣酒的曲三出了門，留下個小女兒孤苦可憐，沒人照顧。包惜弱心下不忍，帶了些糕餅前去探視，過了好幾個時辰才回，說道那女孩沒飯吃，餓得很了。她有了身孕，無力照顧，已將她帶到紅梅村娘家，托她母親照看幾天，等曲三回家才送回。楊鐵心知道曲三英雄，得能助他一臂之力，頗以為喜。」

又，第一回書中，流行版中，官兵奉命抓捕郭嘯天和楊鐵心，所奉的是「韓相爺的手諭」，在新修版中改爲奉「臨安府府尹大人的手諭」。這一改動，應該更爲合理，韓相爺親自下手諭抓捕兩個小小的村夫，未免有點小題大做。而臨安府府尹則身當其職，必須奉命而行，完全可以發下手諭——最好當然是寫下公文——抓捕「反賊」。前文有這位府尹大人學狗叫的傳說，現在又見他下手諭捕捉無辜村民，可以使讀者對這一「狗官」留下更加深刻的印象。

又，流行版第三回書中，段天德帶著李萍到了揚州，發現韓寶駒和韓小瑩在旅館中詢問他們的消息，急忙拉著李萍從後門溜出，李萍完全沒有反應。新修版同一回中，加上了：「李萍張口欲叫，段天德伸手按住她嘴，重重打了她一個耳光，忍著自己斷臂劇痛，忙雇船再行。」加上李萍應有的反應和段天德的及時應對，故事情節就更加合情合理了。

又，第三回書中，寫韓寶駒兄妹加上柯鎮惡追蹤段天德和李萍，流行版中，從段天德的角度寫道：「……總算這三人不認得他，都是他在明而對方在暗，得能及時躲開，卻也已險象環生。」這一寫法明顯有問題，因爲實際上恰恰相反，應該是韓寶駒等人在明，而段天德在暗，所以，新修版改成了「……都是他在暗而對方在明……」這樣的改動，當然非常準確，且十分必要。

又，流行版第五回書中，柯鎮惡等人見到郭靖之後，只交代了一句：「江南六怪就此定居大漠，教導郭靖與拖雷的武功。」這雖簡潔，但未免有點簡潔過頭，留下了一大一小兩個疑問或漏洞。小問題是，江南六怪要教導郭靖，如何能不與李萍商量一下？大問題是，李萍母子和江南六怪相逢，人多勢眾，爲何還要繼續留在大漠，爲何自始至終都沒有人提議回到江南故鄉去？

新修版注意到了這兩個問題，爲此專門增加了將近六個自然段的篇幅，詳細講述了江南六怪與李萍見面的情形，也專門討論了要不要回江南的問題。這一些新增加的內容，應算是新修版的成功範例。

當然，若是仔細追究起來，新增加的內容也不是沒有問題。具體如下：

一、新增開頭說：「江南六怪待居處整妥後，便叫郭靖帶去見他母親……」這一句首先就有問題。江南七怪與郭靖相遇的地方，是王罕的營地，而不是鐵木真的營地，郭靖隨鐵木真到了這裏，但李萍並不在這裏，而是在鐵木真原來的營地之中。所以，更合適的說法應該不是「居處安妥之後」，而應該是「待回到鐵木真的老營地之後」，否則他們根本無法見到李萍。

二、書中「當晚李萍煮了紅燒羊肉、白切羊羔、羊肉獅子頭等蘇式蒙古菜肴款待六怪。」其中「蘇式蒙古菜肴」的說法，多少有點問題，李萍是出身在浙江臨安的一個普通的村婦，對中華菜系恐不懂得多少，未必知道啥是蘇式、啥是魯菜，所以，在這裏的合適說法應該是「漢式蒙古菜肴」。

三、新修版中解釋李萍、江南六怪爲何不回鄉這一問題，提出的理由比較古怪，即如全金髮所說：「咱們嘉興的小夥子，到得十五六歲，如果不忙著種田、澆菜，家裏有錢，那便唱曲子、找姑娘、賭錢，要不就讀書、寫字、下棋。練武打拳給人瞧不起。我看哪，倘若大家都不學武，咱們江南文弱秀氣的小夥子，五個聯手，還打不過這裏一個蒙古少年。」以及南茜仁所說：「練武，這裏好，江南太舒服，不好！」繼而作者出面解釋說：「他這句話，其餘五人盡皆贊同。江南山溫水軟，就是男子漢，行動說話也不免軟綿綿的溫雅斯文，江南七怪武功卓絕，那是絕無僅有的傑出之士，大多數人卻絕非學武的材料。六怪均想，以郭靖的資質，在蒙古風霜如刀似劍的大漠中磨練，成就決計比去天堂一般的江南好得多。六人雖然思鄉，想到跟丘處機的賭賽，決定還是留在大漠教導郭靖。」

上述文字，若是評述江南嘉興的文化傳統，當然是一篇很好的文字。但若是解釋江南六怪和李萍爲何不回鄉去，則顯得相當牽強。江南人不適合練武，郭靖的祖籍並不在江南；江南練武被人瞧不起，這與江南六怪和郭靖等武林中人有何關係？江南生活舒適，與郭靖的練武資質又怎樣產生矛盾了？郭靖天資不高，但卻堅毅而有恒心，若江南六怪能夠抓緊督促，在哪裡不能將郭靖教育成才？

其實，江南六怪不回江南的理由並不是找不到。例如，一、江南六怪在中原武林中肯定會有一些仇怨，一旦知道他們回到故鄉，要對付那些人那些事，肯定不會有蒙古草原這樣安靜的教學環境。二、郭嘯天、楊鐵心殺死官兵，而段天德又沒有抓到，回到江南之後，難保官兵不來找他們的麻煩。即使他們能夠對付，但顯然會干擾郭靖的練武。三、江南六怪與丘處機打賭，在正式比賽之前，郭靖的武功進境情況當然要保密，不讓對方知道爲好，中原的任何地方，當然都不如蒙古草原這樣安全，別人根本就難以想到他們會在這裏。總之，他們要留下來，不應該是因爲這裏條件艱苦，而應該是因爲蒙古草原地方安靜、安寧、容易保密，再加上環境艱苦而又單純，對郭靖的成長應該比較有利。

又，在第六回書中，江南六怪帶著郭靖離開蒙古回江南之際，李萍爲何不跟著他們去而要繼續待在蒙古？流行版中沒有多加解釋，多少有點缺憾。新修版中加上了一段：「她眼見六怪與兒子即可歸鄉，自己離鄉已久，思鄉殊切，一心與之同歸，但想兒子成親時自己必須參禮，千百里往返，回南之後，又再北來，未免太費周折，思前想後，只得言明自己留居蒙古待子回家成親。」這一解釋，才真正合情合理，讓人無法挑剔。

又，在新修版的第十回結束後，作者增加了兩條注釋，第一條是針對「有論者提出『華山論劍』之說不當，蓋五大高人無一使劍，所比者亦非劍術劍法」而作的答辯解釋。第二條是針對「臺灣有論者認為『三花聚頂，五氣朝元』乃練功之初步入門功夫，初學者必知，梅超風不必問」而作的答辯解釋。第二條注釋，實際上還延伸到了第十一回的正文中：「他說的是馬鈺所教練內功之法，與全真派道教長生求仙的法門全然不同。郭靖在蒙古大漠懸崖之頂隨馬鈺修習內功之時，馬鈺不願負起師徒之名，以免對不起師弟丘處機與江南六怪，初時只教郭靖如何呼吸、打坐、睡覺，後來郭靖內息既通，說道『有幾隻小耗子在我肚皮裏鑽來鑽去』，馬鈺知他內功已有小成，便教他一些練功的術語與法門……黃藥師的桃花島武功並非道家一派，內功運息、外功練招，均與全真派的道家功夫大不相同，《九陰真經》卻源自道家。」＊這一解釋，不僅回應了苛刻的批評，而且使得小說中的武功敘事變得更加嚴謹。

又，第十二回書中，梁子翁追擊郭靖，聞洪七公之名而喪膽，洪七公要郭靖將他打一頓，郭靖反而為他們求情，原作中，洪七公罵郭靖「沒出息」，郭靖無言以對。新修版中增加了一句：「洪七公轉念笑道：『好，好，好！得饒人處且饒人，這正是亢龍有悔的根本

＊抄錄時，中間省略了一大段，詳見遠流新修版第十一回內文。

道理！』」這一改動，不僅讓郭靖和讀者加深了對「亢龍有悔」的理解，同時也讓洪七公的俠義形象得到了一次突顯的機會，讓人們感受到，洪七公和郭靖這對師徒，在本質上完全一致，都是要得饒人處且饒人的。

又，小說的第十二回中，洪七公教了郭靖一個多月之後決意要離開，黃蓉仍然用美食相誘，方法是，說：「死倒不打緊。我最怕他們捉住了我，知道我曾跟你學過武藝，又曾燒菜給你吃，於是逼著我也把『玉笛誰家聽落梅』、『二十四橋明月夜』那些好菜，一味味的煮給他們吃，不免墮了你老人家的威名。」

新修版改為：「……逼著我把什麼『暗香浮動月黃昏』、『江月何時初照人』那些稀奇古怪的好菜，一味味的煮給他們吃，那些都是你沒品嘗過的，豈不是墮了你老人家的威名。（？）」這一改動的好處一目了然，別人吃了洪七公曾經吃過的菜，談不上使洪七公「墮了威名」，但若有人吃到了洪七公也不曾吃過的名菜，那不僅會讓洪七公「墮了——天下第一美食家——威名」，更關鍵的是能夠讓洪七公馬上就流口水，這樣說，才能真正將洪七公打動。修改前的說法，就顯得多少有些勉強。

新修版中還讓黃蓉講述想像中的沙通天的吃相，加了一句「吃起來口沫橫飛，我那些好小菜中全給他濺了唾沫，你說討厭不討厭！」而洪七公與黃蓉討價還價的時候，在「只要有一味菜吃了兩次，老叫化拍拍屁股就走」之後，又增加了一句：「……而且燒的小菜，定須是你至高無上的拿手絕招，那麼將來就算有些壞蛋抓了你去，吃到的菜肴也勝不了老叫化吃過的，那倒不妨。」增加這些說法，不僅更加合理，也更加好玩。

又，在第十二回書中，黃蓉和洪七公、郭靖三人談論歐陽克的蛇陣，洪七公說若蛇太多，很可能要被困餓死，新修版增加了一句：「黃蓉道：『毒蛇切去了有毒的頭，可以作蛇羹，加上雞湯、菊花瓣兒、檸檬葉子，味道不錯。』洪七公連連點頭，左手食指大動。」黃蓉是烹調高手，洪七公是美食家，談到蛇陣與饑餓，順便說到蛇羹的做法和美味，順理成章，也增加了一份美食趣味。

黃蓉學會了「滿天花雨擲金針」之際，順手捕殺了不少蛇，新修版加上了一段：「她手頭材料現成，乘機做了炒蛇片、煨蛇段、清燉蛇羹幾味菜請洪七公嘗新。有一味『紅燒全蛇』，把一條蛇做得縮頭縮腦，身子盤曲，蛇頭鑽在身子底下。黃蓉說：『這條蛇大丈夫能屈能伸，這味菜叫做「亢龍有悔」！』洪七公和郭靖哈哈大笑。」這一增加的敘事段落，完全順其自然，表現了黃蓉的高興心情，當然也是要表現她施展高妙的烹調手段，繼續籠絡洪七公。這樣生動豐富的蛇宴描寫，會讓一些喜歡吃蛇的讀者朋友大流口水。

又，小說情節的一個重要的改動，是有關《九陰真經》的兩個設計，第一是這部經書下卷的存在形態和下落，第二是對這部經書中存在「九陰白骨爪」、「摧心掌」等惡毒的功夫，進行了比較合理的重新解釋。

先說第一個改變，即經書的形態和下落。

在流行版中，經書下卷的原本被老頑童一氣之下撕得粉碎；黃藥師夫人的抄本則被黑風雙煞偷走，進而被陳玄風燒掉，經文的內容被他刺在自己的胸口，在他死後，梅超風將他胸前經文刺字的皮膚剝下，製成一部讓人驚訝的人皮經文；這個人皮經文在太湖歸雲莊上被朱聰得到，交給郭靖，後來被老頑童發現，將經文的內容口傳給郭靖，幫助郭靖在背誦經文比賽中獲勝。陳玄風要毀掉經文，爲的是不讓梅超風貪功冒進；而將經文刺在自己的胸前，其實不是爲了自己方便，而是爲了梅超風在他死後、雙目失明之際，能夠從人皮上摸出經文內容，以便繼續修煉功夫。但這樣的寫法，不合情理的地方也比較明顯。具體說：一、陳玄風將經文刺在自己的胸前，自己看都非常困難，那又有何用？二、陳玄風的胸口刺經文，他妻子梅超風不可能等到他死後才知道；三、陳玄風的胸口不可能刺下所有的經文內容；四、這樣的寫法，顯然有妖魔化黑風雙煞的痕跡。

所以，在新修版中，作者對這一情節進行了修改。一、陳玄風沒有毀掉經文，當然也就沒有將經文刺在自己的胸前。二、梅超風在歸雲莊上失落了經書，但朱聰等人很快就將這部經書交還給她。三、梅超風將經書很快就交還給了黃藥師。四、黃藥師後來就是拿這部經書抄本讓郭靖、歐陽克背誦。這樣一來，這部經書抄本就不可能經過郭靖的手。所以，五、作者相應修改了另一個情節，那就是老頑童並沒有撕毀經書原本的下卷，而只是撕毀了封面，經書還留在他的手中，與上冊在一起，後來在桃花島上的山洞中傳授給了郭靖。這樣的改動，有關這部經書的形態、流向和下落的情節，就更加合情合理了。

再說第二點，那就是《九陰真經》這樣一部神聖武學經典之中，何以會有「九陰白骨爪」這樣邪門武功？

小說原版和流行版中始終沒有給出真正合理的解釋。只是說：黑風雙煞練法不對，甚至暗示說同一種武功，正人君子練出來的是正派武功，而邪門歪道練出來的則是邪門武功。這一解釋多少有些玄虛，讓人難以真正信服。

在新修版中，作者對此做了解釋。例如小說的第十四回書中，梅超風將經書抄本交給師父黃藥師的時候，黃藥師向她解釋說：「這部九陰真經，害苦得人當真不少。這下卷前面所記的武功，是用來給人破解的，你和玄風不知，當真練了起來，可吃了大苦，就算練成了，也會給後面的武功一一破解打垮。這道理只要研讀上卷，便可領悟。你們練的什麼九陰白骨爪、摧心掌、橫練功夫、白蟒鞭，歸根結底，其實完全無用。倘若有用，玄風又怎會給個小孩兒殺死。(?)」*雖然，陳玄風被殺與他們這些功夫是否有用未必有必然關係，因而作者這樣說還是有點勉強；但總體上說，這樣的解釋比原來的說法要實在得多。

後來，老頑童就此事對郭靖做了進一步的解釋：「啊，是了。九陰真經上載明不少陰毒邪惡武功，那都是黃裳的敵人使的。黃裳要知其破法，必先知其練法，因此將練法和破法全都寫入了真經，真經的要旨是在擊破邪惡武功之法，而不在邪惡武功的練法。黃老邪的徒弟，也多半是大邪小邪，他們不學破法，卻去學了邪法。」這樣一來，有關九陰真經之中何以會有「九陰白骨爪」之類的武功，就更加清楚明白，沒有任何問題和漏洞了。

又，第十七回書中，老頑童教會郭靖雙手互搏，說：「兄弟，這分身出擊功夫的精要，你已全然領會……**只可惜內力卻增不到半分，身上內力分在兩手，每隻手還不到一半，這美中不足之處，你不要對他們說，一動上手，就雙手各使不同武功，打得他們頭昏腦脹，來不及體會到其中的缺陷**。」若作者不這樣解釋，讀者肯定也不會想到許多，現在這樣說了，讀

---

*在流行版中，戴著面具的黃藥師將梅超風從歸雲莊抓出去的情節沒有明寫，但在新修版中，這一情節被明寫了，寫到了梅超風向黃藥師懺悔，並將經書抄本送還給師父，黃藥師開始諒解這個叛徒，所以才說了上面引用的這番話。明寫這一段是否有必要，這一段寫得是否精彩，肯定還有很大的討論餘地。這裏就不多說了。

者當然會覺得老頑童言之有理。

又，第十八回書中，黃蓉當著洪七公的面對父親說，她已拜了七公他老人家為師，新修版中加上了幾句話，即：「……事先來不及求你允許。你平日常稱道七公本領高強，為人仁義，女兒聽得多了，料想你必定贊成。爹爹，女兒事先沒請示你，是女兒不對，你別見怪吧！」這段話雖然聽起來未免有點囉嗦，但黃蓉說出來，卻有充足的理由。一、她當時騙洪七公教授郭靖的時候，曾經說自己父親曾經誇獎過洪七公的武功了得，這一說法很可能是她編造的，所以現在必須當著父親的面說出來，免得父親不知道，不認賬，那樣就不好了。二、洪七公答應過要給他們做媒，現在正是時候，黃蓉之激動，不言而喻，說出這些話來，既讓師父高興，也讓父親高興，一舉兩得，或許父親就不會將她許配給歐陽克了。這種一反常態的囉嗦，正是黃蓉的精明之處，她要以一席話將兩個長輩一舉搞定。

又，在第十八回書中，增加了一段有關「蛤蟆功」的解釋：「原來蛤蟆冬眠之期極久，在土中隱藏多時，積蓄體力，一出土便精神百倍。歐陽鋒所練蛤蟆功主旨與此相仿，平日練功，長期蓄力，臨敵時一鼓使出。又月中蟾蜍，俗稱蛤蟆，此功於夜中對著月亮中黑影而練，故有此稱。」蛤蟆功一說，本來是作者對歐陽鋒其人不滿的產物，沒有很好的解釋。但既然歐陽鋒本人也自稱自己的武功為蛤蟆功，那就多少要有點道理才是。這裏的解釋雖然並非十全十美，但至少是一種中性的解釋，讓人能夠接受，所以，這樣的插話解釋，當然很好。

又，在第十八回書中，黃藥師吹奏《碧海潮生曲》，新修版中增加了一句對這一樂曲的形象描寫：「……潮水中男精女怪漂浮戲水，摟抱交歡，即所謂『魚龍漫衍』、『魚游春水』，水性柔靡，更勝陸地。」這樣一寫，這支曲子的形象或意象就更加清楚明白了，這樣充滿誘惑的靡靡之音，難怪所有聽到樂曲的人都會春情激蕩，難以自抑，甚至老頑童也抵擋不住。

又，在第十九回書中，黃藥師再次打傷老頑童，然後給他服藥，老頑童覺得黃藥師的藥非常靈驗，誇獎對方不愧藥師之名，又說「奇怪，奇怪，我名叫『伯通』，那又是什麼意思？」新修版中補充了一小段：「黃蓉心道：『伯通就是不通！』但見父親神色儼然，話到口邊，卻不敢說。」這一段很有意思，不僅再次幽默地點明了周伯通的「不通」，同時也寫出了黃蓉睚眥必報的個性：老頑童臨去之前，讓黃藥師踩了一腳屎，淋了一頭尿，黃蓉當然對這個老頑童沒有好感，所以有此一想。妙在黃藥師心情複雜，臉色儼然，黃蓉於是不敢說出口來。

又，第二十回原來的回目是《竄改經文》，新修版改爲《九陰假經》，這一回目比原來的要好得多。

又，新修版第二十二回書中，郭靖在洪七公受傷之後，書中寫郭靖道：「師父，那九陰真經之中，有幾段叫作『療傷章』，似是治療內息受損的法門，但這些句子古裏古怪的，弟子不懂，我背給你聽，請你琢磨。」當下將「療傷章」緩緩背將出來，他分不清何者有關，何者無關，將「療傷章」的前後都背了一大段……這一段補充，塡補了小說流行版中原有的一個漏洞，那就是人們不明白爲何郭靖在自己受傷的時候，能夠想到九陰真經上有療傷的法子，並且說幹就幹，七天七夜就治好了重傷，而洪七公受傷卻始終沒有想到有這樣的法子呢？現在增加這一段，就完全沒有問題了。受傷治療有法子，但也要有環境，在無名島上，歐陽鋒的存在，不可能讓洪七公安心療傷。這樣，郭靖和黃蓉無法給師父療傷，也就能夠說得過去了。

進而，在新增加的篇幅中，還有這樣一段：「郭靖道：『師父，這七日七夜之中，助療者與傷者手掌不可相離，難道大便小便也不行，這可難了！』洪七公笑道：『只是傷者大小周天順逆周行之時，兩人手掌才不可離，別的時候卻不須手掌黏貼。』……」實際上還彌補了流行版的另一個漏洞，那就是徹底解決了小說中後來黃蓉幫助郭靖在牛家村密室療傷七天七夜中的大小便問題。

又，新修版第二十二回書中，歐陽鋒叔侄筏散落水，洪七公要救人，黃蓉不願意，說郭靖不是丐幫的人，不必顧及丐幫的這一「不通的規矩」。流行版中對這一段已經寫得很好，新修版在黃蓉的話後面又加上一句：「……**師父，丐幫規矩是濟人之急，卻沒有『濟鬼之急』這一條，他變成了鬼，就不用濟他了**。」進而，「……**黃蓉兀自強辯：『乘鬼之危，那總可以吧**？』」加上這些話，黃蓉的情感態度表現得更加明顯，也更加激烈，不這樣寫，黃蓉的性格就沒有這樣突出。

後面，還有一段，說：「黃蓉心道：『師父什麼都好，就是對「仁義」二字想得太過迂腐，對惡人的仁義，便是對良善的殘暴。只盼靖哥哥不要學他這一節才好。講到對付惡人，他該學學他「岳父」才是。』想到『岳父』的稱呼，不禁臉露微笑。」這一段就更加生動有趣，而且將黃蓉的心性寫得更加活靈活現。

又，新修版第二十三回書中，老頑童對洪七公和郭、黃說：「那老毒物我向來就瞧著不順眼，我師哥臨死之時，爲了老毒物還得先裝一次假死。一個人死兩次，你道好開心嗎？老叫化，你死只管死你的，放心好啦，**只要你挺住不復活，那就只死一次。我給你報仇，先弄死老毒物，再弄他活轉，再弄死他，叫他死兩次**。」新增加了黑體字的這些話，雖然沒有增加新意，但很符合老頑童的性格、心思和價值觀念。增加這段話，那就更加好玩了。

又，新修版第二十三回書中，郭靖受傷之後，黃蓉要幫助他療傷，郭靖改進了療傷的辦法，說：「難就難在七日七夜之間，當內息運轉大小周天之時，兩人手掌不可離開，兩人內息合二爲一，氣息相通……」這一改動的好處，是療傷方法中沒有了明顯的漏洞，即爲療傷設定了一個新的前提，那就是只有在「內息運轉大小周天」的時候才需要兩人手掌相連。也就是說，其他的時候可以分開。這不僅使得兩人更加方便與自由，也更加符合人性和生活常識。與此相應，在後面第二十四回中的具體療傷過程中，也增加了「息行數周，兩人手掌分離，休息片刻。」前後呼應，更加合理。

又，在新修版第二十五回書中，陸冠英說自己配不上程瑤迦，黃藥師說「配得上的！你是我的徒孫，就是**皇帝的姑母**也配得上！」這句話，流行版的原文爲「就是公主娘娘也配得上！」黃藥師蔑視權貴，自然不會把「公主娘娘」放在眼裏，所以改成「皇帝的姑母」顯然更加合乎他的心理和個性。雖然是一個小小的細節，有此改動，黃藥師的語言習慣和個性顯得更加統一。

又，在新修版第二十六回書中，加寫了一段：「郭靖與黃蓉搬出曲靈風的骸骨，葬在梅超風之旁。六怪雖與黑風雙煞是死仇，但人死爲大，也都在墳前叩頭祝告，消解前仇。黃藥師瞧著兩座新墳，百感交集……」這比原來版本中對死者不加理會顯然要合情合理得多，如此也爲小說增加了一段感人的情節。

又，新修版第二十六回書中，流行版中將岳陽寫在了荊湖南路境內，新修版根據編輯的查證，改爲屬於荊湖北路境內，糾正了錯誤。新修版該回後面有注釋。

又，流行版第二十八回中，黃蓉只將催眠她和郭靖的彭長老降了一級，即由九袋長老降級爲八袋長老，而在新修版中，黃蓉將彭長老連降五級，從九袋長老降爲四袋弟子，並且讓「彭長老當即從背上九隻布袋中取下五隻，垂頭喪氣的退在後面。」這一改動，看起來意思不大，但卻更加符合黃蓉的性格，也迎合了讀者的閱讀心理。要知道，黃蓉從來都是一個睚眥必報的人，而心術不正的彭長老也應該受到這樣的懲罰。

又，第三十回書中，增加了一段郭靖的感悟：「……這時依稀明白，身有內功之人，受傷後全身經脈封閉，九陰真經中所載療傷之法，是旁人以內力助傷者以內息通行全身周天各穴。但黃蓉受傷太重，無法如郭靖一般，傷後在牛家村密室中運息通穴療傷，一燈大師純以外力助她氣透周身穴道，其理相同，只不過一者引動自力自療，一者則全以外力他療。」改得好的理由是，流行版中始終存在這樣的疑問：郭靖受傷能夠讓黃蓉幫助自療，洪七公、黃蓉先後受傷，爲何不能用九陰真經的方法來治療呢？新修版彌補了這一漏洞，上述郭靖的感悟，實際上是對讀者解釋爲何黃蓉的傷勢必須求助於一燈大師。

又，第三十一回書中，黃蓉議論王重陽和全真七子，新修版中加了些話：「黃蓉道：

『……他收的七個弟子就平平無奇，**差勁得很，恐怕比不上你的四位弟子。』一燈道：『全真七子名揚天下，好得很啊！』黃蓉扁嘴道：『完全不見得，武功人品都是漁樵耕讀強些！』**」這些話，符合說話的環境，符合黃蓉的性格。因爲黃蓉一向不喜歡丘處機，更何況眼下充滿了對一燈大師救命之恩的感激之情，當然要把她對丘處機的反感和對一燈大師的感恩情緒誇張地表現出來。

又，第三十一回書中，一燈向郭靖、黃蓉等敘述往事的時候，增加了一段話：「……四個弟子追查歐陽鋒的蹤跡，子柳卻查到瑛姑在湘西桃園林中的沼澤裏隱居，修習武功。我擔心她修煉上乘功夫時走火出事，便從大理過來，長期在這荒山上坐禪，盼能就近照料，又派人爲她種樹植林，送她糧食用品……」這段話彌補了漏洞，不僅說明了爲何他們要從大理來此隱居的真正原因，也交代了一燈大師真誠懺悔、想透過幫助瑛姑爲自己贖罪的動機。當然，也不排除黃蓉猜測的那樣，一燈大師可能「心中一直愛她」。

同一回書中，一燈大師爲郭靖解說九陰真經的梵文段落，新修版增加了一段：「道家武功本來以陰柔爲主，九陰極盛，乃成爲災，黃裳所以名之爲《九陰真經》，原有陰陽不調，即成爲災之意。這九陰真經的總旨闡述陰陽互濟、陰陽調和的至理，糾正道家但重陰柔的缺失，比之真經中所載的功夫更深了一層。」這一段話顯然是對一些研究者的回應，在解釋九陰真經問題時，學理上更加嚴謹。

又，在第三十四回書中，關於韓小瑩之死，新修版有如下改變：「韓小瑩是橫劍自刎，右手還抓著劍柄，當是她自知不敵，不願像韓寶駒那樣慘死敵手。只見韓小瑩左手撫在玉棺的棺蓋上，五根手指上都蘸滿了血，也不知是韓寶駒傷處的還是她自刎後流出的血，在白玉棺蓋寫了個小小的『十』字，似乎一個字沒寫完就死了。黃蓉之母的玉棺乃是楠木所製，棺蓋朝天的一面鑲以一塊大白玉。韓小瑩左手五指蘸血劃出五條血痕，再加一個小小『十』字，晶瑩白玉襯出凝結的鮮血，又是豔麗，又是恐怖。郭靖嘶聲叫號：『七師父，你要寫黃藥師，弟子知道了，說什麼也要給你報仇。』」

這一改動，彌補了流行版中的一個漏洞，流行版中是說朱聰在給黃藥師信的背後寫下了：「事情不妙，大家防備……」的字樣，*這有點不合情理，他要寫給誰看？如果發現了事情不妙，爲何不乾脆說出來，而要寫出來？現在新修版改爲讓韓小瑩來寫，就沒有任何疑

---

*只不過，新修版將朱聰所寫的字形和南茜仁所寫的字形也作了調換。另外，流行版中的這一頁中還有一段話，即：「黃蓉當他觀看紙箋之時，見他神色閃爍不定，心知紙上必有重大關鍵，見紙團落下，便慢慢走近拾起展開，正反兩面看了一遍，心道：『他六位師父到桃花島來，原是一番美意。恨只恨這妙手書生為德不卒，生平做慣了賊，見到我媽媽這許多奇珍異寶，不由得動心，終於犯了我爹爹的大忌……』」這一段在新修版中被刪除了。

問了，因爲她是自刎的，當然有點時間來寫字；又因爲她是女子，相對心細，肯定是要爲他人留下指正兇手的證詞。＊

又，第三十四回書中，朱聰等人前來，曾寫過一封信給黃藥師，流行版中這封信沒有交出，還在朱聰的身上，後來才被郭靖發現。新修版改爲黃蓉要尋找線索，在父親的書房中找到了這封信。這樣改動更加合理，黃藥師得到資訊，不願與他們相見，才會躲開；而黃蓉要找到線索，才找出這封信。理由都非常充分。不像流行版中，要郭靖從朱聰身上查出這封信，尤其是信的背面還有「事情不妙，大家防備」那樣故意將郭靖引入岔道的提示，都明顯有人爲的痕跡。

又，第三十四回書中，南希仁臨死前留下線索，流行版中寫的是「殺我者乃十」五個字，新修版改爲一個「西」字還沒有寫完。這一改動更有道理，南希仁要用最後的一點點生命力寫出線索，爲何還要寫「殺我者乃」這樣的廢話——何況這些字還有那麼多的筆劃？

又，第三十四回書中，柯鎮惡在流行版中說：「別聽妖人妖女一搭一檔的假撇清，我雖

＊這一改動很好，但若能讓韓小瑩將「楊康」二字寫全，或寫出一個「楊」字，然後讓楊康去擦掉大部分，留下一個「十」字，讓郭靖去誤會成「黃」字的起筆，那就更妙了。

沒有眼珠，但你四師父親口說道：他目睹這老賊害死你二師父，逼死你七……」新修版中將這段話的要點改爲：「……我雖沒眼珠，但在墳墓外親耳聽到你六師父的秤桿給人奪去用手折斷，桃花島上，除了這老賊之外，更有誰有這高的功力……」如此，由目睹改爲耳聞加上推理，敘事更加嚴謹。

又，第三十五回書中，新修版重新安排了南茜仁的死亡線索，一、讓南茜仁逃走，歐陽鋒和楊康在幾天之後才找到他，並毒害他；二、歐陽鋒之所以能夠找到南茜仁，是因爲楊康手頭有從歐陽克那裏得來的桃花島總圖。這樣一來，南茜仁當然不能「見證」黃藥師殺人，但卻有一個很大的好處，那就是晚受害幾天，見到郭靖、黃蓉的理由就多了幾分。若他是與韓寶駒等人同日遇害，硬挺到郭靖和黃蓉來到，實在有些勉爲其難。更重要的是，透過這個修改，重新安排了桃花島總圖的下落，楊康殺了歐陽克，從他身上取得這份總圖，實在是順理成章，也完全符合楊康的性格。

與此相應的，新修版第三十六回書中，還增加了歐陽鋒質問楊康的一段話：「桃花島的總圖，本來在我侄兒身上，後來到了你手裏，我問你原因，你說因和我侄兒交好，借了來想學五行八卦的變化。我當時還有些不信，原來你殺了他之後，據爲己有，是不是？」這樣，這一線索的安排和敘述就更加嚴謹了。

又，第三十五回書中，增加了一條黃蓉對桃花島精舍中有打鬥痕跡的合理解釋：「你們在墓室中殺人之後，又回到我爹爹精舍，將桌椅門窗打得稀爛，好裝得是我爹爹與六怪動手所打壞。歐陽伯伯，你要殺六怪，他們擋不住你的一招。我爹爹要殺他們，也不用使第二招，用不著在精舍裏打得這麼一塌糊塗吧。這真是欲蓋彌彰了，當時我一見就知道不對。」此說顯然更加合乎道理，彌補了原流行版中的一個小小的漏洞。

又，第三十六回書的最後，寫成吉思汗準備西征，增加了幾段，是：「此外糧食、馬秣裝在駱駝及馬車之上，更有牛羊無數，此去西行荒涼，軍馬給養，務須備足。」和「蒙古人從宋人、金人處學得了煉鐵、鑄鐵之術，兵甲銳利，舉世無敵，成吉思汗天縱英明，用兵如神，戰無不勝。」好處是更細，也更充分。

與之相類的，還有在第三十八回書中增加了：「還有幾尊從金兵、宋軍那裏輾轉奪來的火炮，也發炮轟擊……」如此對戰爭的細節描寫更加具體，且戰爭故事的講述中還附帶說了文明傳播的資訊，讀者可以獲得更多。

又，第三十七回書中，郭靖聽歐陽鋒說黃蓉從他手裏逃走，「不住大叫：『好極！好極！**真正多謝你了！**』**歐陽鋒和他有殺師大仇，決不可解，但他不害黃蓉，心中終究感激**。」黃蓉是自己從歐陽鋒手中逃走，而並非歐陽鋒好意放走，郭靖卻要感激歐陽鋒，看來毫無道理，但不如此，就無法寫出郭靖對黃蓉的關愛之心和聞黃蓉脫險的喜悅之情。雖然不合邏輯常規，卻合乎郭靖的性格和心情。

又，第三十七回書中，黃蓉與郭靖重逢後說歐陽鋒：由「……他害你五位師父之時……」改爲「……他害**我們**五位師父之時，下手可曾容情了？**他殺四師父，使的手段可光明正大**？」好在關係密切到不分你我，因而更加應該同仇敵愾。這一個語詞細節的改動，形象地說明了黃蓉與郭靖的關係深了一層。

又，在第三十九回書中，新修版增加了郭靖在東歸的漫漫長路中苦苦思索的大量內容：「他在曠野中信步而行，小紅馬緩緩跟在後面，有時停下來在路邊咬幾口青草，他心中只是琢磨：『我爲救撒麻爾罕城數十萬男女老少的性命，害死了蓉兒，到底該是不該？……』……」＊將郭靖對「是非善惡」的思索寫得更加詳細，千絲萬縷，讓郭靖苦惱不堪。同時，也讓郭靖的心性表現得更加突出。要表現郭靖這樣一個智力遲鈍且不大愛動腦子的人，成爲一個「思考的人」，而要讓讀者信服，當然是一件極其不容易的事情，小說增加

＊增加的段落很長，沒有必要一一抄錄，有興趣的讀者可以參考原文。

這些，才算是鋪墊到位。

又，第三十九回書中，郭靖和黃蓉言歸於好，流行版中是：「黃蓉伸衣袖給他抹去淚水，笑道：『臉上又是眼淚，又是手指印，人家還道我把你打哭了呢。』這麼盈盈一笑，兩人方始言歸於好，經此變故，情意卻又轉而深了一層。」新修版改爲：「黃蓉伸衣袖給他抹去淚水，笑道：『臉上又是眼淚，又是手指印，人家還道我把你打哭了呢。』**郭靖道：『是你把我打哭了最好！』**黃蓉盈盈一笑，**兩人就此言歸於好，**」新修版注意到了郭靖的心態，更加簡潔，沒了「情意轉深一層」一說，也就沒有了任何疑問。

又，第三十九回書中，在郭靖說見到歐陽鋒顛倒行路，想到這功夫可不易練之後，加上了一段幽默俏皮的夾註：「數百年來天竺有一門瑜伽之術，其中頭下腳上的倒練之法，流傳全球，健身作用甚強，《射雕》讀者聲稱此術傳自宋代西域歐楊鋒云。異術源流，真相難考，不必深究矣。」好在有趣。

又，洪七公聲稱自己一生從未妄殺好人，新修版增加了幾句話：「不錯。老叫化殺過二百三十一人，這二百三十一人個個都是惡徒，若非貪官汙吏，土豪惡霸，就是大奸巨惡、負義薄倖之輩。**我們丐幫查得清清楚楚，證據確實，一人查過，二人再查，決無冤枉，老叫化這才殺他**。老叫化貪飲貪食，**小事糊塗**，可是生平從來沒錯殺過一個好人……」這一改，洪七公沒有錯殺人或不會錯殺人，就有了比較充分的根據，不僅能夠使裘千仞啞口無言，也能讓當代讀者更加信服。否則，由誰查證壞人、由誰判斷壞人該殺，在具有法律常識且因此而修訂道德公式的當代讀者心中，就會成爲一個不小的疑問。

最後，第四十回書中，黃蓉口鬥歐陽鋒，新修版增加了一小段：「……如何從流沙、冰柱和糞坑中放他出來，如何脫了褲子躍下冰峰，屁股上連中三箭，留下老大箭疤，硬要抵賴，不妨脫下褲子在華山絕頂展示，由眾公決……」這一改，更加具體，也更加生動了，黃蓉的口吻和性格更加突出。

上述諸例，都是新修版改得成功的實證。這些成功的修訂，不僅說明作者改得好，同時也能更好地說明這次修訂的必要性。

二、改得有問題的例子詳細舉證

在新修版中，不僅有些應該改的地方而沒有改，還有些地方又因爲修訂而修出了問題。這些問題的性質，無非兩點：第一是不該改的地方改了，因而改出了問題；第二是改動的地方前後照應不周，從而彌補了舊漏洞，卻又因此而增加了新問題。下面我們還是照舊，一一具體舉證。

例如，流行版第一回書中，李萍因爲懷孕而沒有參加郭嘯天與楊鐵心、包惜弱夫婦的鄰居聚會，新修版中將李萍請了出來，與大家同樂。這樣更加熱鬧，也更加真實，畢竟，懷孕不是生病，大可以參加近在咫尺的鄰居好友聚會。只不過，這也給修訂帶來了一點點意想不到的麻煩：流行版中丘處機出現之後，寫到「包惜弱掛念丈夫與人爭鬥，提心吊膽的站在門口觀看……」當然沒有問題，新修版中出現了李萍，小說的敘述變成了：「包惜弱和李萍掛念楊鐵心與人爭鬥，提心吊膽得站在門口觀看……」這就反而有點不對頭了，包惜弱掛念楊鐵心固然是天經地義，李萍何以也只掛念楊鐵心，而不掛念自己的丈夫？須知這時候郭嘯天、楊鐵心兩個人都在與丘處機爭鬥，即使郭嘯天插手不多，但同樣危機重重，楊鐵心若是有所閃失，郭嘯天也同樣存在危險。

又，流行版第一回書中，丘處機說自己的平生所學，第一是醫術，第二是寫詩，「第三才是這幾手三腳貓的武藝。」以至於郭嘯天說：「道長這般驚人的武功若是三腳貓，我兄弟倆只好說是獨腳老鼠了！」本來很好，但新修版卻改爲：「……第三才是這幾手不成章法的武藝。」郭嘯天只好也跟著改口說：「道長這般驚人武功倘若仍算不成章法，我兄弟倆只好說是小孩兒舞竹棒了！」

這樣的改動，實在有點叫人難以理解。因爲新的說法顯然沒有老的說法好，原有的「三腳貓」之說，在武俠小說中人所共知，丘處機這樣說，既表現了謙虛態度，又非常生動風趣，讀者也容易接受，可謂深入人心。與「三腳貓」、「獨腳老鼠」這樣生動的表述相比，新修版中的「不成章法」和「小孩兒舞竹棒」之說，看似雅致，實際上顯得非常的生硬做作，完全不像是武林人說話。

又，江南七怪見到梅超風之前，柯鎮惡要大家趕緊逃走，大家不願意，柯鎮惡只好說：「好，既然如此，大家千萬要小心了。那銅屍是男人，鐵屍是女人，兩個是夫妻。當年他們初練九陰白骨爪，給我兄弟撞見了，我兄長死在他們手裏，我壞了一對招子，別的詳情來不及說了，大家預防他們手爪厲害。六弟，你向南走一百步，瞧是不是有口棺材？」

新修版改爲：「好，既然如此，大家千萬要小心了。那銅屍是男人，鐵屍是女人，兩個是夫妻，江湖上稱爲『黑風雙煞』。兩年前，黑風雙煞初練九陰白骨爪，戕害良善，我兄長柯辟邪受人之邀，前去圍攻除害，當時他派人通知我，叫我一起參與，但那時我們七人正在山東、河北努力尋找李萍。我們剛得到線索，幾年之前，有人見到一個軍官和一個身穿男子軍裝的大肚子女人不住叫罵廝打，那女子瘋瘋癲癲，說要殺那軍官，爲她丈夫報仇，兩人向著中都大興府而去，聽來很像是段天德和李萍。我不願拋開李萍去向的線索而前往參戰，而且參與圍攻的好手甚眾，並不在乎我是否加入，待得我們趕到大興府，又失去了李萍和段天德的蹤跡，後來才知道，原來那時李萍早已到了大漠，且生下了郭靖。我們雖也找到了大漠，但黃沙莽莽，直到最近才撞到郭靖這小子。去年春天，我才得知兄長在圍攻中不幸爲黑風雙煞所害，又從傳訊人口中，得知了黑風雙煞的來歷和功夫，自忖非他二人之敵，殺兄之仇一時也報不了，其時又急於尋找郭靖，便對六弟妹隱忍不言，以免反而害了六弟妹性命。」

以上兩個版本的敘述，各有各的問題。流行版中柯鎮惡的敘述，好處是簡短有力，且能夠加強當時神秘緊張的氣氛，也完全符合當時的情況。缺點是，第一，在時間上有點模糊，這個「當年」不知道是啥時候，這件事當發生在華山論劍之後，而在完顏洪烈、丘處機見到柯鎮惡和江南七怪之前（因為那時候柯鎮惡的眼睛已經瞎了），時間上顯然有些問題。第二，若柯鎮惡的眼睛是被黑風雙煞打瞎的，那麼在這之前，如何會有「飛天蝙蝠」的外號呢？蝙蝠是瞎子，一個不是瞎子的人肯定不會用這個外號。而柯鎮惡顯然是在遇到黑風雙煞之前就有了這個外號。這一情節安排顯然不是非常合理。

新修版解決了流行版中的時間問題，柯鎮惡的眼睛也不再是黑風雙煞打瞎，他的外號也就不成問題。但，新修版卻又出現了新的問題，具體如下：

一、「幾年之前，有人見到一個軍官和一個身穿男子軍裝的大肚子女人不住叫罵廝打，那女子瘋瘋癲癲，說要殺那軍官，爲她丈夫報仇，兩人向著中都大興府而去，聽來很像是段天德和李萍。」這一段顯然是毫無必要的囉嗦，因爲他的聽眾都是親自參與其事的人，沒有必要重複解釋大家都知道的歷史資訊。

二、「待得我們趕到大興府，又失去了李萍和段天德的蹤跡，後來才知道，原來那時李萍早已到了大漠，且生下了郭靖。我們雖也找到了大漠，但黃沙莽莽，直到最近才撞到郭靖這小子。」這一段同樣是沒有必要的囉嗦，第一個理由同上，大家都參與的事，不必再說，還有第二個理由，那就是流行版中柯鎮惡所說，現在時間緊急，沒有時間細說詳情，更何況是說大家都知道的資訊?實際上，這一段中還有一個問題，那就是所謂「直到最近才撞到郭靖這小子」，應該不是「最近」，而是「今天」，即說話的當天。

柯鎮惡在這裏囉嗦一大堆，全然不考慮時間的緊迫和事態的危急，不像是一個富有江湖經驗的長者。這當然不是他的錯，而是作者考慮不周，在流行版中明明說來不及說詳情，在新修版中卻又忘了這一點，從而製造了一個新的漏洞。如果要交代這些資訊，也不應該讓柯鎮惡來說，而應該是作者敘述出來。

三、如果柯鎮惡沒有參與那一場圍攻黑風雙煞的戰鬥，就很難解釋他爲何對黑風雙煞的練功方式如此熟悉。在流行版中，柯鎮惡兄弟曾經親自遭遇了黑風雙煞的練功現場，因而對他們的練功情況非常瞭解，自然沒有問題。而在新修版中，柯鎮惡沒有經歷現場，如何對黑風雙煞的練功情形如此熟悉呢？僅僅是憑他聽說過黑風雙煞的來歷和武功，就如此瞭若指掌？這很難說得通。

四、還有，流行版中說柯氏兄弟曾單獨面對黑風雙煞，梅超風記住這對兄弟，當然就理所當然。而這裏說，柯鎮惡沒有參與圍攻，而柯辟邪又是與很多人一起參與圍攻，就很難解釋，爲何梅超風對柯辟邪的記憶那樣深刻——當時的死傷肯定不少，梅超風沒有理由記住所有參加圍攻並且被他們打死的人。柯鎮惡不是什麼武功高手，東邪和他的門人都是眼高於頂的人，更不會記住這樣一個武功二三流的人物，何況他還沒有參與圍攻，爲何在後文中，梅超風對柯鎮惡表現出如此熟悉？如此改動，問題實在太多，反而不如不改。

又，流行版第四回書中，韓小瑩問朱聰：「銅屍鐵屍是什麼人？」朱聰回答道：「這兩個人合稱黑風雙煞，當年在北方作惡。這兩人心狠手辣，武功高強，行事又十分機靈，當真是神出鬼沒。後來不知怎的，江湖上不見了他們的蹤跡，過了幾年，大家都只道他們惡貫滿盈，已經死了，哪知道卻是躲在這窮荒極北之地。」新修版中，韓小瑩的問題沒變，朱聰的回答卻變了：「兩年前，大哥的兄長柯辟邪派人來知會大哥，說要去圍攻黑風雙煞，大哥怕洩漏風聲，只叫我一個兒跟他一起見那個來報訊之人，幫他過一過眼，瞧來人是否玩什麼花樣騙人。那人說道：銅屍鐵屍是桃花島主的弟子……」韓小瑩低聲道：「是桃花島的人物，那是我們浙江同鄉？」朱聰道：「是啊，聽說是給桃花島主格逐出門了……」

這一修訂，同樣是有問題的，首先是朱聰答非所問，文不對題，韓小瑩根本就沒有問朱聰從何處得到有關黑風雙煞的資訊，而只是問黑風雙煞是何等人物，朱聰囉嗦一堆，毫無必要。更何況現在形勢緊張，需要長話短說，如何能夠反其道而行之，來一個短話長說？其次，朱聰的回答中，只有一句是有意義的資訊，那就是說黑風雙煞是桃花島的人物。然而，現在說這一資訊，究竟有多大必要呢？

又，梅超風的眼睛被柯鎮惡打瞎之後，還不知道打瞎她的人是誰，流行版第四回書中是：只聽得柯鎮惡冷冷的道：「梅超風，你可記得飛天神龍柯辟邪，飛天蝙蝠柯鎮惡嗎？」梅超風仰天長笑，叫道：「好小子，你還沒死！你是給飛天神龍報仇來著？」新修版則是：只聽得柯鎮惡冷冷的道：「梅超風，你可記得飛天神龍柯辟邪麼？我是他兄弟柯鎮惡。」梅超風仰天長笑，叫道：「好小子，我從來沒見過你，這餵毒暗器是你發的？你是給飛天神龍報仇來著？」

這一修改，並沒有改得更好，反而成了問題。首先，這裏調整了梅超風的年齡，不再是中年人，而是一個二十來歲的青年女性，而柯鎮惡此時已經人到中年，梅超風是否還會稱呼對方是「好小子」？其次，梅超風說「我從來沒見過你」，這話完全是作者讓她說的，讓人莫名其妙。再次，「這餵毒暗器是你發的？」這句話也是明知故問，不符合梅超風的性格，也不符合當時的情境。

又，陳玄風被郭靖刺傷，臨死之際，流行版第四回書中是：梅超風……叫道：「賊漢子，你……你怎麼啦！」陳玄風微聲道：「不成啦，賊……賊婆……快逃命吧。」梅超風咬牙切齒的道：「我給你報仇。」陳玄風道：「那部經……經……已經給我燒啦，秘要……在我胸……」一口氣接不上來，就此斃命。新修版則改為：梅超風……叫道：「好師哥，你……你怎麼啦？」陳玄風微聲道：「不成啦，小……師妹……快逃命吧。」梅超風咬牙切齒的道：「我給你報仇。」陳玄風道：「小師妹，我好捨不得你……我……我不能照顧你啦……今後一生你獨個兒孤苦伶仃的……你自己小心……」一口氣接不上來，就此斃命。梅超風見丈夫氣絕，悲痛之下，竟哭不出聲，只抱著丈夫屍體，不肯放手，哀叫：「好……好師哥，我也捨不得你……你別死啊……」

新修版中，將這兩個人之間「賊漢子」和「賊婆娘」的相互稱呼改為「好師哥」和「小師妹」，看起來伉儷情深，實際上趣味全無。「賊漢子」和「賊婆娘」的稱呼，不僅野性十足，符合桃花島的門風，也符合這兩個人的叛逆性格，而且這樣的稱呼才顯得特別，顯出夫妻之間的深摯情愛。相比之下，「好師哥」之類的稱呼，實在平庸無趣。梅超風是陳玄風唯一的師妹，排行不是最小，年齡也不是最小，小師妹的「小」只能是相愛者的膩稱，但出自陳玄風之口，卻有點膩味。

若要考慮新修版中黃藥師對梅超風，以及梅超風對黃藥師古怪的情感態度，陳玄風的情感肯定比較複雜。若當真爲梅超風著想，臨死時，應該交代梅超風一些更爲特殊的內容才對。僅僅是這樣尋常平庸的表情話語，實在只能大煞風景。

又，張阿生臨死之際，韓小瑩說是要嫁給他做老婆，流行版第四回書的寫法已經是非常精彩，但新修版中卻要畫蛇添足，增加了「……（張阿生）聽得意中人這麼說，不由得大喜若狂，」和最終的「張阿生大喜，咧開了嘴合不攏來」兩句。這兩句看似明寫了張阿生對韓小瑩的深情厚意，實際上卻使張阿生的情感態度顯得非常自私狹隘，他知道自己要死，聞韓小瑩許嫁之說如此大喜，那是表明他希望韓小瑩成爲他的寡婦。流行版中張阿生面帶笑容，那是他天生的模樣習慣，內心如何，不得而知，這一份曖昧，加強了小說的淒涼之美。新修版將張阿生寫得如此大喜，只能讓人感到他的自私，甚至不如陳玄風那樣爲對方著想。這樣一來，流行版中所有的淒涼美感，都因此而化爲烏有了。

張阿生臨死之際留給郭靖的遺言本來很好，尤其是最後一句：「你天資也不好，可千萬要用功，想要貪懶時，就想到五師父這時的模樣吧……」但新修版中卻要加上一句道德教訓：「你一生爲人，要……要俠義爲先……」這反而破壞了當時的感人情境。實際上，加上的這一句，也不合前後的邏輯，前面他爲韓小瑩許婚而自私大喜，已經談不上俠義；後面，他又交代韓小瑩——也是他最後的一句遺言——「教好孩子，別輸給了……臭道士……」顯然，他所惦念的，不是道德仁義，而是武功比拼。中間插上一句道德訓誡，就更顯得不倫不類。

又，楊鐵心帶著穆念慈在中都拉開比武招親的場子，有一番話，流行版第七回書中的說法是：「在下姓穆名易，山東人氏。路經貴地，一不爲名，二不爲利，只爲小女年已及笄，尚未許得婆家。她曾許下一願，不望夫婿富貴，但願是個武藝超群的好漢，因此上鬥膽比武招親。凡年在三十歲以下，尚未娶親，能勝得小女一拳一腳的，在下即將小女許配於他……」這一段話語言簡潔明瞭，滿是江湖人的口吻，且真正的目的滴水不漏。

但新修版卻改爲：「在下姓穆名易，山東人氏。路經貴地，一不爲名，二不爲利，**只為尋訪一位朋友……**」說著伸掌向錦旗下一指，又道：「……**以及一位少年的故人**。又因爲小女年已及笄，尚未許得婆家。她曾許下一願，不望夫婿富貴，但願是個武藝超群的好漢，因此上門膽比武招親。凡**年在二十歲上下**，尚未娶親，能勝得小女一拳一腳的，在下即將小女許配於他，**如是山東、兩浙人士，就更加好了……**」

新修版明顯是要加強尋找郭靖的訊息，但卻將這一訊息在不適當的場合說出，且語句方面也有問題。一、「少年的故人」之說顯然有毛病，他從未見過郭靖，最多不過是「故人之子」，談何「故人」？合理的說法應該是與前一句互換過來，即「尋訪一位故人……以及一位少年朋友。」二、楊鐵心帶著義女比武招親，真正的目的固然是要找李萍和郭靖母子，但這一真正的目的沒有必要當眾說明。大家看的是比武招親，誰會在乎你是要找「一位朋友」和「以及一位少年的故人」？所以，這些話，說了也是白說。三、上面的一段話，加入了太多的前提條件，曲裏拐彎，將比武招親這一主題置於其次又其次的地位，顯得囉囉嗦嗦，不像是老江湖口吻。到中都來找山東、兩浙人士，也不怕金國官府將他當成奸細？總之，作者讓楊鐵心將找人和招親合二而一，顯出了太多的人爲痕跡。爲此，在後面的敘述中，作者還專門解釋楊鐵心「『比武招親』只是幌子，真正用意卻是尋訪郭靖，因此言明要相會的少年英雄須得是二十歲上下年紀，最好是山東兩浙人氏，這兩個條款，差不多便是指明了郭靖。」其實，這不過是作者的一廂情願，且讓楊鐵心這個人左右爲難，因爲這在邏輯上說不通，即，一，在找到郭靖之前，有人戰勝了穆念慈，難道準備不遵守比武招親的婚約？或者，二，萬一始終找不到郭靖，穆念慈是否就一生不嫁人？

兩相比較，這一段故事的說法顯然是原來的說法更好，新修版不僅畫蛇添足，更嚴重的是作者只顧自己一廂情願地設計，而不顧江湖人物的困難實情。

又，小說的第十二回中，洪七公教授郭靖「降龍十八掌」中「亢龍有悔」一招，增加了洪七公的一大段解釋，即：「天下什麼事情，凡是到了極頂，接下去便是衰退，我這降龍十八掌，根源於《易經》的道理。易經講究『泰極否來，否極泰來』。『亢龍有悔』的道理，乃是還沒到頂，便預留退步。這才是有勝無敗的武功。武功有勝無敗，夠厲害了吧？就算真的要敗，那也不妨，咱們留下的後勁還是深厚得很……」＊

這一段內容，改得好的一面，是洪七公看到郭靖「臉上的神色似懂非懂」，於是繼續說下去，這很符合現場的氣氛，也符合師傅教徒弟的習慣，同時讓讀者對「降龍十八掌」，尤其是其中的「亢龍有悔」這一招有更深的瞭解和理解。

＊這一段新增加的內容，全都是洪七公談論「降龍十八掌」和「亢龍有悔」的，占了兩個頁碼多一點，在此沒有必要全部抄錄。見遠流新修版第十二回。

改得不好的一面，是後面洪七公居然當真扮起了教書先生的角色，對郭靖說：「……我先叫你讀幾段書，你先背了出來，以後慢慢體會便了。第一段：『先天而天弗違，後天而奉天時。』天，就是自然，所謂『先天』，是對方行動中還沒有出現破綻，我們要先瞧了出來……」這段話，說出來，郭靖只會更加糊塗，而且洪七公恐怕也說不出這樣的話來，退一萬步說，即使洪七公要說這樣的道理，說話的方式和語言口吻也都不會當真如教書先生一般。若洪七公變得與黃藥師的風度一樣，那還有啥稀奇？還有啥好玩？

又，在第十二回書中，作者增加了一段，對「降龍十八掌」來歷進行了修改。流行版中說，洪七公在一個多月中將降龍十八掌中的十五掌傳給了郭靖，從「亢龍有悔」一直傳到「龍戰於野」，新修版改爲「一直傳到了『見龍在田』。」這一小改動當然沒有啥可說。關鍵是下面的段落，流行版中是：「這降龍十八掌乃洪七公生平絕學，一半得自師授，一半是自行參悟出來，雖然招數有限，但每一招均具絕大威力。當年在華山絕頂與王重陽、黃藥師等人論劍之時，這套掌法尚未完全練成，但王重陽等言下對這掌法已極爲稱道。後來他常常歎息，只要早幾年致力於此，那麼『武功天下第一』的名號，或許不屬於全真教主王重陽而屬於他了……」

新修版中這一段則改爲：「這降龍十八掌可說是外門武學的巔峰絕詣，當真是無堅不摧、無固不破。雖招數有限，但每一招均具絕大威力。北宋年間，丐幫幫主蕭峰以此邀鬥天下英雄，極少有人能擋得他三招兩式，氣蓋當世，群豪束手。當時共有『降龍廿八掌』，後經蕭峰及他義弟虛竹子刪繁就簡，取精用宏（弘），改為降龍十八掌，掌力更厚。這掌法傳到洪七公手上，在華山絕頂與王重陽、黃藥師等人論劍時施展出來，王重陽等盡皆稱道。」

兩相比較，後者注意到了與《天龍八部》的關係，因為該書的主角蕭峰也曾是丐幫幫主，而且也會降龍十八掌。在初創《射雕英雄傳》的時候，還沒有想到要寫《天龍八部》和蕭峰這個人物，當然不會寫到這一點。第一次修訂的時候，也沒有想到和寫到這一點。這一次修訂寫到，將丐幫和「降龍十八掌」的歷史聯成一體，或許會有一些讀者覺得比較好玩。

問題是，這樣的改動，並非完善，甚至有些得不償失。理由是，洪七公乃是一個與天下武學高手並肩的武學大宗師，凡是大宗師都必然會有自己的武功風格和武學創造。流行版中說，降龍十八掌的武功一半出自師傳的傳授，一半出自他的自創，更符合大宗師的身分。若洪七公的兩大絕頂功夫，即降龍十八掌和打狗棒法都是出自師傅的傳授，而沒有他自己的創造性補充和發展，實際上會大大損害洪七公這一武學大師的形象。

我們知道，在新修版《天龍八部》的結尾，增加了蕭峰將降龍十八掌傳授給虛竹子，要虛竹子傳授給丐幫弟子，以免這一套神奇的武功失傳。這一改動，看起來似乎解決了蕭峰犧牲之後降龍十八掌如何能夠傳下來的問題，但這樣的改動，既使蕭峰的犧牲自我減少了迫不得已的悲劇張力，同時又損害了後來的武學大師洪七公的創造力風采，綜合起來說，恐怕也是一次得不償失的改動。若要討論，則不妨設想，蕭峰犧牲之際並沒有將降龍十八掌傳授下來——這樣更符合實際，也使得蕭峰的犧牲更具突然性；而丐幫繼任者也能從丐幫高手中這裏找一招、那裏找一招——我們不妨設想丐幫有這樣一個規矩，那就是誰立了大功，就有希望從幫主那兒學習一招降龍十八掌，就像洪七公時代的黎生那樣——地將這套著名的武功拼湊起來，很不完整。傳到洪七公的前任，這套功夫仍然是殘缺不全，洪七公憑著自己的武學天賦，終於創造性地彌補了前人的缺憾，也使得郭靖能夠學到一套完整而與前人稍稍不同的降龍十八掌。這樣安排，才能真正地兩全其美，既保持了蕭峰犧牲的突然性和悲劇張力，又保持了洪七公的創造性及其武學大宗師的形象真實性。

又，流行版第十四回書中，寫到裘千丈謊言說黃藥師被全真七子打死，陸乘風說要去桃花島探望，黃蓉說願爲他和梅超風求情，書中寫道：「梅超風呆立片刻，眼中兩行淚水滾了下來，說道：『我哪裡還有面目去見他老人家？恩師憐我孤苦，教我養我，我卻狼子野心，背叛師門……』突然厲聲喝道：『只待夫仇一報，我會自尋了斷。江南七怪，有種的站出來，今晚跟老娘拼個死活。陸師弟，小師妹，你們袖手旁觀，兩不相幫，不論誰死誰活，都不許插手勸解，聽見了麼？』」

新修版前面的部分都一樣，直到背叛師門之後，增加了：「（梅超風說話）『……**真是畜牲不如……我天天記掛恩師，祝禱他身體強健，只盼他一掌將我打死了……**』**突然間啪啪兩下，伸掌重重打了自己兩個耳光**，厲聲喝道：『只待夫仇一報，我會自尋了斷。江南七怪，有種的站出來，今晚跟老娘拼個死活。**我……我對不起恩師。**』**啪啪兩下，又打了自己兩個耳光，兩邊臉頰頓時紅腫，可見這幾下打得著實不輕。**」

兩相比較，顯然是流行版的寫法更好。流行版中，梅超風第一次突然流淚懺悔，讓人震撼，而後迅速掩飾自己，厲聲呼喝報仇，心理準確，形象鮮明，言辭生動，行爲合理。而新修版中，梅超風的懺悔和復仇兩種心理相互交織，婆婆媽媽，心理理路模糊不清；當眾自打耳光，實際上並不符合梅超風的個性，而只是作者要她這樣表達自己的懺悔，人爲的痕跡很明顯。尤其是已經向江南七怪挑戰，卻又說對不住恩師，再打自己耳光，更顯得拖泥帶水，讓人莫名其妙。

之所以出現這樣的情況，是因爲作者要改變梅超風和黃藥師之間的情感關係，至少要改變二人的情感態度，要加強梅超風的懺悔意識，淡化梅超風的罪過，美化梅超風的形象，結果卻反而使得梅超風這個人物形象變得模糊起來，讓人難以辨析，更遑論認同。

又，第十四回書中，梅超風要與江南六怪決戰，郭靖要代替師父出面，說好他不逃走，而梅超風不能再找江南六怪的麻煩。流行版中，梅超風的話很簡潔：「好！我跟江南六怪之事，也是一筆勾銷。好小子，跟我走罷！」新修版卻變成了：「好！我跟江南六怪**大家死了親人，我命苦，你們也命苦，有什麼法子？深仇大怨**就此一筆勾銷，好小子，跟我走罷！」這樣的對話，硬是要將一位雷厲風行、我行我素的江湖女魔頭，變成一個婆婆媽媽得莫名其妙的凡俗小女子，作者要寫她的善意妥協，實際上卻損害了她堅強不屈的性格。

又，第十四回書中，梅超風被黃藥師抓走，很快又回到歸雲莊，還要找郭靖比武，作者在新修版中增加了一句臺詞：「……好在經書已經還了恩師，償了我平生最大心願……」這一改動，顯然不妥，她剛剛還在找經書，轉眼之間就說已經將經書還給了恩師，這等於向眾人宣布，她身後的人就是黃藥師。此時黃藥師還戴著面具，大家都還不知道此人的真實身分，她這一說，別人或許還不明白，聰明的黃蓉肯定能夠推斷出梅超風身後之人就是自己的父親。若寫她沒有推斷出，對黃蓉的聰明才智就是一種損害，所以，這一句臺詞肯定並不妥當。

又，第十六回書中，黃蓉在寶應縣的一家祠堂的外牆上顯露了一手漂亮的輕功，並且對郭靖說：「怎麼你不稱讚？」接下來，流行版的寫法是：「郭靖跺腳道：『唉，你這頑皮孩子，這當口還鬧著玩。』」而新修版的寫法改爲：「郭靖道：『唉，我沒一個時辰心裏不在讚你。』」這一改動，顯然不能算好。流行版中，郭靖的回答，不僅更符合他的性格，而且也更符合當時的情境，那個時候正要追蹤完顏洪烈，確實不是「鬧著玩」的時候，黃蓉也就一笑了之。現在的寫法，郭靖的回答雖也可以勉強算是真心話，但卻變得沒有情趣了，反而沒有原來的表現那樣生動可愛。

與此相關的改動還有一處，那就是上桃花島之前，黃蓉對郭靖說，最好別讓他的六位師父上島，只要郭靖去向她爹爹賠個不是，「向他磕幾個頭也不打緊，是不是？你若心中不服氣，我加倍磕還你就是了……」郭靖的回答是：「正是，我也不用你向我磕還什麼頭。**為了你，我什麼事都肯做**。」加上了後面一句，郭靖的真話也變成了花言巧語，這句話雖能表明郭靖的真心，但卻不符合郭靖的性格，實際上也不符合情理，黃蓉的設計，顯然是爲郭靖著想，郭靖如何能夠反過來向黃蓉表功說「爲了你」？加上這句話，郭靖變得俗氣了，效果當然不好。

又，在第十六回書中，郭靖遇到了老頑童，老頑童要與郭靖結拜兄弟，郭靖不答應，老頑童很不高興，新修版對後面的對話作了一些細微的改動。例如：

一、周伯通說：「……你**多半**不是我兒子，我**恐怕**也不是你兒子，又分什麼長輩晚輩？」增加了「多半」和「恐怕」兩個詞，使得說話的方式完全改變了，看起來似乎更加幽默好玩，但卻忽略了這樣的說話方式，是必須具有嚴謹的邏輯思維訓練的人才能說出來，而老頑童恰恰是一個不講邏輯的人，所以，他只會單刀直入地說：「你不是我兒子，我也不是你兒子……」。

二、周伯通道：「……那麼我去跟黃老邪、老毒物結拜？**他們人品不好，我可不幹！**」當時的話題是：郭靖說自己武功低微，不配與老頑童結拜，老頑童生氣，也只能就事論事，就武功高低說話，流行版中說「（黃老邪、老毒物）他們又嫌我打他們不過了……」就非常合適，老頑童突然關注「人品」，讓人難以置信。

三、老頑童對郭靖說：「你不肯和我結拜，定是嫌我太老，**其實我鬍子雖長，年紀並不老……我把鬍子拔得光光的，那就不老了！**」增加的語句，形式上很像老頑童的說話做事方式，但卻並不真正符合老頑童的心理特徵。老頑童之所以是老頑童，正因爲他對年紀大小老少，沒有真正的概念，否則就不會與郭靖結拜了。而這裏卻要寫他拔掉鬍鬚裝年輕，那是把老頑童寫俗了。

四、郭靖答應結拜，說：「兄長既然有此美意，小弟如何不遵？咱倆就在此處撮土爲香，義結**金蘭**便是。」流行版中是「義結兄弟」，新修版中改爲「義結金蘭」，雖然文雅了許多，但卻不符合郭靖的文化修養和說話習慣，其實，還是原來的「義結兄弟」的說法更加質樸可愛。

五、周伯通說：「黃老邪小氣得緊，給人這般淡酒喝。只有那天一個**美麗**小姑娘送來的美酒，喝起來才有點酒味……」新修版中加了「美麗」二字，看來沒啥，但老頑童的眼中見到姑娘的「美麗」，恐怕並不合適。再說，就是要稱讚姑娘好看，也會說「美貌」，而不說「美麗」。

七、郭靖稱讚黃藥師，說：「……黃島主爲人怎樣，兄弟雖不深知，但瞧他氣派很大，**風度高尚，令人一見之下，心中佩服**，必定不是乘人之危的卑鄙小人！」增加的這句話，完全沒有必要，也不大像是郭靖說話。

又，第十七回書中，老頑童說黃藥師：「……他浙江口音，把我周伯通叫作周『不通』，我念他新喪妻子，也不跟他計較……」這一說法，本來沒有任何問題，但新修版中說黃藥師雖是浙江人，但卻並不是從小在家鄉長大，而是出生在雲南麗江，長大後才回到浙江。如此，黃藥師到底是說雲南話，還是說浙江話，就成了問題了。

又，第十七回書中，老頑童中蛇毒被郭靖拯救之後，小說中加了一段：「周伯通尋思：『我這個義弟對我挺夠義氣，他吮我身上蛇毒之時，明知自己會死的，後來雖然不死，卻是大出我二人及無常鬼二人一鬼的意料之外。我再沒功夫可以教他了，怎麼想個法子，再多給點好處給他？』」——這樣的心理活動，放在別人身上，或許相當精彩，但放在老頑童身上，反而使得這個人物變得俗氣而不可愛了：他與郭靖結拜兄弟，是因爲情意相投，郭靖救他，他也覺得理所當然，雖然心中不無感激，卻不會明確想到要「再多給點好處給他」，若是這樣，老頑童就不再是老頑童，而是一個清醒明白的俗世中人了。如此似乎在暗示，老頑童教授郭靖九陰真經功夫，乃是要給郭靖好處，這不免大煞風景，有啥好玩？

又，在新修版第十九回書中，老頑童不知輕重，誣陷郭靖，當著黃藥師、洪七公等人的面說郭靖：「你怎麼不知，你說當日騙得梅超風將真經下卷借了給你，你抄寫下來，記在心裏。我教你的只是真經上卷，下卷可沒教你。你如不是從梅超風那裏騙來，又怎會知道？你說黑風雙煞的武功陰毒殘忍，你不願學。我跟你說，梅超風練真經練錯了，因爲黃藥師不懂，教錯了徒弟。我教你的，才是真經的正路功夫。」這樣的說法，邏輯上過於清晰，反而不像老頑童的思維習慣和說話方式，這樣一來，黃藥師反而難以置信了。如此，反而不如流行版中說得含糊其辭，又眨眼睛又裝神弄鬼，符合老頑童性格，更加生動有趣。

又，第二十回書中，說洪七公和郭靖在歐陽鋒的船上挨餓，增加了一段，說他們：「挨到傍晚，實在挨不下去了，郭靖溜下桅杆，揮金刀斬落兩條毒蛇的頭，餘蛇聞到他身上藥氣，紛紛避開。郭靖又追上去再斬死兩條，拿了四條沒頭的死蛇，爬上桅杆，撕下蛇皮，和洪七公兩人咬嚼生蛇肉，居然吃得津津有味。」

僅僅是這一段文字本身，無所謂好或不好，問題是，寫下這一段若能生發出一段新的情節來，當然是一件好事。例如，郭靖發現他雖怕蛇，而蛇也怕他，那就不必在桅杆上躲避，完全可以在蛇陣中來回，可以直接去取食品，何必挨餓？問題是，作者非但沒有生發新的情節，加上這一段之後，反而與後面的情節產生了明顯的矛盾，按理說，吃了蛇肉之後，至少能夠多堅持一段時間，但小說中卻還是緊接著寫洪七公想出了竄改經文的計策，換來了平安和飲食。如此，他們何不像流行版中那樣堅持一會兒，卻要在吃了生蛇肉之後再想到用計策？

又，在第二十回書中，寫到「多年前華山論劍」一句時，作者突然加上了一段文間注釋，括弧中寫道：「所謂『論劍』，只是虛稱，以最高雅的劍術泛指一切武功，猶如古人稱儒家的經典著作爲『經』，如五經、六經、十三經，但後來諸子百家的著作也有叫做經，如《墨經》、《道德經》、《南華經》，宗教書也稱爲『經』，如《蓮華經》、《地藏經》、《觀音經》，近代人的重要著作也有加以『經』字的，如說『馬列主義的經典作品』等」，這樣的文間注釋，明顯打斷文氣，且讓人莫名奇妙。實際上，在新修版的第十回書結尾處，作者已經對「華山論劍」不必真的比劍術的問題作了詳細的注釋，那裏的注釋本身就是可有可無，作者完全不必計較一些人的胡亂發問，而前面已經說過，這裏再說一遍，就更是莫名其妙了。

又，第二十一回書中，洪七公要黃蓉繼任丐幫幫主，說「把你好好一個乾淨女娃兒送入這骯髒之極的叫化堆裏，可真委屈了你。**好在衆叫化身上骯髒，心裏乾淨。**」*增加的這一句話，很像中國大陸「文革」時代的語言，讓人感到不舒服。再說，洪七公會不會這樣說，也還成問題，這樣說，有點騙小孩上當的意思，這顯然不是洪七公說話做事的風格。

又，第二十三回書中，新修版增加了一段：「黃蓉與郭靖商議，最好是將師父立即送上桃花島，由靖蓉甚或黃藥師相助，在五行八卦密密封閉的地窖中療傷，但怕黃藥師見到郭靖後追究九陰真經之事，大動干戈，洪七公反不得安靜，還是在臨安鄉下另覓清靜地治傷較妥。郭靖又記掛六位師父與黃藥師有桃花島之約，還須得儘早與他們會齊，帶同黃蓉去見她父親，最好能邀得周伯通同上桃花島，說明九陰真經的先前玩笑，以釋誤會芥蒂，則洪七公便可安然在桃花島療傷。但周伯通纏夾不清，只怕弄得黃藥師更加生氣，要跟他安排計議，

*黑體字是新修版增加的。

委實極難。」

這一段改動，增加了內容，進一步解釋黃蓉和郭靖何以不按照《九陰真經》的療傷秘訣給洪七公及時療傷的理由。這一想法當然很好，只是寫得有點倉促，有點前後纏夾不清。作者提出的理由其實並不充分，因爲，第一，若黃蓉一行重回桃花島，有老頑童作證，黃藥師自然不會再追究郭靖九陰真經的事情，更何況在前面的敘述中，黃蓉已經在母親的壙室中聽到黃藥師說郭靖沒有騙他的資訊。第二，若郭靖、黃蓉等人在桃花島上，爲何還要擔心江南六怪上島？黃藥師既然能夠原諒郭靖，自然不會找江南六怪的麻煩。第三，黃蓉與郭靖既然商量了要在臨安附近尋找安靜的地方爲洪七公療傷，爲何不實行這一計畫呢？

可見，作者的上述理由不夠好。真正的理由應該是：一、洪七公本人不願重上桃花島；二、老頑童也不願上桃花島；三、在牛家村，黃蓉發現了密室，可能會讓郭靖按照九陰真經的方法給洪七公療傷，但卻無法奏效，原因是，洪七公不僅受了傷，而且中了毒，郭靖束手無策，洪七公以爲自己要死，說出了要到皇宮去吃一頓美味佳餚的心願，導致療傷計畫徹底改變。

又，在第二十三回書中，當郭靖和黃蓉到了臨安之後，黃蓉還是沒有忘記要去桃花島給師父療傷的事情，增加了一段：「黃蓉又道：『要不然，咱們就去桃花島，照著真經中《療傷章》所說的法兒，以內力助師父調息，周行經脈，多半也能治好。』」增加這句話，是要表明黃蓉還在惦記師父的傷勢，但到了這個時候，時機已經不對了，若要找地方療傷，牛家村中就是一個非常理想的地方，郭靖幫助洪七公療傷，黃蓉和老頑童護法，而且還可以隨時爲郭靖提供幫助，還有啥擔心的呢？爲何不那樣幹呢？除非是他們沒有辦法治好傷和毒了，他們才會來到臨安進皇宮滿足洪七公的最後心願。再則，黃蓉說了這句話之後，郭靖居然沒有任何反應，如此，這句話就更是有不如無了。

又，在第二十三回書中，歐陽鋒再次施展蛤蟆功，小說中又增加一段說：「蛤蟆之爲物，出生後長期在土中蟄伏，積蓄養分，培厚氣力，出土之後飲食反少。歐陽鋒的蛤蟆功也是先行長期厚積功力，臨時使出來勢不可當，並非臨時發力，因此，縱然內力強於他甚多之人，也不能與之以力硬拚。」這一段解釋當然不錯，只是在新修版第十八回書中已經做過類似的解釋，這裏的解釋就成了重複。作者的語言資訊無意義地重複，當然不好。

又，在第二十五回書中，郭靖對黃蓉談起未婚妻華箏，作者讓他多說了一句話：「……現今，蓉兒啊，我怎能撇下你去娶別人？**反正我只娶你，如果我不能娶你，我說什麼也不能活了，因此我也沒跟你商量。**」無獨有偶，在第二十六回書中，又讓郭靖說：「我怎能不要你？**我可以不要自己性命，卻不能沒有你。**」本來，郭靖說「我怎能撇下你去娶別人？」和

「我怎能不要你？」這樣的反問，已經將他所有的情意都包含了，但作者卻還要讓他多說後面這句話，明顯是畫蛇添足，不符合郭靖憨厚樸實、笨嘴笨舌的個性。

又，第二十五回書中，楊康欺騙拖雷和華箏說郭靖死了，新修版增加了一句話，說：「……那奸賊是宋朝軍官，料來是受了宰相史彌遠的指使。」這句話楊康當然能夠說出來，問題是，這些話能不能、會不會當著宋朝的送行軍官們的面說出來？能不能、會不會讓宋朝的外交官充當翻譯？宋朝的外交官在翻譯這句很有可能會引起劇烈外交衝突的話，居然毫無反應？如此一來，這句話背後的問題很大，書中人物和書外讀者都很難不去追究，不如不說。

又，在第二十七回書中，黃蓉與丐幫三長老套交情，流行版中是說：「三位好意，極爲感謝，且坐下來共飲幾杯。想當年丐幫第十一代幫主在北固山獨戰群雄，以一棒雙掌擊斃洛陽五霸，真是何等英雄。」而新修版中則改爲：「……想當年丐幫喬峰喬幫主在聚賢莊獨戰群雄，又以降龍廿八掌在少林寺前打得眾魔頭望風遠遁，雁門關前逼迫契丹皇帝折箭爲盟，不敢南侵……」

這樣的改動，是希望將《射雕英雄傳》的故事與《天龍八部》的故事聯繫起來，本意不錯。問題是，一、黃蓉所說的故事，喬峰已經不是丐幫幫主，而是恰恰相反，被丐幫驅逐出了丐幫；二、那時候，喬峰也不再姓喬，而改爲原姓，即稱蕭峰；三、蕭峰在聚賢莊與中原群雄爲敵，還打死了丐幫的高手，這顯然並非蕭峰生平中光彩的一頁。黃蓉說這些，豈能起到套交情的作用？若黃蓉想要套交情，絕對不會說出如此讓丐幫人物不開心的往事；若黃蓉的智力如此低下，那就不是我們印象中的那個機靈古怪的黃蓉了。

又，黃蓉要揭露楊康的謊言，說洪七公沒有死，也就罷了。修訂版中卻讓黃蓉說：「眾兄弟過來，**洪幫主平安大吉，正在大吃大喝，每天吃三隻叫化雞！**」這樣的說法雖然算不上大問題，但畢竟有些過份，過猶不及。

又，第二十八回書中，郭靖在鐵掌幫的禁地擔心黃蓉的傷勢，作者加了一段：「看來蓉兒此傷與恩師所受的相去無幾，重於我在皇宮中所受西毒的一擊，九陰真經所載的通息療傷之法不知是否有用，如何才能癒可？」

作者的用意，是堵住漏洞，不讓讀者疑問郭靖爲何不用九陰真經療救黃蓉的傷勢。但上面這樣說，即說黃蓉的傷勢比他上次的傷勢重，其實有點說不通：歐陽鋒與裘千仞的功力相當，郭靖是實實在在地被蛤蟆功所傷，而黃蓉一有軟蝟甲阻擋，二有郭靖阻擋，如何能比郭靖上次受傷還重？黃蓉的傷勢難治，並非沒有辦法解釋，爲何不從中了鐵砂掌之毒這個方面去設想和解釋呢？

又，流行版中，第二十九回書裏，郭靖帶著受傷的黃蓉離開黑沼中的瑛姑，一路上馬不停蹄地直奔一燈大師住處而去。但在修訂版中，作者讓郭靖和黃蓉在路上住了一晚，增加了一個姓楊的房東，即專爲瑛姑提供服務的楊太監，對郭靖和黃蓉解說了一通南詔國與唐朝的兩場戰爭故事……共加寫了四頁。

作者的原意，不能說沒有一點道理，黃蓉受傷，不能不稍作歇息，幾天的路程，路途中歇息一晚也很正常。問題是：一、讀者和郭靖的心情一樣，都急於讓黃蓉看病，不願在路途多做耽擱。二、若是簡單地說住了一晚也就罷了，居然一說好幾頁，那就讓人不耐煩了。三、那個楊太監根本不認識郭靖、黃蓉，只看到郭靖腳下的黑泥，就把他當「自己人」，主動開口說往事，道理顯然不充分。四、楊太監有何必要說自己的太監身分呢？五、南詔國與大唐朝打仗的故事，與眼前黃蓉受傷的情勢沒有絲毫關係，楊太監又何必要說？

又，第二十九回書中，黃蓉要上山見一燈大師，見樵夫喜歡唱《山坡羊》，便也唱了一段《山坡羊》，前面與流行版沒有區別，最後兩句由原來的「貧，氣不改！達，志不改！」改成了「貧，氣如山！達，志如山！」這一改動成了問題，不在於「氣」是否能「如山」，而在於改動之後不再押韻，唱起來就不再琅琅上口了。作者要改這些曲詞，原因是有人提出了宋朝人唱元朝曲的疑問，對此，作者在新修版第二十九回末加了一個長注，作了適當的解釋。這裏的問題是，既然後面有專門注釋，為何還要將曲子改得不押韻呢？

又，瑛姑再見一燈大師，根本無法下手行刺，流行版中是這樣寫的：「這幾句話說得十分柔和，瑛姑聽來卻如雷轟電掣一般，呆了半晌，手一鬆，噹的一聲，匕首落在地下，雙手掩面疾奔而出……」新修版改為：「這幾句話說得十分柔和，瑛姑聽來卻如雷轟電掣一般，**見他眼光之中，甚至有幾分柔情，昔日恩情，湧向心頭，仇怨霎時盡泯，說道：『是我對你不起！』**手一鬆，噹的一聲，匕首落地，雙手掩面疾奔而出。」

看起來，新修版對瑛姑的心理活動寫得更加清楚細膩，但審美效果卻遠不如流行版那樣具有震撼力。流行版的模糊寫法，實際上包含了更豐富的心理內涵，只要讀者積極讀解，就會覺得道理深刻，妙趣生動。而新修版的寫法，第一是容易讓人產生誤解，似乎一燈大師凡心未了，舊情未斷，這對一燈大師未免是一種褻瀆。第二是將瑛姑的心理寫得單純淺薄了，她這樣的人，被仇恨怨毒浸泡了十幾年，如何能夠如此誠懇地向一燈大師當面道歉？若瑛姑當真在這一場合洗淨了心胸，後來就不該對郭靖、黃蓉產生那樣莫名的仇怨了。

又，第三十二回書中，黃蓉問郭靖：「這一切全辦好之後，你總得回蒙古去了吧？」流行版寫的是：「郭靖不能說去，又不能說不去，實在也不知道該如何是好。黃蓉忽然笑了道：『我真傻，盡想這些幹麼？乘著咱倆在一塊兒，多快活一刻是是一刻，這樣的好日子過一天便少一天。咱們回船去，捉弄那假啞巴玩兒。』」新修版改寫為：「郭靖道：『**我不去！』可實在說不出什麼理由，母親在蒙古，總得接她回江南。黃蓉笑道：『靖哥哥，你很好，你老是在想拖延時日，你不捨得跟我分開。唉，我也不捨得跟你分開。**我真傻……』」

從實際審美效果看，顯然還是流行版的寫法更好，郭靖的心理應該是左右矛盾，進退維谷，說不出話來的郭靖才是真實和誠懇的郭靖。而新修版的郭靖說不回蒙古，似乎對黃蓉的愛慕超過了對母親的思念，不僅像是朗讀別人的臺詞而顯得言不由衷，同時實際上也破壞了郭靖心理矛盾發展和解脫的原有秩序。新修版中黃蓉的接話，也酸腐不堪，遠不如流行版中那些話那樣簡潔生動，靈氣逼人。

與之相似的改動，在前面、後面都還有例證。例如第三十二回的結尾部分，黃蓉向郭靖解釋自己是想和郭靖一起留下更多記憶才不肯安睡，流行版的寫法是：「郭靖握著她的手，又憐又愛，說道：『蓉兒，我生來心裏糊塗，一直不明白你對我這番心意，我……我……』說到這裏，卻又不知如何說下去。」新修版卻改為：「（郭靖）說道：『……**我，我……我不離開你……**』」，然而在同一頁中，卻又保留了流行版的說法，即郭靖的心理活動：「**將來跟蓉兒分別了，雖然常常會想著她，念著她，但總也能熬得下來……**」

在同一頁中，同一個人的心理活動，居然出現了如此離奇的反差，二者必有一假。假的當然是新增加的「我不離開你」的表白——在新修版中，作者在之前增加了數次這樣的表白——因爲直到本回的結束，郭靖被黃蓉的深情感動，才第一次下定決心：無論如何也不離開黃蓉，而在此之前，心裏其實都知道自己肯定要離開黃蓉的。由此可見，新修版的隨意改動，實際上是嚴重忽視了郭靖的心理發展的真實線索和自身邏輯。

又，第三十二回書中，黃蓉到一個正在爲孩子辦彌月湯餅會的大戶人家，逼迫老主人喝酒，流行版中老主人的回答是：「小老兒量淺，姑娘恕罪則個。」新修版改爲：「那主人道：『**晚輩**量淺，**阿姨**恕罪則個。』**他聽黃蓉對他兒子自稱『外婆』，料來她喜自居長輩，便將『姑娘』叫成了『阿姨』**。」

這樣的改動，看起來明顯比較好玩。只是，我們實在不知道，那個主人見到黃蓉這樣一個匪夷所思的「女大王」，是否還會一邊尿褲子，一邊還有這樣的機智和幽默感？另一方面，若這主人真有急智，黃蓉豈能不開懷大笑，卻還繼續揪住這個年老晚輩的鬍鬚，質問人家究竟是辦喜事還是辦喪事？總之，這樣的風趣幽默非但並不好玩，反而顯出黃蓉或作者的殘忍。

又，在第三十三回書中，郭靖不知道柯鎭惡爲何如此光火，問洪七公，在流行版中，洪七公自然是馬上就說出自己的見聞和解釋，而在新修版中，加上了一小段：「洪七公道：

『餓了好半天，師父得吃個飽，才好說其他。』三人於是同到客店，黃蓉到廚房中找些菜肴酒肉，安排三人吃了，洪七公才說別來情由。」

洪七公好吃，這一點人所共知。問題時，現在是看著郭靖痛苦焦急，卻還要如此慢吞吞地先回客店、吃了飯、喝了酒，這才說話，豈不是說洪七公是一個沒有心肝的人？再說，就算是要去客店吃飯，去的路上難道不能說話？

又，第三十三回書中，黃蓉見洪七公聽到瑛姑的名字時愣了一下，以為師父也曾為瑛姑著迷，有一段很好玩的心理活動。流行版中寫得很好：「師父一生沒娶妻，難道也給瑛姑迷上了？哼，這瑛姑又有什麼好？陰陽怪氣、瘋瘋癲癲的，卻迷倒了這許多武林高手？」新修版在其後又增加一段：「**……她年輕之時，容貌美麗，嬌滴滴的，但沒我聰明。不知會不會燒得一手好菜？比我如何？**」

前面的心理活動顯得頑皮可愛，後面的部分就顯得俗氣無聊了。在心理學上，女性喜歡與別人比短長，但這樣的情況多半會發生在同齡、同層次的女性之間；若不同年齡，也只有年老的女性遇到年輕的女性時候，由於自卑或嫉妒等心理作怪，會自覺或不自覺地拿自己的長處與對方的短處相比；而從沒有聽說過一個年輕美麗且聰明的女孩子會想到拿自己與一個年長且不夠聰明的女性相比。就是說，這裏寫黃蓉如此心理，完全缺乏心理學依據。如此，實際上是貶低了黃蓉。

又，第三十四回書中，對南茜仁的遭遇有細微的修改，增加了兩段黃蓉帶領郭靖尋找南茜仁的過程描寫。其中寫到天上月，解釋雨後痕跡等等都很有道理。但其中寫郭靖與黃蓉對話，即：郭靖說：「快去接應四師父。蓉兒，如見到你爹爹在打我四師父，我只好拚命，」黃蓉說：「好！你先殺我好啦。」郭靖又說：「怎麼有三個人的腳印？」黃蓉又說：「四師父的腳印乾了，他已過去幾天，後面兩個腳印卻是新的。」郭靖又說：「四師父幾天前逃到了這偏僻的所在，你爹爹今天又追來殺他，快走，快走！救人要緊！」……如此等等，大煞風景。這些對話沒有充分考慮郭靖的悲憤鬱悶心境，且破壞了前面積累起來的悲劇氛圍。

又，第三十七回書後，增加了一條注釋，沒有問題。原來的注釋一變成了現在的注釋二，其中，原來的「花剌子模爲回教大國，國境在今蘇聯南部、阿富汗、伊朗一帶」改爲「……國境在今俄羅斯南部、阿富汗、伊朗一帶」這也沒有問題。問題是，接著說「撒麻爾罕城在今俄羅斯烏茲別克共和國境內」這就有一點問題了：今天的烏茲別克斯坦是一個獨立的國家，不再屬於俄羅斯。作者若要與時俱進，爲何不乾脆將這個話題徹底說清楚呢？

又，第四十回書中，郭靖在華山論劍中與黃藥師比武之後，對黃藥師說：「黃島主，你再出數招，我非摔倒不可。」新修版卻改爲：「**岳父爹爹**，你再出**一招**，我非摔倒不可。」

再加上一段：「**黃蓉大喜，笑道：『靖哥哥，你叫我爹爹，叫得挺好！』**」——「岳父爹爹」之說，本就油嘴滑舌，不是郭靖所能說出；而作者似乎也忘記了，後面還有洪七公糾正郭靖稱呼「黃島主」的一場「正名戲」。＊若郭靖自己先稱呼了岳父，後面的情節還有什麼意思呢？作者顯然沒有細讀這一回小說，沒有領會先前的安排，徑直修改一段，當然會前後照應不周。

又，第四十回書中，黃藥師與郭靖、黃蓉分手，流行版中，是他們一路同行多日後，因爲郭靖接到了華箏的傳書，得知蒙古人要進攻襄陽，才不得不分手。新修版卻改成了：「黃藥師沉默寡言，不喜和小兒女多談無謂之事，同行了一兩日便即分手……黃蓉說道：『爹爹真好，放咱倆小夫妻自由自在的胡鬧，他眼不見爲淨。』……」無論如何解釋，都不如流行版中黃藥師不僅有情，更重國家大義，分手之際讓人感動且震撼。而今明明是要帶著「起死回生」的女兒、女婿回桃花島完婚，居然因爲「不喜多談無謂之事」或「眼不見爲淨」的理由故意不與他們同行，如此使黃藥師成了一個孤僻冷漠自私無情之人了。如此不僅損害了人物個性，也破壞了情節的前後完整性，更失去了讓黃藥師形象昇華的機會，可謂一舉而三

＊新修版在這裏仍然讓郭靖在糾正後稱呼黃藥師為「岳父爹爹」，有點不倫不類。

失，改得實在糟糕。

又，第四十回書中，新修版對華箏給郭靖的書信也進行了修改：「我師南攻，將襲**大宋，我父雖知君南返，但攻宋之意不改**。知君精忠為國，冒死以聞。我累君母慘亡，愧無面目再見，西赴絕域以依長兄，終身（生）不履故土矣。**諺語云駱駝雖壯，難負千夫，挺身負重，雖死無益**。願君善自珍重，福壽無極。」

這一封信增加了幾句話，看起來沒有問題。但書信中將最關鍵的資訊，即「將襲襄陽」改成了「將襲大宋」，使得這封信的份量大大減輕。成吉思汗要襲擊大宋的消息，郭靖早就知道了，還用她多說？

書信要作如此修改，原因之一，是作者在新修版中將蒙古軍隊襲擊襄陽改為襲擊青州。不知道作者為何不讓華箏在信中直接說明蒙古軍隊將要襲擊青州，好讓郭靖直接去青州報信且幫助李全和楊妙真夫婦守城？

又，第四十回書中，穆念慈讓郭靖給她孩子取名，原本是郭靖直接取名為楊過，字改之。新修版卻改為穆念慈請郭靖取名，郭靖又求黃蓉取名，看起來似乎更有道理，因為黃蓉的文化水準比郭靖更高。實際上，這一改動沒有必要，此時的郭靖文化修養足夠取名，而取名楊過、字改之，也符合郭靖的性格和心願，若叫黃蓉取名，可能反而不會取這樣的名字。

緊接著，新修版增加了一段郭靖自告奮勇要收楊過爲徒，穆念慈當場就主持了拜師禮的情節。從本書的情節看，這樣做也未嘗不可，但不這樣做似乎更好。一來，是此時郭靖本人似乎還沒有爲師收徒的自信，二來，若是在這裏拜師，到了《神雕俠侶》中，卻讓楊過成了黃蓉的徒弟，那又該如何解釋？那豈不是說郭靖這傢伙出爾反爾？

又，第四十回書中，作者在新修版中對一些情節的秩序作了調整，收到華箏的信後馬上就遇到了穆念慈，與穆念慈見面之後再想華箏，將蒙古攻宋的大事暫時放在了一邊，使得這段情節沒有了目標，也失去了懸念力量。

在寫郭靖的心理活動也增加了內容：「……想到兒時與華箏、拖雷同在大漠遊戲，種種情狀宛在目前，**對華箏雖無兒女之情，但想她以如花年華，在西域孤身依術赤而居，自必鬱鬱寡歡**，心頭甚有黯然之意。**又想到蒙古大軍南侵，宋朝主昏臣庸，兵將腐朽，難以抵擋，千萬百姓勢必遭劫。蒙古南侵，如去向朝廷稟告，朝廷亦必無對策，只怕促使早日向蒙古投降，有損無益……**」如此顛倒錯亂之後，接下來再寫郭靖對華箏「我累君母慘亡」的猜測，顯得雜亂無章，拖泥帶水，遠不如流行版中收到華箏信、決定去襄陽、猜測華箏所言、遇穆念慈……這樣清清楚楚、簡潔乾脆。

又，第四十回書中，新修版將蒙古攻襄陽改爲蒙古軍攻青州，這本身很好，在人物、地理、歷史等方面都更接近史實。問題是，作者卻不讓郭靖和黃蓉直接去青州，而是在增加的段落中，讓他們繼續在千里之外的湖州晃蕩：「次晨兩人縱馬南行。當晚在湖州一家大客棧『招商安寓』中歇息。黃昏時分，兩人在客店大堂中用飯，聽得鄰桌七八名大漢飲酒縱談，都是山東口音，談論山東益都府青州『忠義軍』抗金殺敵之事……」＊作為小說的「尾聲」，還要如此故意延宕情節，沒有真正必要，就有畫蛇添足之嫌。作者若要介紹青州故事，大可不妨直接敘述，而不要讓小說的主角如此故意延宕。

又，第四十回書中，新修版寫到青州忠義軍領袖李全、楊妙真夫婦再次出現：「只聽得背後鸞鈴聲響，兩騎馬馳到，李全夫婦分持刀槍，站在靖蓉二人身側。黃蓉見那楊妙真頂盔貫甲，英風颯颯，手中一杆梨花槍擦得雪亮，心中暗讚。」這一段信筆寫來，馬馬虎虎看過也就罷了，認真想來，就會覺得大不合理：一、李全夫婦乃是國家正規軍的統帥，而郭靖和黃蓉則是民兵，正規軍統帥反而成了民兵頭兒的侍衛保鏢？二、還有進一步的邏輯矛盾：若李全夫婦要抗戰蒙古軍，則前面的郭靖假傳聖旨、自奪兵權的做法就不能成立；若李全夫婦不抗戰，李全夫婦此刻就不會出現在郭靖、黃蓉的身後。三、李全夫婦究竟是怎樣的人？小

＊新修版中新增加的段落很長，見遠流新修版第四十回。

說中的寫法，實際上是越寫越模糊。

進而，新修版中還有一段：「李全聽他說蒙古大軍明天還要再來，說道：『閣下既同蒙古兵統帥是好朋友，咱們不妨商量投降，好救救滿城官兵百姓。』郭靖喝了聲：『呸！』說道：『要投降，你自己幹罷，你投降了，也救不得滿城百姓！』李全夫婦討了個沒趣，含愧而去。」作者寫此一段，是因爲在歷史上，李全夫婦後來終於投降了蒙古人。然而在這一段中如此寫法，卻成了一個極大的疑問：爲何李全夫婦先前積極抗金而名揚天下，如今還未打仗就要投降蒙古人?所以如此，只能說，作者對這兩個歷史人物沒有深入研究，更無創新刻畫，從而形象模糊，前後矛盾，讓人莫名其妙。

又，第四十回書中，成吉思汗見到郭靖，多說了一句「郭靖孩兒，你們回來了，好極！」倒也罷了，後面還要加上「郭靖孩兒不肯跟華箏結婚，那也罷了!你終究是漢人，變不成蒙古人。那是誰都沒法子的，勉強不來，這一節我近來也想通了。咱們雖是蒙古人漢人，但一直到死，始終要和好，像一家人一樣。」這就明顯過分了。成吉思汗思念郭靖，容或有之，這是一份純粹的私人情感；另一面，成吉思汗畢竟是一個政治霸主，難免順我者昌、逆我者亡，要說他的思想境界達到了蒙漢一家的高度，那就未免有拍古人馬屁之嫌。何必如此呢？

又，郭靖與成吉思汗的對話，流行版中本來已經寫得非常好，新修版卻還要增加，例如讓郭靖說：「大汗，你養我教我，逼死我母，這些**舊事**（原為「私人恩怨」），那也不必說了。**你一直當我是親人，愛我、提拔我，我也當你是親人般敬你、愛你**。我只問你一句：人死之後，葬在地下，占得多少土地？」前面明明已經說「不必說了」，作者卻偏偏還要補充一堆你愛我、我敬你之類，顯得累贅，且自相矛盾。

進而，新修版還將郭靖的原話「好事自然是有，而且也很大，只是你南征西伐，積屍如山，那功罪是非，可就難說得很了。」硬要改爲：「好事自然是有，而且也很大，**你叫蒙古人不可自相殘殺，大夥兒的日子都過得好了**。**你滅卻了數十國，歸併千百部族，統帥萬國，大家奉你號令，萬國萬姓都有太平日子好過，大家不再你打我，我打你，日子過得太平，人人心裏是很感激你的**。只是你南征西伐，積屍如山……」如此滔滔不絕，不是郭靖說話的習慣。且其中詞語說法，也不是郭靖所常用。更重要的是，前面稱讚成吉思汗「歸併千百部族，統帥萬國」，後面緊接著又批判他「南征西伐」，這豈不是典型的自相矛盾？

上述種種，在我看來，都是修改出了毛病的地方。其中的某一些例子或許是我個人吹毛求疵，甚至可能會有些個人的偏見，但相信其中的大部分都可以經受大家的討論和質疑。

三、應改而未改的例子舉證

遺憾的是，作者的這次修訂，並非十分完善。在仔細閱讀和比較流行版和新修版之後，我們會發現，新修版還存在大量應該修改而沒有修改的情況。這種情況，實際上從另一面說明了作者修訂的必要性。

以下具體舉證。

例如，小說第二回書中，丘處機發現楊鐵心、郭嘯天遭難的訊息，寫得多少有點牽強，小說中寫道：丘處機「這日走過清河坊前，忽見數十名官兵在街上狼狽經過，甩盔曳甲，折弓斷槍，顯見是吃了敗仗逃回來的。他心下奇怪，暗想：『此時並沒有和金國開仗，又沒聽說左近有盜賊作亂，不知官兵是在那裏吃了這虧？』詢問街上百姓，眾人也茫然不知。他好奇心起，遠遠跟隨，見眾官兵進了威果第六指揮所的營房……」新修版中，依然如故。

丘處機見了幾個官兵丟盔棄甲，就如此好奇，毫無理由地遠遠跟隨，未免有失身分，幾乎有點無聊。作者要他從這裏尋找楊、郭二人遭難的訊息，顯然十分生硬。按說，在新修版中，對這一情節應該加以修改，設計出更加合情合理的巧妙情節才是，哪怕是讓丘處機在街上直接看到郭嘯天的人頭，或看到抓捕楊鐵心的布告，或者讓丘處機懷念楊、郭這兩位新朋友，回到牛家村去找他們喝酒，進而發現他們兩家遭難的訊息也好。但作者似乎並沒有發現原有的情節不妥，即有生硬和無聊的地方，從而沒有對這一情節加以必要的修訂。這就未免讓人遺憾。

又，流行版第三回書中寫道：「段天德怕韓寶駒等回頭再來，如獨自逃走，又怕李萍向對頭洩露自己形跡，忙逼著她上船又行，仍是沿運河北上，經臨清、德州，到了河北境內。」新修版對此沒有任何改動。實際上，這樣的邏輯很難讓人置信。如果段天德獨自逃走，人海茫茫，李萍不見得知道此人身在何處，更不可能知道他的去向，即使碰見韓寶駒等人，如何能夠洩露他的形跡呢？

顯然，作者要這樣寫，是要讓段天德將李萍帶到中都燕京。實際上，沒有他，李萍未必不能獨自來到燕京。我們可以這樣設想：李萍並不認識韓寶駒等人，也不知道這幾個人來尋找她是爲了救她，這樣一來，李萍非但不會輕易地去見韓寶駒，甚至可能會設法躲避韓寶駒，因爲她畢竟是「反賊」郭嘯天的家屬，要防止官府派人前來抓她，所以，即使段天德離開了李萍，李萍還是會繼續北上，要逃脫南宋官府的追捕，結果還是能夠抵達中都，被金兵抓到蒙古去。這也就是說，若段天德離開李萍，而韓寶駒仍繼續追趕李萍，李萍卻不敢相信韓寶駒，反而在不斷躲避韓寶駒，結果被韓寶駒追蹤到燕京，這樣的情節，不僅更具戲劇性，而且悲劇的命運更加讓人扼腕痛惜，同時也能徹底消除小說敘事的不合理。

又，流行版第四回書中，寫桑昆的兒子都史的第一次出場，就是搶奪了拖雷射中的白兔，作者說都史：「……一個十一二歲左右的孩子眼明手快……」這個句子中，存在不應有的語義重複，即「十一二歲」與「左右」的意思都是說在十一歲到十二歲之間，「十一二歲左右」的說法就有些奇怪。在不規範的口語中當然不成問題，但在書面敘述中出現這樣的句子，多少有些問題。

又，小說第五回書中，桑昆帶著豹子來咬拖雷，鐵木真的妻子聞訊趕到現場，卻又將自己的幼女華箏帶來，放在地下，爲了兒子而忘了照顧女兒，結果讓華箏差點讓豹子吃了。這是一個有問題的情節，但新修版對此卻完全沒有修訂。這一情節給人的感覺，是鐵木真的妻子專門將女兒送來遇險，這當然是作者的安排，這一安排，顯得有些生硬，至少有明顯的人爲痕跡。其實，要改動這一情節並不困難，華箏已經有四歲，應該能夠獨自在草原上到處玩耍，見了豹子感到好奇也在情理之中。這就是說，她若自己出現，而不是由母親專門送來，反而會顯得更加合情合理。

又，第十一回中寫到楊鐵心自殺身死，有這樣一段話：「這一日既與愛妻相會，又見到義兄的遺腹子長大成人，義女終身有托，更無絲毫遺憾，雙眼一閉，就此逝世。」——楊鐵心逝世之際，是不是「更無絲毫遺憾」？這恐怕是一個問題。從人之常情方面說，楊鐵心的親生兒子楊康變成了完顏康，不僅人品不端，而且拒不認父，不管楊鐵心對這個兒子有無正常的父子感情，對兒子不認父親這件事至少總該有「一絲」遺憾，如何能說「更無絲毫遺憾」？從審美效果方面說，楊鐵心自殺明顯出於無奈，若能表現出他對楊康的惦念和遺憾，會使楊鐵心之死具有更大的情感衝擊力，從而更加動人。

又，小說第十三回書中，陸乘風的兒子陸冠英迎接郭靖、黃蓉，說：「家父命小侄在此恭候多時。」後來又說：「小侄賤字冠英，請兩位直斥名字就是。」每次讀到這裏，總感到有點彆扭：陸冠英向郭靖、黃蓉自稱「小侄」，實在沒多少道理。陸冠英的年齡比郭、黃大，江湖上的地位更比郭、黃二位高，郭、黃二位與他的父親陸乘風也不過萍水相逢，且今日初見，根本上談不上平輩論交，有何理由自稱小侄？有意思的是，郭靖、黃蓉這兩個人聽他自稱小侄，居然安之若素，好像理所當然。

出現這樣的情況，其中的奧妙是，作者早就知道陸乘風的身分乃是黃蓉的「陸師哥」，因而陸冠英就非自稱「小侄」不可。問題是，這個時候陸乘風並不知道黃蓉的身分，即使與黃蓉這一十五歲的小姑娘結成忘年之交，也不見得非把她當成自己平輩不可，陸冠英提前自稱「小侄」實在沒有真正站得住的理由。結論是：陸冠英要表現出自己的熱情客氣，最多是自稱「小弟」也就罷了。等到知道黃蓉的身分，再改口自稱「小侄」不遲。

又，小說第十四回書中，陸乘風初見江南六怪，說：「在下久聞六俠英名，**雖在江南，無由得見，心中仰慕多時……**」*看起來似乎沒有問題，陸乘風見到了江南六怪，於是就說「久聞六俠英名」，實際上，他所「久聞」的，應該是「七俠」的「英名」才對，因爲聞名江湖的是「江南七怪」或「江南七俠」，而沒多少人知道江南七怪變成了六怪。所以，陸乘風應該說「七俠」才對。

又，在第十六回書中，郭靖從馬蹄聲中聽出三匹蒙古馬在前，十六匹馬在後，黃蓉果然見到了三騎蒙古人馬，但後面的追蹤者卻只有十五騎，黃蓉說郭靖聽錯了，書中說：「郭靖道：『錯不了，有一個給射死了。』語音甫畢，只見一匹馬慢慢踱過來，一人左足嵌在馬鐙之中，給馬匹在地下拖曳而行，一枝長箭插在那人胸口。」——果然有一個人被射死了！郭靖在蒙古草原長大，能夠從馬蹄聲中聽出多少匹馬，這當然是可能的，但他如何能夠聽出有一個人被射死了？這樣的渲染，實在有些過份。過猶不及，所以，郭靖在這裏不應該說有一

*黑體字是新修版增加的。

個人被射死了，而應該說：「沒錯，後面肯定還有一匹馬。」馬上的人如何，郭靖猜不出，即不可能裁處，同時也沒有必要猜出。

又，在第十六回書中，黃蓉帶著郭靖上了桃花島之後，「黃蓉重來故地，說不出的歡喜，高聲大叫：『爹，爹，蓉兒回來啦！』向郭靖招招手，便即向前飛奔。郭靖見她在花叢中東一轉西一晃，霎時不見了蹤影，急忙追去，只奔出十餘丈遠，立時就迷失了方向，只見東南西北都有小徑，卻不知走向哪一處好。」＊

這一寫法，照顧到黃蓉重回桃花島，急於見到父親的心情，但卻沒有照顧到黃蓉對桃花島的瞭解、對郭靖的關懷、對上桃花島的步驟設計，從而隱含了一個明顯的情節漏洞，即對郭靖關心不夠，從而對黃蓉的細心和愛心表現得不準確。但遺憾的是，作者在新修版中卻沒有任何改動。

此處需要修改的理由非常充分，那就是黃蓉在上島之前就會想到上島之後的行動程序，首先是帶著郭靖不讓他迷路，其次才是見到父親爲郭靖求情，無論怎樣激動，都不該、也不會將初次上島、對桃花島的機關一無所知的郭靖拋到一邊不管，只顧自己去找爹爹。再說，

＊見北京三聯書店版第六〇三頁，遠流新修版第六八四頁，兩處完全一致，沒有絲毫改動。

寫郭靖跟不上黃蓉的步伐，實際上也有人爲的痕跡，此時郭靖的輕功內力都應該不比黃蓉差，如何就追趕不上，以至迷路？

此處修改也並不難，那就是黃藥師聽到黃蓉的呼喊，馬上就會前來接應，但見到郭靖之後，心中肯定加倍不高興，他本來就不喜歡郭靖，而現在黃蓉未經請示就將這個傻小子帶上了桃花島，按照黃藥師的性格，他肯定不會讓黃蓉得逞。所以，他會在黃蓉開口之前，發動機關，且將黃蓉帶走，不許黃蓉回頭招呼郭靖，這樣，郭靖的迷路就有了充分的理由，黃蓉實在是心有餘而力不足，讀者也就沒有任何話說了。

又，小說的第十九回書中，黃蓉在自己亡母的墓中不知不覺進入夢鄉，聽到父親黃藥師說話的聲音後醒來，終於聽到了父親說郭靖等人乘坐花船必將死去的重要訊息，這是一個非常關鍵的情節段落，其重要性不問可知。

問題是，這裏也有一個明顯的漏洞，那就是，黃藥師不該不知道女兒黃蓉在這個壙室之中：黃蓉打開了墓門，又打開了壙室之門，還點亮了母親靈前的琉璃燈，黃藥師隨後來到，若說他不知道黃蓉在這裏，那無論如何都說不過去。但小說流行版中，卻完全是按照黃藥師不知道黃蓉也在壙室之中的情況設計的，這只要從小說中所寫的「黃藥師卻反來覆去述說妻子逝世之後，自己怎樣的孤寂難受」這句話中就可以找到證據。若黃藥師知道自己的女兒在壙室之中，就不會說出這樣多的心裏話，更不會在此大肆抒發自己對亡妻的如此深情。

新修版對黃藥師的話也作了一些必要的修訂，例如，讓他說：「超風雖將真經下卷還了我，但當時你就默得並非全對，這些嘰裏咕嚕的奇文怪句，你不明其意，又怎記得住？……」這一修訂，與黃藥師是否知道黃蓉在壙室之中完全沒有關係。需要說明的是，接下來又增加的一段，情況似乎有所改變，因爲黃藥師說：「其實靖兒並沒說謊。老頑童說他從梅超風處借得真經下卷抄錄記熟，當真荒謬之至。超風手中的下卷，怪文部分脫漏顛倒，並不完全，還有不少漏文缺字，靖兒所背經文卻完備無缺，前後補足。超風所寫的『恁時相見早留心』、『不隨流水即隨風』那些詞句，是在她瞎眼之前寫的，靖兒如借來抄錄，必會見到，他必以爲是經文，定會傻裏傻氣的也背了出來。可是他沒背。老頑童顯是在胡說八道，那麼說靖兒早知這是九陰真經，也必是冤枉了他。蓉兒喜歡上這個老實頭小傻瓜，這番他死在大海之中，她必傷心之極！唉，世上何人不傷心？喜少愁多總斷魂！靖兒並不是我故意害死的。蓉兒，蓉兒，我可沒對你不住！」緊接著，作者明確寫道：「他似乎已察覺女兒便在壙室之中，最後這段話，似是特意對她說的。」

然而，上面這一段話中明顯自相矛盾，難以自圓其說。進而，黃藥師這一對亡妻鍾情至深之人，何以會在亡妻靈前說起自己與女徒之間「恁時相見早留心」的緋色往事？進而，文采斐然的黃藥師如何能夠說出「世上何人不傷心，喜少愁多總斷魂」這樣俗氣平庸的順口溜來？進而，黃藥師知道黃蓉在壙室之中這件事，也還是前後矛盾：按理說，他早就應該知道黃蓉在壙室之中，若是如此，那麼他進入壙室之後的所有言辭，就應該是一場預先設計好的專門為黃蓉進行的資訊通報表演，那就不該有許多向妻子表情等不相干的語言。若是黃藥師開始時並不知道黃蓉也在這裏，如前所說，黃藥師如何對待墓道門打開、琉璃燈點亮這些明顯有人進入壙室的細節？總之，這一段修訂，非但沒有將漏洞補上，反而增加了新的問題，新的漏洞，屬於最成問題的修訂例證。

又，第二十二回書中，在無名島上，洪七公帶領郭靖、黃蓉紮好的第一個木筏，很快就被歐陽鋒偷走了，郭靖和黃蓉都非常生氣，以至於黃蓉還玩起了人肉炮彈的法子。若是不加思索地閱讀，會覺得這段故事相當精彩，後面的情節也很不錯。只不過，若是認真閱讀，且用心思索，會發現這其實是一個經不住推敲的情節：歐陽鋒為何要偷走木筏，而不與洪七公、黃蓉、郭靖等人一起走呢？按照道理，第一，他和歐陽克都不懂得航海，而洪七公和黃蓉在航海方面的經驗顯然要比他多得多，為何不讓他們來為自己做導航兼駕駛，而要自己去冒險呢？第二，歐陽克腿斷了，本身就需要人照顧，黃蓉等人實際上已經成了他叔侄倆的奴隸，為何不帶著奴隸服侍歐陽克，卻偏偏要自己既要管航海、又要照顧自己已經斷腿的親兒子？若說是洪七公帶著黃蓉、郭靖偷偷上了木筏溜走，那還差不多。

小說這樣寫，不過是要寫歐陽鋒乘火打劫，且還要寫洪七公後來海中救人，若歐陽鋒不偷走木筏，救人的情節就難以實現了。但，以金庸先生講故事的才能和對人性的瞭解，要寫歐陽鋒迫使洪七公等人駕駛木筏，寫黃蓉偷偷將歐陽克推下水，寫洪七公在危難關頭顯出大俠風範，使小說的情節合情合理，並非難事。

又，第二十五回書中，黃藥師初見程瑤迦，劈頭就說：「你願意嫁給他爲妻，是不是？」＊這一細節，原是要表現黃藥師的邪氣，只是需要一點點鋪墊才合乎情理。黃藥師從哪裡看出程瑤迦想要嫁給陸冠英呢？如果不說明這一點，這一說法就顯得突兀而不合人情。黃藥師雖然痛恨且藐視世俗，但沒有任何理由說他完全不顧人情和人心，隨意強迫年輕的男女戀愛結婚。所以，這一細節就成了一個本該稍作修訂而卻沒有被修訂的地方。

又，第二十七回書中，楊康欺騙丐幫群雄，說洪七公已經死了，這也罷了。問題是，作者敘述的時候也讓楊康確定洪七公死了，從而有「何況洪七公已死」這樣的句子，問題是，楊康如何能夠這樣肯定洪七公死了呢？他知道洪七公受了傷，這不錯，但受傷與死亡畢竟是

＊原文為：「你願意嫁給他做妻子，是不是？」新修版有點小小修改，但意思卻沒有任何變化。

兩回事。若不專門解釋清楚，就讓楊康當真肯定洪七公死了，顯然是一個不大不小的漏洞。應該修訂，讓楊康說話注意分寸，這樣對楊康的性格描寫會更加紮實縝密。

又，第二十九回書中，瑛姑給郭靖、黃蓉的第二個錦囊中寫道：「此女之傷，當世唯有段皇爺能救……」，後面還有「……求見皇爺稟報要訊，待見南帝親面……」這一說法，看起來沒有問題，細想起來卻有疑問：瑛姑難道不知道段皇爺已經出家爲僧，如今的法號該是一燈大師？可是，瑛姑沒有理由不知道南帝出家並改號爲一燈的情況。一、皇帝出家，該是大理國的一件大事，舉國都應該知道。二、新修版中，一燈大師還派了楊太監專人照顧瑛姑，楊太監不可能不將老皇帝出家的消息告訴瑛姑。三、小說中，瑛姑後來上山行刺一燈大師時，曾對漁樵耕讀說：「我道皇爺當真看破世情，削髮爲僧，卻原來……」總之，瑛姑是知道段皇爺出家的。作者或許是想到郭靖和黃蓉不知道真相，才會有後面的故事，那麼，接下來的問題是，瑛姑在錦囊中爲何不明確告訴郭、黃二人段皇爺現今的身分消息呢？她要讓郭、黃成爲她謀殺一燈大師的工具，沒有理由不告訴他們真相，否則很可能導致他們無法上山，對她的圖謀沒有任何好處。

當然，她在錦囊中寫「段皇爺」還有一種可能，那就是她習慣於將一燈大師稱爲段皇爺，在心理上也一直將對方當成皇爺，所以寫了段皇爺、忘了一燈大師。這是一種有意思的心理，最好是有專門的解釋，否則，就會留下上述疑問和漏洞。

又，第三十回書中，朱子柳對郭、黃說：以一陽指功夫爲人療傷，「本人不免元氣大傷，五年之內武功全失。」這一說法，有前後不一致的地方。例如後來黃蓉說：「我來相求師伯治病之時，實不知師伯這一舉手之勞，須得耗損五年功力……」第三十三回書中，洪七公也說：「……只是這一出手，他須得大傷元氣，多則五年，少則三年，難以恢復……」這些說法，與朱子柳所說的「五年之內武功全失」意思顯然不同。最重要的矛盾在第三十一回書中，作者交代說：「……原來一燈雖穴道中指遭點，內功未失……」*這就與前面的「五年內武功全失」的說法形成了直接的矛盾，前後如此不一致，明顯需要修訂。即需要統一說法，到底是損失五年功力，即還能保持大部分的功力，還是五年之內功力全失，即所有的功力都沒有了？

又，第三十一回書中，說郭靖爲救一燈大師而「剃光頭髮」，這本身當然沒有問題。有問題的是，郭靖既然剃光了頭髮，爲何在後面的情節中既沒有交代黃蓉如何爲郭靖的光頭遮

---

*見遠流新修版第三十一回，北京三聯書店版的說法是：「……原來一燈元氣雖然大傷，武功未失。」言辭上雖有些微差異，但「武功未失」或「內功未失」則基本一致。

掩，又沒有提及任何一個人對郭靖的光頭感到詫異，就像郭靖根本就沒有剃光頭髮一樣？其實，從當時的情況看，既然郭靖用袈裟遮住了頭腦，甚至將耳朵都包住了，剃不剃頭髮，根本就沒有啥關係，那爲何還要讓郭靖剃光頭髮呢？這雖是一個「毫髮」細節，但若前後沒有照應，就有問題。

又，第三十四回書中，有：「馬鈺等明知纏鬥下去必無善果，且郭靖窺伺在旁，只要黃藥師當真遇到危險，他翁婿親情，豈有不救？」這一段寫法，實在讓人有諸多疑問：一、在這樣緊張的時候，馬鈺等人是否還有這樣的閒心去想旁的事情，是否有必要去寫這一段？二、馬鈺本人就教過郭靖，對郭靖的心性爲人爲何會如此不瞭解？郭靖是那種翻臉不認人的人嗎？三、要知道，對郭靖恩同再造的柯鎮惡正在與黃藥師拼命，郭靖怎能幫助黃藥師對付自己的師父？四、柯鎮惡要與全真六子並肩與黃藥師作戰，他難道一點消息也不透露？五、郭靖剛剛對丘處機說過黃藥師殺了他五位師傅，丘處機也是「馬鈺等」中的一員啊。這一說法，毛病太多，對郭靖、對馬鈺形象都沒有好處，理應修訂。

又，第三十四回書，馬鈺問黃藥師：「……我周師叔、譚師弟的血債如何了斷，請你說一句罷！」實在讓人糊塗：馬鈺他們誤聽謠言，以爲黃藥師殺了周伯通倒也罷了，爲何還要追究「譚處端的血債」？譚處端是被西毒歐陽鋒當著全真六子的面打死的呀！黃藥師當時還爲此非常生氣，差一點與歐陽鋒動起手來，爲何全真六子不去找歐陽鋒，反而要來找黃藥師？更不像話的是，關於譚處端之死，居然還要郭靖出面解釋，才確定是被歐陽鋒打死的，這豈不是說全真六子全都是瞎子或糊塗蟲？這個漏洞如此之大，保留至今仍未修訂，實在遺憾。

又，第三十五回書中，煙雨樓撤退之後，黃藥師招呼黃蓉一起走，沒有寫到黃蓉如何反應，也沒有寫黃藥師對女兒沒反應的態度，馬上接著寫黃藥師招呼洪七公：「七兄，咱們老兄弟到前面喝幾杯再說。」黃藥師不再招呼黃蓉一起走，缺乏一個說得過去的理由——這理由很可能是，黃藥師在注意黃蓉，黃蓉在注意郭靖，郭靖卻在想黃藥師爲何沒有殺掉柯鎮惡、甚至沒有生氣這件事。若黃藥師故意讓黃蓉有機會與郭靖和解因而不招呼她，豈不是更好？但作者沒有對此加以解釋，反而形成一種不必要的漏洞。

又，新修版中，將南茜仁見到黃藥師殺人這個不甚合理的情節線索刪除了，但在第三十五回書中卻還留了一點痕跡沒有徹底清掃乾淨：「四弟又怎說親眼見他害死二弟、七妹？」這是前後照應不周，新修版的主要任務之一，是要消除前後照應不周的情形，沒想到新修版本身還是出現這樣的情形，當然遺憾。

又，第三十五回書中，黃蓉在鐵槍廟中突然出現，書中寫到了「沙通天等到廟外巡視了一遍，不見另有旁人，當下環衛在完顏洪烈身旁。」看到這裏，人們不能不產生一個疑問：黃蓉是從神像後面出來的，且柯鎮惡明明還在神像後面，爲何沙通天等人竟然沒有一個人想到要去神像後面看看呢？看來是作者想省力，不想再爲此事費心精心安排，所以來一個馬馬虎虎不了了之。問題是，若連沙通天等人到廟外巡視一遍都不寫，豈不是更好？這些人與歐陽鋒在一起，天下無人能敵，不必如此小心謹慎，倒也是一種解釋。現在的情況，則是最不好的解釋，既讓人出去巡視搜查，卻又不讓他們往關鍵處看上一眼。豈有此理？

又，第三十六回書中，寫到歐陽鋒聽傻姑說斷腿公子抱了「好兄弟的老婆」後的一小段心理活動：「他素知自己的私生子生性風流，必因調戲穆念慈起禍……」問題是，傻姑並沒有說出穆念慈的名字，歐陽鋒也不認識穆念慈，在他的心理活動中，如何能夠出現穆念慈這個名字呢？這顯然是作者的疏忽。其實，只要將穆念慈的名字刪除就可以了。

又，第三十六回書中，歐陽鋒說：「你的謊話中夾著三分真話，否則老毒物也不能輕易上當……」——歐陽鋒會不會自稱「老毒物」？這是一個問題。「老毒物」這個稱呼是洪七公、周伯通等人對西毒歐陽鋒的貶稱，歐陽鋒雖然以「毒」爲榮，但卻不見得會以「毒物」自稱。與此相關的還有第三十八回中，歐陽鋒的心理活動中再次出現「……老毒物可大大不妙。」如此看來，歐陽鋒這個「老毒物」居然還有幾分幽默感，但這樣搞法，畢竟破壞了他在這部小說中的形象特徵。即，他是一個心思深沉、性格陰沉、沒有幽默感的壞人。

又，第三十六回書中，歐陽鋒為了黃蓉，釋放了柯鎮惡，並且說：「你不走最好，這瞎子是死是活跟我有甚相干？」這一說法，多少有點問題。表面上看，柯鎮惡的死活與歐陽鋒的確沒有關係，但現在，柯鎮惡實際上已經變成了歐陽鋒陷害黃藥師的一枚棋子，只要他不出面解釋真相，郭靖勢必要找黃藥師拼命，甚至一燈大師等人說不定也要找黃藥師的麻煩。如此，在第二次華山論劍的時候，歐陽鋒就會減少一個甚至更多勁敵，如何說柯鎮惡的死活與他不相干？此時柯鎮惡已經瞭解事情真相，若是輕易放走他，桃花島上的殺人陷阱豈不是前功盡棄？歐陽鋒要放柯鎮惡走，顯然還少了一點曲折。

又，第三十六回書中，柯鎮惡見到郭靖，「左手繼續撲打郭靖，右手卻連打自己耳光……」——柯鎮惡的心情完全可以理解，只是這種打法，難免讓讀者擔心：他如何處理支持身體平衡的鐵杖？最好還是讓他用同一隻手，先打郭靖，後打自己，這樣就不會讓人為他的鐵杖操心了。

又，第三十八回書中，寫到成吉思汗給郭靖的錦囊密令，其中不僅有滅宋之令，還有「但若（郭靖）懷有異心，不遵詔命或棄軍逃遁，窩闊台與拖雷已奉有令旨，立即將其斬首，其母亦必凌遲處死。」這一寫法，未免有太明顯的人為痕跡。若要處理郭靖，只要在給窩闊台和拖雷的密令中說明就可以了，何以會在給郭靖的密令中說「窩闊台和拖雷將奉命處置郭靖」這樣的內容？這不是擺明不相信郭靖、故意讓郭靖不痛快嗎？實際上，只要在密令中寫明滅金之後就要攻宋，郭靖看了之後也必然要走，所以處置郭靖的內容，本來就是蛇足，完全不必畫出的，作者偏偏要畫出來，這次修訂仍然不改，叫人想不通。

又，第三十九回書中，寫到郭靖隨丘處機上華山，丘處機被沙通天等人攔截，郭靖不想參與，「當下轉頭不看，攀藤附葛，竟從別處下山……」——這裏的「下山」，當為「上山」之誤：郭靖上華山的故事還未結束，何來「下山」之說？不論他是上坡還是下坡，都應是在「上山」的過程中。

又，小說第四十回書中，寫到成吉思汗在黃昏時分命郭靖單獨陪同，在草原上閒逛，兩人縱馬而行，馳出十餘里。原不過是作者要讓郭靖與成吉思汗單獨說話，這才讓成吉思汗和他的屬下置禮儀與情感於不顧。從規矩上說，成吉思汗所到之處，都必須有侍衛陪同，從而防止任何意外；從感情上說，成吉思汗將最愛的小兒子拖雷從外地召回，且又知道拖雷與郭靖是當年的安答，有何理由不讓拖雷始終陪同在他身側？這可是成吉思汗一生中的最後一次閒逛啊。拖雷等人在側，非但不會影響郭靖與成吉思汗的對話，反而會使這場對話顯得更有氛圍和影響。作者要讓成吉思汗給郭靖特殊的禮遇，但禮遇過份，反而顯出了人為痕跡，且明顯不合情理，這次修訂本該重新處理，但作者卻沒有處理。

上述所有事例，都證明了一點，這就是作者對準備修訂的作品細讀得不夠，修訂當然也就不徹底。

四、有關新修版中的黃梅之戀

新修版改動得最多、引起回響最大的，是作者對黃藥師和梅超風之間的情感關係——不妨簡稱爲「黃梅之戀」——調整和改動。一些新聞媒體甚至以此作爲標題，以便引起更多人的注意。

新修版對此改動最多的地方，集中在小說的第十回，梅超風的回憶超過了二十個頁碼；更重要的是，其中回憶的內容也有了很大的變化。*梅超風的回憶及其後面的相關部分，在以下幾個方面有了重要的修訂：

一、讓梅超風詳細回憶了自己父母雙亡，被伯父收養，十一歲時被賣給上虞縣蔣家村

*新增加的內容較多，不能一一抄錄，見遠流新修版第三九九～四二〇頁。

的富戶做丫頭，十二歲時被老爺調戲，進而遭到太太的毒打，最終被黃藥師搭救，將她收入門下。

二、十五歲時，大師兄曲靈風看她的目光開始異樣。進而黃藥師抄錄歐陽修詞「江南柳，葉小未成蔭。十四五，閒抱琵琶尋。恁時相見早留心，何況到如今。」曲靈風將這首詞拿給她看，後來她在師父那裏看到了更多的感歎「人已老，事皆非。花間不飲淚沾衣。」等等詞句。

三、黃藥師的家世門第，將他的出生地從浙江改為雲南麗江，讓他成為自己家世和階級的叛逆者，最後成為聞名天下的「邪怪大俠」。

四、《九陰真經》和華山論劍的故事線索，在這裏被更加清晰地突現出來了。為此，作者對黃藥師的幾個徒弟的年齡和入門時間都進行了調整。

五、陳玄風和梅超風的親密接觸過程，曲靈風試圖干預，打了陳玄風，結果曲靈風本人卻被黃藥師打斷了腿，最先逐出師門，趕出桃花島。

六、陳玄風偷盜《九陰真經》下冊，進而帶著梅超風離開桃花島，使得黃藥師傷心氣憤，以至於遷怒於其他幾個弟子。

七、陳玄風和梅超風再上桃花島，試圖偷盜《九陰真經》的上冊，未成功。但梅超風在這次行動中，卻曾與黃藥師照面，且黃藥師還對她加以諒解和關照。

八、因練習九陰白骨爪、摧心掌而受到武林正派人士的圍攻。如前所說，作者將柯鎮惡兄弟與梅超風夫婦遭遇的情節改爲柯辟邪參與圍攻，而柯鎮惡則未曾參與行動，從而並未與梅超風提前遭遇。

九、在蒙古遇到江南七怪，陳玄風死，梅超風獨自逃生。刪除了陳玄風將經書毀掉，將經文刺在自己胸前的情節。

十、從梅超風少女時代開始，黃藥師就對她有明顯的曖昧戀情；而梅超風對黃藥師的感情也變得十分曖昧而複雜。

所有這些改動，單獨看，當然沒有什麼問題。從整體上看，是否有問題，這就要專門進行分析和研究了。爲此，我曾進行過專題分析，並寫作了《黃藥師VS梅超風：情感與形象》一文。＊在這裏，我想不必重複那篇文章中的內容，只是爲了保持這篇札記的完整性，對黃梅之戀這一重大改動做出簡要評析。

我們要面對的關鍵性問題是，這樣的改動是否應該並恰當？

＊這篇文章本來是這個札記中的一節，即第四節，專論黃梅之戀，現獨立成篇。參見本書後文。

對此，我的基本看法是：新修版中有關黃梅之戀的部分不應該如此改寫，且如此改寫也顯得很不恰當，至少是得不償失。我這樣看，理由如下：

1、首先牽涉到黃藥師這個人的形象定位問題

新修版中不僅寫到了黃藥師與梅超風的情感關係，實際上，由於這種情感關係的設計和描寫，必然要影響到對這兩個人物的性格和心理的準確理解和把握，亦即必然牽涉到對黃藥師和梅超風這兩個人物形象進行重新定位。在小說中，人物的感情關係或感情態度肯定不是一種孤立的因素，必然涉及這個人的性格形象和心理特徵，因爲情感是心理的一個重要且有機的組成部分。

流行版中的黃藥師形象定位非常單純，但也非常明確，「東邪」的外號名副其實，此人的價值觀念、言語方式、行爲原則無不邪氣逼人，與常人大不一樣，既非俠客，也不是壞蛋，而是在善惡之間的廣闊邊緣地帶，有著巨大的闡釋空間和個性張力。雖然此人並不可愛可親，但卻可驚、可怖、可敬、可感，早已是一個深入人心的成功形象。

黃藥師的「邪氣」，有兩層含義，第一層是相對於通常的倫理道德而言，此人蔑視道德，破壞傳統，譏諷先賢，所到之處，宵小固然遭難，正人君子也不得不退避三舍，因爲他

看不慣正人君子的裝腔作勢，更不願意做裝腔作勢的正人君子。他是一個至情至性的人，最討厭倫理道德的約束。想哭就哭，想笑就笑，想罵人就罵人，在通常人看來，未免驚世駭俗；在那些滿嘴仁義道德、滿肚子男盜女娼的人看來，黃藥師這樣的人簡直就像是洪水猛獸。

第二層，也是更深的一層，是他智慧超群，博學多識，未免有些恃才傲物，甚至自我中心，遇事容易衝動，不加省思，容易按照自己的情緒行動，而很少顧及他人的感受甚至生死。很顯然，他是一個愛走極端的人，是一個難以被世界所容的人，他的偏激和衝動，自私和狂傲，自我中心和不顧他人，都是明顯的人性弱點。黃藥師這個人的邪氣，只不過是一種人性的病態。雖不值得效法，但卻能夠理解，且值得同情和憐憫。黃藥師的精神世界非常豐富且複雜，黃藥師的個性也充滿張力，只有這樣的張力才能成為這樣的超群出眾的絕世高手。

在新修版中，黃藥師的形象定位被改變了。最主要的改變，是他的驕傲和邪氣，變成了纏纏綿綿和婆婆媽媽。這不是流行版中的黃藥師形象，也不再是讀者心目中的黃藥師形象。讓梅超風來給黃藥師定位，使得黃藥師形象的智力和道德水準降到了梅超風的層次，這實際上是讓黃藥師變得平庸，哪怕看起來似乎是正派或者多情，但黃藥師性格中的那種具有傳奇色彩的、令人景仰的邪氣和驕傲不見了。沒有了驕傲的精神支柱，黃藥師還會是我們認識的那個黃藥師嗎？

2、黃藥師的情感態度和本質被扭曲

黃藥師對梅超風有情，看起來沒啥不對，但實際上卻大大扭曲了黃藥師的情感態度和情感本質。我的這個結論有多重證據，讓我們長話短說。

第一，黃藥師若先愛上了梅超風，但卻只是像一般小男人那樣去玩曖昧、搞暗示，不敢公開表達，更不敢大膽追求，這對於黃藥師形象無疑是一種嚴重的損害。這樣的想愛而不敢愛、有愛而不敢說的黃藥師那裏是什麼「東邪」？黃藥師的「邪氣」及其本質，正是敢愛敢恨、敢說敢做啊！

第二，若像新版中所寫的這樣，黃藥師是因爲愛梅超風但卻不敢去追求，甚至怕人議論，因而去爲自己娶了一位年輕的妻子，這不僅是扭曲了黃藥師的情感態度和個性特徵，同時也是玷污了黃藥師的妻子、黃蓉的媽媽。因爲，在新版中，黃藥師的這個年輕的妻子，實際上不過是黃藥師爲了遮掩自己的真實情感而找來的一面情感屏風，不過是梅超風的一個替代品而已。

第三，若這樣，那就有一個嚴重的問題，那就是，黃藥師對自己的妻子是否會有過去的流行版中那樣的深情？是否會繼續將妻子的遺體保存好，期望今後能夠起死回生？是否會常到妻子的停棺處對妻子說情話？是否會製造一艘花船，要與妻子同歸於盡？是否會爲了滿足妻子的願望，而不顧一切地要將懂得《九陰真經》的郭靖與老頑童葬身水底？換一種說法，若黃藥師深愛梅超風，如何會對作爲代用品的妻子一往情深？反之，若黃藥師對自己的妻子如此深情，又如何會對梅超風如此婆婆媽媽牽扯不清？

第四，或許作者會解釋說，黃藥師先喜歡梅超風，娶妻後對自己的妻子充滿深情摯愛，有何不可？小說的作者也確實在小心翼翼地迴避著黃藥師結婚之後對梅超風的情感態度問題。但，這裏還有一個更關鍵性的問題，黃藥師的情感價值的本質是什麼？爲何黃藥師會對自己的亡妻如此深情？在流行版中，我們不難理解，那是因爲黃藥師的妻子馮氏是一個聰明絕頂的人，與黃藥師恰成良配，也就是說，黃藥師夫妻的情感，是一種超越常人的、具有靈性的情感。這樣的情感結合，可謂「金風玉露一相逢，便勝卻人間無數」。只有這樣，黃藥師的情感才真正與眾不同，黃藥師夫妻的靈性才會相互輝映。梅超風呢，在這一方面，顯然是乏善可陳，即使不能說她沒有靈性，至少也是靈性不足。若黃藥師愛上這樣一個靈性不足的性感尤物，那黃藥師與世間庸人又有何異？

3、這段曖昧的情感也牽涉到對梅超風的形象定位

流行版中的梅超風形象，複雜而又有張力，因爲無論是作爲「黑風雙煞」的一部分，還是作爲一個瞎了眼的「黑寡婦」，她的形象都有明顯的層次，具體說：首先是野性和野心，否則他們就不會違背師門的規矩而相互愛戀，更不會偷盜師傅的《九陰真經》抄本逃出師門，從此成爲師門和江湖正派追殺的對象。其次是自私和蒙昧，若非自私，就不會因爲自己的欲望而不顧同門師兄弟的命運；若非蒙昧，他們行爲及其練功的方法也就不會出現如此之大的偏差。再次是恐懼和惡毒，從他們偷偷戀愛那天起，他們顯然就已經生活在恐懼之中，偷盜經文之後，肯定更加恐懼師傅的追殺；另一方面，這種恐懼刺激他們的惡毒心理，要加快練功速度，從而走上了練功的邪路，「九陰白骨爪」、「摧心掌」和「毒龍鞭」等等武功，可以說是他們的惡毒心理的形象說明。最後，當然，他們也是可悲可憐的。尤其是梅超風，在陳玄風死後，她不僅成爲寡婦，而且成爲殘疾。若非欲望和野心，何至於在天地間找不到自己的安身立命處？

在流行版中，梅超風的形象有令人同情的一面，那就是，我們爲她設身處地，若不是黃藥師這個人平常行爲偏激和毒辣，他的徒弟之間產生了戀愛關係也不至於像現在這樣似乎犯

了滔天大罪般畏罪潛逃。也就是說，正是因爲在黃藥師門下感受不到情感的溫暖，才會出現男女徒弟之間相互愛戀和溫暖的情形。

更重要的是，在流行版中，梅超風的形象還有令人驚訝的一面，即雖然對自己的師傅如此畏懼，避如蛇蠍，但在她的內心深處，卻居然對自己的嚴厲的師傅充滿敬畏和深情，以至於在生死關頭寧可用自己的生命保護自己的師傅！這不僅讓人產生強烈的震撼，並且對梅超風的觀感大大改變，實際上，也讓人反思黃藥師這個人能夠讓自己的棄徒如此衷心敬仰和愛戴，一定有大大的過人之處，只是一時不爲人知而已。梅超風最後的犧牲，與她的自私和野心之間有極大的反差，正是這種反差產生了巨大的藝術張力，令人震撼，也發人深思。

在新修版中，我們看到的梅超風形象定位反而變得有些模糊了。首先，黃藥師對她如此多情溫柔，她居然還要背叛逃離，即不是因爲在師門中得不到情感溫暖而逃走，從而讓人難以產生衷心的同情。其次，她對師傅也不再有恐懼，而只有負疚，若負疚是真，爲何還要逃走？若要與陳玄風一起逃走，哪裡能夠表現出她的負疚？再次，在她重回桃花島的時候，師傅黃藥師並沒有對她怎樣嚴厲，反而勸說她忠告她不要胡亂練功，如此，她的恐懼也就變得毫無道理。最後，也是最重要的一點，既然她得到了師傅的諒解，最後爲師傅而死，就不再出人意料，從而失去了性格的張力，這一情節的震撼力也就大大減小。

在新修版中，她的野性、野心、自私、蒙昧、恐懼、惡毒、可悲、可憐和最後的靈性與良知部分，都分別被減弱了，這個形象變得相對平庸，失去了野性的光芒，也失去了個性的張力。我們甚至不知道，梅超風究竟是怎樣的一個人。也就是說，我們不知道，作者究竟想要將梅超風寫成怎樣的一個人。

4、梅超風的情感態度同樣被扭曲了

這一點，在新修版中有兩方面的證據。

一方面，是我們到底也不知道梅超風對黃藥師究竟是怎樣的一種情感態度。在她的回憶中，我們只是感覺到，黃藥師對她產生了明顯的好感，甚至可以說是明顯的愛戀，黃藥師引述的詩詞足可爲證。問題是，梅超風對黃藥師是怎樣的情感呢？是純粹的師徒之情、父女之情，因此對師傅的「亂倫情感」感到畏懼從而不得不逃避？還是對師傅的情感有所呼應？我們只看到，梅超風最大的願望，是拉住黃藥師的手，像少女時代那樣子又撒嬌。

另一方面，梅超風對黃藥師的情感曖昧，涉及她對自己的丈夫陳玄風的情感態度的真實性。從流行版和新修版中我們能夠看出，梅超風對陳玄風的情感沒有太大的變化，即陳玄風的野性和大膽完全俘獲了梅超風。這一對背叛師門的難夫難妻開始氣味相投，繼而相濡以沫，最終仍然是一往情深。雖然他們之間以「賊婆娘」和「賊漢子」相互稱呼——在新修版中，這一稱呼被改成了「好師兄」和「小師妹」，可謂大煞風景——我們知道他們之間有怎樣的深情。這樣，就要面臨一個疑問，既然梅超風對陳玄風如此深情，她的情感世界中何處能夠容納黃藥師的情感呢？除非她是把黃藥師純粹當成師傅和父親來愛，那就另當別論。

讓我們簡單一點說，若梅超風對黃藥師有男女愛情，那就不該與陳玄風熱戀並且選擇一起逃走。反過來，若梅超風對陳玄風一往情深，那就不該對黃藥師始終保持一種曖昧的男女戀情。新修版試圖描述梅超風對黃藥師的複雜情感，結果只能是對梅超風的情感世界進行人爲的扭曲，使得梅超風對陳玄風、梅超風對黃藥師這樣兩組愛情都變得不深入、不純粹，以至於讓人難以理解。

5、如此愛情描寫的方式與小說形式不匹配

對上述問題，作者當然可以辯護說，人的情感是非常複雜的，黃藥師爲何不能夠既愛自己的女徒弟，也愛自己的妻子？梅超風又爲何不能既與陳玄風一往情深，而又對自己的師傅黃藥師保持一份曖昧的深情？

的確，人的情感是極其複雜的。所以，古往今來雖有無數的愛情故事，也不能窮盡愛情的狀態，總有新的愛情故事可講，總有新的愛情因素可說。若專門作爲一個研究課題，黃藥師對梅超風青春風采和性感魅力的那一份本能的欲望和愛戀，梅超風對黃藥師的那一份熱烈

但卻克制的深情有所回應並產生心理的漣漪，當然都是可能的。在純粹的人性認知層面，在純粹的情感分析層面，也都是可以理解的。在真實的人性中，情感的排他性，和夫妻間的一往情深，都是相對的。在真實的情感中，情感的單一性實際上不過是人類的一種單純的認知想像，實行起來，常常需要道德、倫理、法律、理智甚至惰性的支持。

問題是，《射鵰英雄傳》是一部傳奇小說，而且還是一部古典式的傳奇小說，這一小說的形式和體裁特點，就是人物性格和情感態度的單純。郭靖、黃蓉的形象和情感是單純的，甚至楊康和穆念慈的情感也是單純的，黃藥師和梅超風的個性和情感當然也只能是單純的。否則，就與這一小說類型規範不相匹配。

例如，郭靖與華箏之間，何止於一種純粹的「兄妹情感」？華箏美麗大方，健康活潑，青春勃發，性感撩人，而且對郭靖一往情深，且有婚姻之約，郭靖的情感世界中如何會沒有情感和欲望的衝突？或者，至少也該會有幾許輕輕的波動與漣漪吧？然而，作者之所以沒有這樣寫，讀者之所以沒有這樣的要求，全都是因爲這樣的小說需要這樣單純明確的情感態度，否則就會違背傳奇小說的基本規範，從而會自己給自己拆臺。

至於讀者或批評家在現有的小說敘事中看到更多的內容，或者作出出人意料的批評闡釋，那是另一回事。金庸小說的美妙之處，常常在於其單純人物性格和簡要人際關係之中隱含了極大的內在張力，從而形成極大的可闡釋空間。例如流行版中，黃藥師一定要用梅超風的屍體去打擊江南六怪，固然可以看成是黃老邪性格古怪偏激，但也未嘗不能看成是一種潛意識中的「情感的舞蹈」，即黃藥師自己可能都沒有意識到，自己對這個年輕性感的女弟子有著一份不為人知的欲望和深情。問題是，批評家可以這樣闡釋，但作者卻不能為了這種闡釋而去破壞其單純和簡明的創作原則。在單純和簡明的人物性格及其情感關係中閱讀或分析出並不單純的心理或人性的內涵，那是讀者或批評家的事情，不是作者的事。

總之，情感態度單純與簡明，是傳奇小說的最重要的規範特徵，也即成為作者與讀者之間的一項約定。現在，作者在新修版中要單方面改變這一約定，將其中的次要人物黃藥師和梅超風的情感搞得這樣複雜和曖昧，當然會讓習慣於傳奇小說模式和規範的讀者感到難以接受。結論是，新修版對黃藥師和梅超風情感關係的修訂，是考慮不周的，因而是不恰當的，也是得不償失的。

五、簡短的結語

現在到了開始寫結語，並考慮結束這篇長文的時候了。

在這裏，我要專門說明一下，如標題所示，這篇文章只是我閱讀《射雕英雄傳》的一份札記，而不是一篇真正意義上的版本研究論文。在這篇札記中，我只是將自己的閱讀感受記錄了下來，並且分別標示出哪些地方改得好、哪些地方應該改卻沒有改、哪些地方改得不好或改出了新的問題，黃梅之戀其實也是其中一部分，只不過因爲事關重大，所以專門用一小節的篇幅來說明，甚至還單獨寫出了一篇文章。在這篇札記中，我只是說出了上述問題，卻沒有回答更深層次上的問題，那就是金庸先生的修訂爲何會出現這樣的情況？亦即，作者爲何有些地方改得好，有些地方改得不好，有些地方應該改而沒有改？作者爲何要將黃藥師和梅超風的情感關係改成現在這個樣子？

要回答上述這些問題，還需要對新修版進行更加深入的研究。不僅要更仔細地閱讀這部書，還需要閱讀所有的新修版著作。只有閱讀了全部的新修版著作，才能對這次修訂的思想、情緒、心態和價值觀念的變化等等，找出總體上的變化線索並繪製出一份相對清晰的精神氣象圖。

當然，仔細閱讀了《射雕英雄傳》這部書的新修版，我們也能得出一些印象和簡單的結論。

首先，新修版有不少的地方修改得很好，這至少可以說明兩點，第一，是作者修訂的目的是想要使自己的作品更加完善和精緻。這一點本來是毫無疑問的，但因爲新修版的出版牽涉新的版權和新的合約，有人猜測作者是爲了商業目的，才要花時間對自己的成名作品進行修訂，難免混淆是非。從我的閱讀看，作者是真的覺得小說中存在了一些問題，必須做全面修訂才能完善，這是作者對自己的聲譽和品牌負責，其實也是對讀者負責。第二，作者的修訂態度是非常認真的，並沒有敷衍了事，其中修訂完善的地方很多，就是最好的證明。顯然，作者接受了一些讀者的意見和建議，對自己小說中的一些不夠完善的地方進行了認真的修訂或補救，從而取得了不錯的成績。

其次，當然，我們也看到了，新修版中還有大量可以修改、應該修改的地方沒有進行修改；甚至有些地方不應該修改但卻被修改了；有些地方修改之後固然是解決了原有的問題，但卻增加了新的問題。這些都是事實。這些事實說明，修訂小說舊作並非易事，即使是金庸先生這樣的超級小說高手，也不容易。

修訂中出現這樣或那樣的問題，原因有以下幾點。

第一點，是作者雖然是作者，但畢竟《射雕英雄傳》的創作已經是將近半個世紀之前的事情了（作者修訂此書的時候當然還沒有到半個世紀，但也有四十多年的時間距離）。這樣一段漫長的時間距離，雖然可以使作者對小說中的一部份問題看得更加清楚，但也帶來了另一個問題，那就是作者不能、也幾乎不可能回到當時的創作心態和情緒中去。我們知道，小說創作並不是一種純粹的理性活動，想像力和創造性的發揮，比我們以為的要複雜得多。小說創作的高手，在飽滿的創造性情緒狀態之下，所寫出的一招一式都會中規中矩，正所謂「信手拈來，皆成妙招」。倘若不能進入那樣特定的創作狀態，指望自己的理智和經驗創作出好的小說來，則只能是一種奢望。不能進入那樣的創造性情緒狀態，即使是修訂，也不大可能達到隨心所欲不逾矩的理想境界。

第二點，是一部小說形成之後，尤其是曾經過一次修訂後，已經成爲一個不能隨意分解的有機整體。打個比方說，就像是一個活體，有了自己的骨骼經絡和血肉，有了自己的動脈、靜脈及其毛細血管。在多年之後對這部小說進行修訂，倘若不熟悉這些骨骼和經絡，不熟悉它們的動靜脈和毛細血管，那就很難達到庖丁解牛那樣的美妙成果，即很難在不傷害小說機體的前提下，對小說實施成功的外科手術。

按說，小說是由作者創造的，作者理應是最熟悉自己小說作品機體的人，因而由作者對自己的小說實施修訂手術是沒有任何問題的。但，這只是一種設想，真實的情況是，小說作者不在創作狀態，對小說的有機體——尤其是有機體中的毛細血管部分——已經不復有「全面記憶」，因而修訂起來仍然會傷害有機體的這些細微的部分。實際的情況也正是這樣，前面指出的那些因爲修改而造成的這樣或那樣的問題，就是最好的證明。

第三點，小說作者固然是修訂自己小說的最佳人選，甚至是不二人選，但我們也應該看到，小說作者閱讀自己的作品時，常常會有這樣或那樣的「盲點」。小說的創作不存在一種固定的模式，這樣寫固然可以，那樣寫也未嘗不可，小說作者總覺得自己的寫法最爲合適，否則就不會選擇這樣的寫法。問題是，自己的喜好和固執，不見得全都是妥當的，正如任何人的思想和情感總會有其這樣或那樣的局限。這些局限或者是因爲立場和視野的限制，或者是因爲自己的思想和情感的限制，證據是任何人自己都看不見自己的後背。

金庸先生的武俠小說情節緊張而肌理豐富，若非三番四次地用挑剔的目光去看，很難發現其中的缺點和不足之處，作者自己更難發現每一個瑕疵。如此，修訂起來，當然不可能將每一個瑕疵都準確找到，並進行精確修訂。

第四點，我上述札記中的優點和缺點的分析，不見得完全準確。在小說的閱讀和鑒賞中，當然會出現仁者見仁、智者見智的情況。有些我認爲是優點的地方，說不定有人會覺得是一種缺點；有些我認爲是缺點的地方，說不定有人覺得完全沒有問題。作者和讀者之間同樣存在這樣的判斷差異，甚至，作者與作者自己也會存在這樣的判斷差異——我是說，當年的作者和如今的修訂者之間，因爲時隔四十餘年，「兩個作者」的人生閱歷、價值觀念和審美趣味肯定會有許多不同，如是，對小說中的一些情節、細節的判斷會有差異。而這種差異和變化，也是造成最新修訂也不能盡如人意的重要原因之一。

再次，我們必須看到，此次新修版，大多不過是對小說的細節方面作出修訂，即使有傷害，也只是牽涉到小說機體或小說肌理中的毛細血管部分。其中只有有關黃、梅之戀的這一部分的修訂，不僅改變了小說的毛細血管，而且改變了小說的動靜脈甚至一部分骨骼，因而，這是一個需要專門研究，且需要反覆討論的問題。作者為何要這樣改？這就是一個需要專門探討的問題，諸如作者如何想到要修訂這兩人的情感關係的？是自己主動想到，還是接受讀者或批評家的意見的結果？作者寫中年黃藥師對青春梅超風的愛戀情感中，似乎參雜了更多的生命流逝的感歎和對生命衰老的恐懼，這與作者現在的年齡和心態有直接的關聯嗎？對此，在作出進一步的深入細緻的調查研究之前，都無法確切回答。

最後，我想要說明的一點，是我的這份札記，只是個人的閱讀印象和對此閱讀印象的一些簡單分析。其中或許有些有價值的地方，當然很可能會存在一些個人的偏見和局限。對或不對，都只是個人的意見而已，僅供交流時參考。

黃藥師VS梅超風：情感與形象

《射鵰英雄傳》的最新修訂版（以下簡稱「新修版」）引起了全世界金庸迷的普遍關注，甚至譁然。金迷們議論的核心焦點，就是作者在新修版中，對黃藥師和梅超風的情感關係作了重大的改寫。

新修版中，黃、梅關係改寫得好還是不好？對這個問題恐難做出或是或非的簡單判斷。需要，也值得專門進行討論研究。

一、梅超風回憶中的黃、梅關係

黃、梅關係的改寫，開始於對小說的第十回梅超風的回憶的修訂。

與流行版相比，修訂後的回憶篇幅明顯增加，內容更加豐富，桃花島師徒間的往事情節線索也有了很大的變化。作者顯然是重新構想了梅超風的小傳，重新設計了梅超風的形象，調整了梅超風和黃藥師的情感關係和相互間的情感態度。

其中主要修改增訂的內容，包括以下幾個方面。

一、讓梅超風詳細回憶了自己的生平：自幼父母雙亡，被伯父收養，十一歲時被賣給上虞縣蔣家村的富戶做丫頭。十二歲時被老爺調戲，進而遭到太太的毒打，最終被黃藥師搭救，將她收入門下，將她的名字由梅若華改爲梅超風。

在這裏，作者還調整了黃藥師門下弟子的年齡和順序，大弟子曲靈風年齡最大，只比黃藥師小十來歲，已婚，生有一女。其餘爲陳玄風、梅超風、陸乘風、武罡風、馮默風。這些改動，細化了梅超風的身世，調整了人物年齡，彌補了流行版中有關人物關係和人物年齡的差誤和漏洞。

二、梅超風十五歲時，身子高了，頭髮長了，模樣更好看了。年屆三十的大師兄曲靈風看她的目光開始異樣。後來陳玄風單刀直入，捷足先登，很快就俘獲了梅超風的芳心。這使得大師兄極爲不滿，打傷了陳玄風。然而，黃藥師最先處罰的卻是曲靈風，將他打斷腿，逐出桃花島，從此也不再教陳玄風武功，不與梅超風多話。後來，陳玄風終於偷盜了師父的《九陰真經》下冊，帶著梅超風逃離了桃花島，使得黃藥師傷心氣憤，以至於遷怒於其他幾個弟子，非但不聽勸諫，反而將其餘三個小弟子一一打斷腿，先後逐出。這些改動，符合當時的環境，爲陳玄風盜經增加了一個迫切動機，也使得黃藥師驅逐弟子的理由更爲明顯。

三、這一段回憶中最關鍵的改動，當然是黃藥師對梅超風的情感態度的變化。大師兄曲靈風將黃藥師抄錄的歐陽修詞「江南柳，葉小未成蔭。十四五，閒抱琵琶尋。恁時相見早留心，何況到如今。」拿給梅超風看，並且詳細講述了歐陽修對美麗活潑溫柔可愛的外甥女動心的故事，暗示黃藥師對梅超風超越師徒關係的情感態度。進一步的證據是，梅超風回憶中，師父對她一向關愛呵護，從未有過苛責厲顏，且無論求懇何事，只要她「拉住他手，輕輕搖晃」便「總會靈光」。*——這一「拉手搖晃」，成了新修版中梅超風對黃藥師的招牌動作。

以上三點層層相因。首先，花季的梅超風青春勃發，魅力四射；進而，桃花島這個男人世界中只有梅超風這一個少女，如萬綠叢中一點紅，自然格外引人注目，這就難怪已婚的大師兄曲靈風、未婚的二師兄陳玄風都被她吸引。最後，如此自然也就難怪單身師父黃藥師對這個女徒另眼相看。

*見臺北遠流新修版《射雕英雄傳》第一冊第四〇四頁，臺灣遠流出版事業股份有限公司二〇〇三年八月一日四版一刷。本文引用新修版小說原文，都根據這一版本，下同，不注。

需要說明的是，在梅超風的回憶中，沒有任何跡象表明她對自己的師父黃藥師有絲毫的男女之情。她對黃藥師最多不過是有一點恃寵而嬌，並無任何超越師徒父女關係的情感因素。與她對陳玄風的情感態度涇渭分明，截然不同。也就是說，在修訂版中，是黃藥師對梅超風產生了單方面的朦朧戀情。

這種典型的「洛麗塔情結」產生自黃藥師，看上去有些讓人難以理解，更難以接受。實際上，小說新修版中，爲這種中年男子對花季少女的本能傾慕和熱烈戀情提供了充分的證據，大文豪歐陽修爲自己的外甥女寫下的詞句，就是一個最好的證明。繼而，小說中還讓黃藥師將自己抄錄的朱希真詞拿給梅超風看：

人已老，事皆非。花間不飲淚沾衣。如今但欲關門睡，一任梅花作雪飛。
老人無復少年歡。嫌酒倦吹彈。黄昏又是風雨，樓外角聲殘。
劉郎已老，不管桃花依舊笑。萬里東風，國破山河照落紅。
今古事，英雄淚，老相催。長恨夕陽西去，晚潮回。

其中每一行都能看到一個「老」字，這是典型的中年心態。感到時光飛逝生命短暫，年華老去不可逆轉，對青春充滿了留戀和感傷，對花季少女自然就格外羨慕和熱愛。進而，黃藥師還為梅超風吟誦歐陽修的《定風波》：

把酒花前欲問君，世間何計可留春？縱使青春留得住。虛語，無情花對有情人。任是好花須落去。自古，紅顏能得幾時新？

由此可見，黃藥師對梅超風的這種情感態度，四成是對自己年華老去的傷感，四成是對紅顏易老的憐惜，只有二成是對年輕異性的朦朧愛意。

他的弟子曲靈風、陳玄風乃至梅超風等等，都無法理解其複雜的中年心境和深切的生命感傷，只簡單化地將他的這份奇特複雜的情懷全都當成師父對女弟子的不倫之戀，或當成簡單的男女私情。難怪黃藥師要大為光火，要打折曲靈風的雙腿，將他逐出桃花島，並從此不與陳玄風和梅超風囉嗦。

能夠證明黃藥師對女弟子梅超風的情感態度並非純粹出於男女私情的依據，是黃藥師在兩年後，娶回了年輕的妻子馮氏，並對這位年輕的妻子始終一往情深。黃藥師是這部小說中第一智慧且博學之人，也只有馮氏這樣極具聰慧靈氣之人，才堪為黃藥師的良配。不難想像，黃藥師多年未娶，一方面固然是因爲練武之人有遠離女色的傳統——乾坤五絕之中的王重陽、歐陽鋒、洪七公都是終生未娶，一燈大師後來也出家爲僧；另一方面，則是因爲沒有找到堪與匹配的對象。在新修版中，黃藥師娶妻雖然增加了道德倫理壓力這一理由，*但仍不能掩蓋他找到馮氏才算是找到真正合適的對象這一事實。否則，在馮氏死後，黃藥師就不可能準備要爲馮氏殉情，打造花船，與她合葬於水下。

由此可見，新修版爲黃藥師增加這樣一段情感插曲，並非不可理解，更不是不能接受。因爲這並不是一段純粹的男女私情，其實也不是一段完整的情感故事，實際上，不過是對人到中年的黃藥師的生命情懷的一種點染和豐富。乾坤五絕之中，除了情感粗糙、貪食不好色的洪七公之外，其餘四人，每人都有一段難與人言的情感創傷：歐陽鋒與嫂子的不倫之戀，一燈大師對瑛姑的傷痛記憶，王重陽與林朝英之間的相互挫傷，**如此，新修版增加一段黃藥師對女弟子梅超風短暫且朦朧的「洛麗塔情結」，也就並非不可理喻。

*在梅超風的回憶中，黃藥師曾經醉後吐真言，說「再沒人胡說八道，說黃老邪想娶女弟子做老婆了罷？」可見他曾為別人的胡說八道而苦惱煩悶。

**王重陽在《射雕英雄傳》中沒有出現，但他與林朝英的故事卻在《神雕俠侶》中出現了。

二、黃、梅關係的進一步討論

要說黃、梅關係的修訂有問題，這問題當不在黃藥師對梅超風的朦朧情意本身，而在於對這種朦朧情意的敘事安排和具體表現恐非十分妥當。

首先，新修版中對黃藥師情感態度的表現，比較簡單且直白。其中還有一些明顯的疑問，例如：一、黃藥師爲何要將書寫他情感私密的詞句隨便讓大弟子發現？二、曲靈風爲何要拿著師父的手稿給梅超風看，他究竟是因爲吃醋，還是要促成師父和師妹的情感發展？三、黃藥師對梅超風的複雜情懷，如何能夠簡單地向這個並非靈性過人的女弟子輕易吐露？

其次，作者在梅超風緊張打鬥之中安排長篇回憶，本身就有一點生硬，顯出了人爲的痕跡。因爲梅超風顯然並不是一個心思靈慧之人，且隨時有生命危險的打鬥過程也並非展開長篇回憶的合適場所。流行版中的回憶已讓人覺得篇幅過多，而在修訂版中更是變本加厲，將諸如黃藥師的家世門第，最後成爲「邪怪大俠」的歷程；以及《九陰真經》和華山論劍的故事等等，這些不該由她在回憶中敘述的情節內容也讓梅超風來承擔。

實際上，小說中的陳玄風和梅超風再上桃花島，試圖偷盜《九陰真經》的上冊，未成功；黑風雙煞因練習九陰白骨爪、摧心掌，而受到武林正派人士的圍攻；黑風雙煞在蒙古遇到江南七怪，陳玄風死，梅超風獨自逃生等等情節，都不應該放在梅超風的回憶中講述，而應該由作者直接敘述。這樣，梅超風才能集中回憶黃藥師對她的朦朧情感，焦點突出，以便將這一段情感說深說透，從而深入人心。而現在，作者想要取巧，使得梅超風的長篇回憶成了小說樸實的敘事中的一塊刺眼的補丁。

再次，在梅超風的長篇回憶之中，還有一些細節的敘述和描寫，似乎有一些欠妥之處。例如：

一、黃藥師對最小的徒弟馮默風生氣，書中寫道：「……師父大怒，喝道：『連你又（也）打，怎麼樣？我花這許多心血，辛辛苦苦教你們功夫，到頭來你們一個個都反我。**我黃老邪還是去死了的好！**』木杖一震之下，把馮師弟的腳骨也打斷了。」這一細節，其中的一個錯別字或許是校對錯誤，此外也還有明顯的欠妥之處，黃藥師變得如此婆婆媽媽，竟然對自己的小徒弟如此囉嗦，甚至說出了「還不如去死了的好」這樣荒唐而不符合性格的話來。進而，這一段還自相矛盾，即，既然黃藥師如此自哀自憐，那就不該打斷徒弟的腿骨；如果生氣打斷徒弟的腿骨，那就不該如此自哀自憐。

二、梅超風和陳玄風重上桃花島，試圖偷盜《九陰真經》的上卷，黃藥師再見叛徒，非但沒有生氣，反而是：「師父嘿嘿一笑，說道：『超風，師父不練九陰真經，只用彈指神通，還不是贏了他！』」看起來，黃藥師對梅超風和陳玄風偷盜《九陰真經》下卷、擅自離開桃花島、背叛師門似乎絲毫也不介意。這本身就有點讓人難以置信。然而，後面卻又保留了流行版的敘述，即：「陳師哥拉著我飛奔，搶到了船裏，海水濺進船艙，我心裏還在突突急跳，好像要從口裏衝出來……」這就讓人難以理解了，既然師父非但沒有生氣，反而對他們關懷備至，爲何還是要如此拼命逃跑呢？

三、在梅超風和陳玄風亡命奔逃之際，「聽得師父的話聲遠遠傳過來：『你們去吧！你們好自爲之，不要再練九陰真經了，保住性命要緊。』」這裏的黃藥師，幾乎成了一個慈悲的菩薩，完全沒有了往日的脾氣，根本沒有追究盜經之罪、私離桃花島之罪、背叛師門之罪以及梅超風棄師父的關懷和情感於不顧的無情之罪，而是處處爲徒弟著想。然而，在後面的敘述中，卻仍然保持了流行版中的文字，即：「梅超風想起黃藥師生性之酷、手段之辣，不禁臉如土色，全身簌簌而抖，似乎見到黃藥師臉色嚴峻，已站在身前，不由得全身酸軟，似已武功全失，伏在地下……」從修訂後的情況看，所謂黃藥師「生性之酷，手段之辣」根本就不存在，梅超風也根本就沒有理由如此害怕。小說對黃藥師的形象及其對梅超風的關係作了大量修訂，卻又要保持修訂前對黃藥師的評價，顯然自相矛盾。

除了第十回書中梅超風的長篇回憶之外，新修版中，對黃藥師和梅超風之間的情感態度和師徒關係的發展變化的把握和描寫，也存在某些明顯的疑問。例如：

其一，流行版中寫到裘千丈謊言說黃藥師被全真七子打死，陸乘風說要去桃花島探望，黃蓉說願意爲他和梅超風求情，書中寫到：「梅超風呆立片刻，眼中兩行淚水滾了下來，說道：『我哪裡還有面目去見他老人家？恩師憐我孤苦，教我養我，我卻狼子野心，背叛師門……』突然厲聲喝道：『只待夫仇一報，我會自尋了斷。江南七怪，有種的站出來，今晚跟老娘拼個死活。陸師弟，小師妹，你們袖手旁觀，兩不相幫，不論誰死誰活，都不許插手勸解，聽見了麼？』」

新修版前面的部分都一樣，直到背叛師門之後，增加了：「（梅超風說話）『……**真是畜牲不如……我天天記掛恩師，祝禱他身體強健，只盼他一掌將我打死了……』突然間啪啪兩下，伸掌重重打了自己兩個耳光，**厲聲喝道：『只待夫仇一報，我會自尋了斷。江南七怪，有種的站出來，今晚跟老娘拼個死活。**我……我對不起恩師。』啪啪兩下，又打了自己兩個耳光，兩邊臉頰頓時紅腫，可見這幾下打得著實不輕。**」

兩相比較，顯然是流行版的寫法更好。

流行版中，梅超風第一次突然流淚懺悔，讓人震撼，而後迅速掩飾自己，厲聲呼喝報仇，心理準確，形象鮮明，言辭生動，行爲合理。

而新修版中，梅超風的懺悔和復仇兩種心理相互交織，婆婆媽媽，心理理路模糊不清；當眾自打耳光，實際上並不符合梅超風的個性，而只是作者要她這樣表達自己的懺悔，人爲的痕跡很明顯。尤其是已經向江南七怪挑戰，卻又說對不住恩師，再打自己耳光，更顯得拖泥帶水，讓人莫名其妙。

之所以出現這樣的情況，是因爲作者要改變梅超風和黃藥師之間的情感關係，至少要改變二人的情感態度，要加強梅超風的懺悔意識，淡化梅超風的罪過，美化梅超風的形象，結果卻反而使得梅超風這個人物形象變得模糊起來，讓人難以辨析，更遑論認同。

其二，第十四回書中，梅超風要與江南六怪決戰，郭靖要代替師父出面，說好他不逃走，而梅超風不能再找江南六怪的麻煩。流行版中，梅超風的話很簡潔：「好！我跟江南六怪之事，也是一筆勾銷。好小子，跟我走罷！」新修版卻變成了：「好！我跟江南六怪**大家死了親人，我命苦，你們也命苦，有什麼法子？深仇大怨**就此一筆勾銷，好小子，跟我走罷！」這樣的對話，硬是要將一位雷厲風行、我行我素的江湖女魔頭，變成一個婆婆媽媽得莫名其妙的凡俗小女子，作者要寫她的善意妥協，實際上卻損害了她堅強不屈的性格。

其三，梅超風被黃藥師抓走，很快又回到歸雲莊，還要找郭靖比武，作者在新修版中增加了一句臺詞：「……好在經書已經還了恩師，償了我平生最大心願……」這一改動，明顯不妥。她剛剛還在找經書，轉眼之間就說已經將經書還給了恩師，這等於向眾人宣布，她身後的人就是黃藥師。此時黃藥師還戴著面具，大家都還不知道此人的真實身分，她這一說，別人或許還不明白，聰明的黃蓉肯定能夠推斷出梅超風身後之人就是自己的父親。若寫她沒有推斷出，對黃蓉的聰明才智就是一種損害，所以，這一句臺詞並不十分妥當。

其四，在梅超風的回憶中，黃藥師稱呼周伯通爲「不通兄」，在第十七回書中，老頑童對此做出了解釋：「……他浙江口音，把我周伯通叫作周『不通』，我念他新喪妻子，也不跟他計較……」這一說法，看起來似乎沒有任何問題，但新修版中說黃藥師雖是浙江人，但卻並不是從小在家鄉長大，而是出生在雲南麗江，長大後才回到浙江。＊如此，黃藥

＊見前面梅超風的長篇回憶中所敘述，臺北遠流新修版第十回。

師到底是說雲南話，還是說浙江話，就成了問題了。

其五，新修版中，陳玄風沒有將《九陰真經》毀掉，當然也就沒有將經文刺在自己的胸前，這一修改非常合理。梅超風將經書交還給黃藥師，作者在第十八回書中補充了一段：「黃藥師慢慢揭到最後一頁，見到怪文之後寫著歪歪斜斜的幾行字，心知第一行是：『恁時相見早留心，何況到如今。』第二行是：『待得酒醒君不見，千片，不隨流水即隨風。』第三行是：『人已老，事皆非，花間不飲淚沾衣，如今但欲關門睡，一任梅花作雪飛。』最後遠離數行，寫著幾個歪歪斜斜的字：『師父，師父，你快殺了我，我對你不起，我要死在你手裏，師父，師父。』」這些字跡，搞得黃藥師又是憐惜，又是感傷。

只不過，認真想來，這不過是作者的一廂情願，而梅超風寫這些話的可能性幾乎沒有。因爲這本經書不是梅超風獨有，而是時常要與丈夫陳玄風一起看，梅超風如何能夠寫下這些懷念師父的話讓陳玄風不高興？更重要的是，從書保留下來的陳玄風之死的情節看，梅超風始終對陳玄風一往情深，至死不變，又如何會寫下這些話讓陳玄風生氣呢？既然伉儷情深，生活充實快樂，又哪裡會有那樣的想法，想讓師父打死自己？——需要說明的是，書中專門交代說，黃藥師「料想（**梅超風**）寫時眼睛未瞎，詞句筆劃清楚……」這又是一個自相矛盾的例子。

三、黃、梅關係中的具體問題及原因

之所以出現上述情況，一方面固然是因爲小說的創作和第一次修訂都已經年深月久，作者本人也不易輕鬆地重回小說創作的情境之中，從而在再次修訂時難免顧此失彼，照應不周。另一方面，更重要的原因，則在於作者有意無意中想要弱化黃藥師、梅超風的邪、惡形象，給他們增加一些美化或中性化的色彩，結果卻在這兩個人物形象上增添了無數道刺目的劃痕，甚至模糊了這兩個重要人物的鮮明形象，使得讀者幾乎難以辨認。

先說梅超風形象。

在流行版中，我們所認識的梅超風，原本是一個非常成功的藝術形象。她雖皮膚黝黑，但卻青春勃勃，充滿性感，充滿欲望，也充滿野性的魅力；同時相對缺乏靈性，又缺少正常的善意引導，從而成了本能——毒龍——的俘虜，並且一條道走到黑。梅超風與陳玄風可以說是天造地設的一對。他們一拍即合，戀姦情熱，欲望僨張，因而大膽地偷走師父的寶貴經文。與此同時，對生性殘酷、手段毒辣、喜怒無常的師父充滿恐懼。這欲望與恐懼，形成一種強大的力量，使得他們在邪惡之路上再也無法停步，更無法回頭。只有在聽到師父死訊的時候，恐懼消失，心魔暫隱，這才天良漸露，懷念師恩，並產生悔恨之意。惟其如此，梅超風的悔恨和懺悔，才格外出人意料，從而產生極大的震撼力。她的命運，才會令人震顫，令人厭惡，也令人同情和憐憫。在流行版中，梅超風的形象是逐漸顯露出來的，她的個性與命運的悲劇也是在小說情節發展中漸次展開。

然而在最新修訂版中，梅超風的野性被作者有意遏制，她的邪惡也被作者有意無意地淡化，她的恐懼更是被黃藥師的情感所消除；而隨著她的長篇回憶的展開，這個人物的懺悔之心被大大強化，且始終如一，幾乎從一個本能欲望催生的邪惡者，變成了一個生來不幸的誤入歧途者。作者要對這一形象如此弱化邪惡，強化善良，結果只能是大大降低了這一形象的藝術張力，使得這一充滿野性乃至邪惡魅力的形象，變得蒼白乾癟，模糊不清。

在新修版中，作者有意弱化此人的邪惡形象，最典型的證據，是將她所練的「毒龍鞭」改成了「白蟒鞭」。毒龍乃是邪惡的指稱，而白蟒則是一個中性的說法。其實，毒龍還有一層含義，那就是佛家眼裏的（邪惡的）欲望指稱，也正是梅超風的心理、個性和爲人的一種重要標誌。取消了毒龍鞭這一名目，實際上也就等於取消了梅超風這一人物的心理和個性的特色及其依據。

此外，作者在最新修訂版中專門解釋了，《九陰真經》中之所以列入九陰白骨爪、催心掌、白蟒（原為毒龍）鞭等武功，是要先列出邪門武功，然後再說出破解這些武功的方法。這樣的解釋當然有一定的道理，解決了一部分讀者心中的一個疑問，那就是這部經書中爲何會有如此邪惡的武功。但，這樣一來，流行版中原有的更深刻的解釋和寓言，即陳玄風和梅超風亂解經典、法由心生等等，就變得無足輕重了。這實際上也大大消解了梅超風夫婦的性格特色。

作者人爲地遏制梅超風的野性，最突出的例子是在陳玄風臨死之際，由原來相互稱呼對方「賊漢子」、「賊婆娘」，變成了讓人肉麻的「好師哥」和「小師妹」，進而還有：「小……師妹，我好捨不得你……我……我不能照顧你啦……今後一生你獨個兒孤苦伶仃的……你自己小心……」和「好……好師哥，我也捨不得你……你別死啊……」看起來這樣的修改更加深情，實際上遠不如原來的版本中那樣互稱「賊漢子」和「賊婆娘」那樣情深，更不用說失去了個性魅力。

在原來的流行版中，梅超風每一次出現，都會給人一些新的印象和感受。第一次出現在蒙古，完全是一個邪惡的形象。第二次出現在金中都王府中，由於走火入魔，更由於她的長篇回憶，使人瞭解到她的恐懼和無奈。第三次在歸雲莊出現，由於目盲而在地上摸索經文，且最終受到師父的懲罰，這個人物開始讓人同情。第四次出現在牛家村，危急關頭挺身救師，臨死才被師父徹底諒解，且重入師門，使得這一形象昇華，讓人感動而又悲哀。

但在新修版中，幾乎所有這些變化和轉折幾乎都被作者抹去了。至少，是從她的長篇回憶開始，她就成了一個自我懺悔的心性善良者，且再也看不到她有任何恐懼的理由。所以，黃藥師在陸乘風的歸雲莊上與她重逢，立即諒解了她的一切過錯，讓她在陸乘風的莊子上頤養天年。這樣的改動，不僅抹去了後面的波折，實際上還使得後面的情節變得自相矛盾：若她沒有奉命尋找幾位師弟、尋找《九陰真經》的經文，為何不在歸雲莊中靜養，跑到牛家村附近來幹啥？進而，若不是全真道士譚處端「歸途中見到梅超風以活人練功，他俠義心腸，上前除害，哪知卻非她敵手」，譚處端與她素不相識，為何要與她打鬥，並將她引來？＊

梅超風臨死的場景，再無重入師門的狂喜、莊嚴和悲哀，而只有重複再三的懺悔，和莫名其妙的求情，最後居然還說：「梅超風背叛師門，實是終身大恨，臨死竟能得到恩師

＊新修版中說，譚處端「歸途中見到梅超風，他俠義心腸，素知黑風雙煞作惡多端，卻不知陳玄風已死，而梅超風重入師門後，已痛改前非，便即出手除害，卻非敵手……」問題是，梅超風並沒在作惡，譚處端又不認識她，「出手除害」之說實在無從談起。見臺北遠流新修版第三冊第二十五回。

原宥，又得師父重叫昔日小名，不禁大喜，雙手拉住師父右手輕輕搖晃……」＊其中不合理處所在多多：一、在新修版中，黃藥師早就原宥了梅超風，臨死才原宥之說根本不成立。二、黃藥師讓梅超風重入師門，稱呼她爲「若華」，而不稱呼師門專用的「超風」，這也自相矛盾。三、梅超風這樣撒嬌，難道是在暗示自己對師父有男女之情？若是那樣，那就是對陳玄風、馮師母和她自己的徹底背叛。若如此，梅超風就真的啥也不是了。

總之，新修版中梅超風之死，無論是新鮮感、感染力、震撼力還是藝術境界，都比流行版遜色得多。

由此可見，作者對這一人物形象和情感命運的修訂，顯然是得不償失。

＊之前書中寫道：「梅超風嘴角邊微微一笑，道：『師父，求你再像從前那樣待我好。我太對你不住了，我錯盡錯絕！我要留在你身邊，永遠……永遠服侍你。我快死了，來不及啦！』滿臉儘是祈求之色。黃藥師含淚說道：『好！好！我仍像你從前小時候那樣待你！若華，今後你可得乖乖的，要聽師父的話。』」。見臺北遠流新修版第三冊第二十六回。

四、黃藥師、梅超風的形象

我們熟悉的黃藥師，是一個極爲聰明，極爲博學，也極爲自負，並且極爲偏狹的人。他對社會和人生的思想情感，也總是極爲鮮明而且偏激。正因爲這樣，他才獲得了「東邪」的外號。這一外號，不僅得到了他本人的認可，顯然也成了五絕間的公論和定評，也成了廣大讀者的普遍共識。

東邪之邪，當然是與「正道」比較而言，是說他的意識形態和行爲方式十分獨特，訶佛罵祖，誹君謗道，我行我素，任性而爲。更深的一層是，此人看起來避世隱居，沉默寡言，實際上卻是熱腸內聚，猶如火山，岩漿沸騰，一旦衝出地表，弄不好就會雞犬遭殃，甚至玉石俱焚。最深的一層，是此人的入世熱腸和冷傲自我之間，形成了一種劇烈的矛盾衝突，使得他的憤世嫉俗常常以一種病態的形式表現出來。這種內心的矛盾和病態，使得他給人的印象是生性殘酷而手段毒辣，在庸常之人的眼中，這個人簡直就是一個不折不扣的大魔頭。

新修版中，作者爲黃藥師增加了不少篇幅。例如他的家世：「……是浙江世家，書香門第，祖上在太祖皇帝時立有大功，一直封侯封公，歷朝都做大官。師父的祖父在高宗紹興年間做御史。這一年，奸臣秦檜冤害大忠臣岳飛，師父的祖父一再上表爲岳飛申冤，皇帝和秦檜大怒，不但不批，還將他貶官。太師祖忠心耿耿，在朝廷外大聲疾呼，叫百官和眾百姓大夥兒起來保岳飛。秦檜便將太師祖殺了，家屬都充軍去雲南。師父是在雲南麗江出生的。」＊

這樣的改動當然無可厚非。問題是，作者並沒有把黃藥師的身世與他的性格形成和心理痼疾真正聯繫起來，而只是要在外表上爲這一人物形象貼金，弱化他的邪怪，強化他的熱情和忠貞。例如說：「因爲他非聖毀祖，謗罵朝廷，肆無忌憚，說的是老百姓心裏想說卻不敢說的話，於是他在江湖上得了一個『邪怪大俠』的名號。」這一名號的重點，顯然不在「邪怪」，而在「大俠」。正如這一段敘述的重點，不在探索黃藥師的性格，而在爲他贏得同情分。爲此，作者甚至沒有注意到他罵朝廷如何能夠在江湖上贏得喝彩這樣一個明顯的邏輯漏洞。

＊作者將黃藥師的出生地選為雲南麗江，很可能與作者二〇〇〇年應邀到麗江參加圍棋名人賽有關。

在流行版中，梅超風與陳玄風偷情、偷盜《九陰真經》後逃離師門，使得黃藥師大爲光火，以至於使其他弟子遭受池魚之殃，看起來匪夷所思，實際上卻完全符合黃藥師的性格和心境。因爲梅超風夫婦的行爲，損害了他競爭華山第一人的事業，更大大傷害了他一代宗師的顏面和自尊，所以，他不肯輕易原諒梅超風，而梅超風也知道自己很難得到恩師的寬宥和諒解。直到陳玄風死了，梅超風眼睛瞎了，黃藥師才沒有一見面就處死她，而是給她釘了三枚附骨針，讓她戴罪立功。梅超風爲救他性命而奮不顧身，重傷在歐陽鋒的掌下，黃藥師才在她臨死之際答應將她重新列入師門。這一切，完全符合黃藥師的性格與心理邏輯。

新修版最大的問題，是沒有嚴格地把握黃藥師對梅超風的朦朧情感的分寸，在對梅超風的情感態度處理上，甚至不惜傷害和扭曲這一人物的應有性格。若黃藥師對梅超風的朦朧愛意真的成立，那麼梅超風沒有感恩圖報，反而與陳玄風偷情、進而偷盜《九陰真經》、無情地背棄師門，這對黃藥師顯然是更多了一重打擊，即在事業損害、顏面損害之外，增加了更爲致命的情感乃至自信心的傷害。如此，黃藥師這樣一個自尊自負、性情偏狹之人，如何能夠輕易原諒梅超風？

在作者的設計中，似乎是因爲對梅超風的朦朧情感，改變了黃藥師的性格，使他由偏激變爲寬和，由酷辣變爲慈善，由暴躁變爲沉靜，只要梅超風「拉著他手，輕輕搖晃」，便能夠化戾氣爲祥和。但這一設計，顯然是沒有充分考慮黃藥師對梅超風的情感態度的真相及其應有的表現分寸。黃藥師對梅超風的朦朧情感，無非是對青春性感的本能愛慕，這只能是一時的衝動，而不可能是刻骨銘心的愛戀。因爲梅超風在智慧靈性和精神境界上，與黃藥師簡直天差地遠，除了青春性感之外幾乎一無所有，與馮氏無法相提並論。

梅超風與陳玄風偷情、盜經、棄師門，是黃藥師無法接受，更無法容忍的大事件，黃藥師不僅應該看到梅超風對他的無情，更應該感受到梅超風在情感和師徒關係的雙重背叛中，給他的情感、自尊和中年自信心的三重致命打擊。然而，我們在新修版中看到的是，在經歷了這樣嚴重的大事變之後，黃藥師非但沒有恨天怨地、煮海碎山，反而巴巴的在兩個叛徒的身後深情呼喊「你們去吧！你們好自爲之，不要再練九陰真經了，保住性命要緊。」進而，在歸雲莊上，又巴巴的對雙重叛徒梅超風說：「超風，你作了大惡，也吃了大苦。以後你就住在陸師弟這莊上，讓他好好奉養你。」又說：「超風，可惜你眼睛壞了，只要你今後不再作惡，黃老邪的弟子，諒來也不大有人敢跟你爲難。」這樣，黃藥師就不再是做事任性偏激的東邪，而只是一個披著東邪外衣的平庸的好好先生了。

流行版中的黃藥師形象，雖然做事邪行怪癖，讓人無法測度，但卻光芒四射，令人心往神馳。而新修版中的黃藥師則變成了一個自相矛盾的人物，有時候我行我素，有時候卻又平庸濫好，讓人懷疑黃藥師是否也有一個裘千丈那樣一個冒名的同胞兄弟。更不用說，由於黃藥師對梅超風的情感態度平庸少變，新修版中黃藥師與梅超風的幾次相見，在情感、心理、行爲、語言等方面都沒有讓人驚奇的起伏跌宕，從而使得這一連串情節線索也就變得平淡無味。

總之，在新修版中，作者對黃藥師、梅超風的形象及其情感關係的修訂，基本上可以說是得不償失。在一定程度上，甚至應該說是點金成鐵，化神奇爲腐朽。

五、新修版問題的原因分析

新修版中爲何會出現這樣的情況？

其中最主要的原因，是作者的社會責任感及其道德教化意識不斷增強，而對人性的想像、探索及其藝術的創造性，也就隨之相對減弱。

用道德概念或道德意識來規範和制約藝術創作，可以說是中國文藝創作的千年痼疾。道德的分野即善惡、對錯、好壞、正邪等等，都不過是二元對立，而人性的表現卻當有千姿百態。若作者按照道德的臉譜裝點人物，勢必會造成千人一面，進而千部一腔，失去了對人性百態的深入探索和生動展現，使小說藝術文本成了社會道德教科書，結果當然只能索然無味。

在流行版中，黃藥師的邪怪和梅超風的野性，本來都極具風采，光芒萬丈，張力驚人。然而在新修版中，作者卻硬要給他們加上合乎道德規範的金色臉譜，一心要強化這兩個人的善意誠心，進而相對弱化他們本身的偏激性格和病態心理特點，實際上等於是減少這兩個人物的人性空間，縮小這兩個人物的形象特質，從而消解了這兩個人物的性格張力。

如果我們仔細閱讀，就不難發現，道德教化意識不僅明顯出現在黃藥師、梅超風兩人形象的修訂中，也出現在對《射雕》中其他人物，如一燈大師、全真七子和江南七怪等人物形象的修訂中。實際上，還出現在其他小說的修訂中。

《射雕》新修版點金成鐵的另一個更加具體的原因當是，作者雖然也試圖增加人物內心世界的複雜性的描寫，然而對這部小說原有的敘事規則，及其原有的千絲萬縷牽一髮而動全身的敘事脈絡的關注和照應不周，以至於在最新修訂中出現顧此失彼或自相矛盾的種種弊端。

作者曾在第一次修訂版，即流行版的《後記》中寫道：「《射雕》中的人物個性單純，郭靖誠樸厚重、黃蓉機智靈巧，讀者容易印象深刻。這是中國傳統小說和戲劇的特徵，但不免缺乏人物內心世界的複雜性。」一＊或許是爲了增加《射雕》人物內心世界的複雜性，在修訂中增加了黃藥師對梅超風的超常情意，且在梅超風的長篇回憶中敘述出來。問題是，梅超風的長篇回憶並非對梅超風心理的深入探索，而只是讓梅超風不恰當地承擔過多的敘事任務，以至於鋪張過度，一步到位，使得這兩個人後面的故事情節不得不再三重複。

進而，由於作者對黃藥師和梅超風的形象有意無意地隱惡揚善，因而對他們之間的情感態度的分寸也就難以準確把握。毋寧說，小說新修版中的道德臉譜蓋過了對人物情感心理真相的探索。本來，黃藥師之邪，梅超風之惡，早已自成章法且深入人心，成了他們單純的形象特質並光芒閃耀。在新修版中，作者不恰當的改變，非但沒有使得這兩個人物的心理變得更加豐富複雜，反而使這兩個人物的形象和心理都變得模糊曖昧，而且充滿了人爲的劃痕。

＊這一段在最新修訂版「後記」中仍然保留了，見臺北遠流新修版第四冊第一七〇〇頁。

《射鵰英雄傳》舊版與流行版比較

二〇〇五年訪問臺灣期間，蒙臺灣風雲時代出版社社長陳曉林先生厚愛，贈我一套《射鵰英雄傳》的舊版翻印本，即臺灣眾利書店二〇〇一年十二月出版的六冊八十一回本。*這一版本與我們熟知且常見的四冊四十回本的差異幾乎是一目瞭然。

閱讀之際，對其中明顯的差異部分順手作出了一些札記，然後與經過作者初次全面修訂後的版本**——以下簡稱流行本——進行比較，寫成這篇文章。

*臺北眾利書店的這一六冊版本的「合法」身分，尚有待進一步研究證明，其中八十一回的回目是作者還是編者所撰，也還需要進一步研究落實，但其「原版」的性質即不同於流行版則顯而易見。當然，這一版本與報紙連載本的異同，也還要進一步研究判斷。

**在我寫這篇札記的時候，金庸先生對自己的小說進行了又一次大規模的修訂，最近一次修訂本為「新修版」。之前，一九七〇年到一九八〇年間，金庸先生曾對自己全部十五部作品進行過一次全面修訂，此次修訂版即我們熟知的流行本。實際上，在金庸先生將自己的報紙連載本彙集成冊的時候，也曾進行過小規模的修訂，只不過瞭解這次修訂的具體情況的人不多，而報紙連載本和初次成冊本都難以找到，因而也很難進行全面且認真細緻的研究。要說明的是，這裏所說的初次修訂版，指的是第一次全面修訂版，即上述之流行本，而不是指報紙本彙集成冊時的那次小規模的修訂。

因爲手頭缺乏其他更多的版本參考，我甚至無法確定所使用的這個眾利版的真實性和權威性如何，因而只能作出一些最基本的比較和分析，談不上深入研究。

我所使用的流行版本，是經過金庸先生授權出版的北京三聯書店一九九四年版。

一、舊版、流行版目錄與內容的差異

舊版翻印本與經過修訂的流行版的最大區別，首先在於小說回數及其回目的明顯差異。舊版有八十一回，而流行版只有四十回。

鑒於舊版難得一見，不妨將舊版六冊八十一回回目抄錄如下。

第一冊共十五回：即一、雪地除奸；二、午夜驚變；三、江南七怪；四、酒樓賭技；五、古刹惡戰；六、萬里追蹤；七、雙雄鬥箭；八、青霜含光；九、黑風雙煞；十、荒山之夜；十一、彎弓射鵰；十二、三髻道人；十三、崖頂疑陣；十四、初試身手；十五、汗血寶馬。

第二冊共十三回：十六、繡鞋錦袍；十七、邂逅揮拳；十八、各顯神通；十九、隔牆有耳；二十、鐵槍故衣；廿一、冤家聚頭；廿二、戰陣傳功；廿三、以毒攻毒；廿四、九指神丐；廿五、亢龍有悔；廿六、刻骨相思；廿七、五湖廢人；廿八、群蛇亂舞。

第三冊共十四回：廿九、頂缸渡水；三十、青袍怪客；三十一、桃花島主；三十二、神龍擺尾；三十三、富貴無極；三十四、洞中奇人；三十五、雙手互搏；三十六、九陰奇功；三十七、簫箏鬥勝；三十八、三道試題；三十九、墓中秘室；四十、鯊群蛇陣；四十一、海上拼鬥；四十二、打狗棒法。

第四冊共十三回：四十三、萬鈞巨岩；四十四、真功假功；四十五、騎鯊遨遊；四十六、荒村野店；四十七、大鬧禁宮；四十八、秘室療傷；四十九、仗義傳訊；五十、洞房花燭；五十一、鐵槍殺奸；五十二、天罡北斗；五十三、惡鬥東邪；五十四、新盟舊約；五十五、蛙蛤大戰。

第五冊共十三回：五十六、岳陽樓頭；五十七、鐵掌神功；五十八、大戰君山；五十九、武穆遺書；六十、黑沼隱女；六十一、漁樵耕讀；六十二、一燈大師；六十三、鴛鴦錦帕；六十四、深宮驚變；六十五、午夜尋仇；六十六、紅顏薄命；六十七、青龍險灘；六十八、賭賽定力。

第六冊共十三回：六十九、深痛巨創；七十、煙雨風雲；七十一、藝服群雄；七十二、古廟之夜；七十三、撲朔迷離；七十四、沙中陷阱；七十五、雪峰相會；

七十六、白雪蹄印；七十七、大是大非；七十八、錦囊之禍；七十九、異地重逢；八十、華山論劍；八十一、是恩是怨。

大致上說，舊版的二回相當於修訂版一回的篇幅。不過，舊版與流行版的情節內容並不完全相同，流行版刪除了舊版中的一些情節內容，也增加了一些新的情節內容，因而，舊版的二回並不簡單地等同於流行版的一回，它們有其各自不同的結束處。以下，我們不妨將舊版中的兩回作為一個單元，對舊版和流行版的情節內容進行一些簡單的比對。

舊版的第二回的結束處是：包惜弱隨顏洪烈，即完顏洪烈同行，住進同一家客棧的同一個房間，「包惜弱的心怦怦亂跳，想起故世的丈夫，真是柔腸寸斷，呆呆的坐了大半個時辰，長長歎了口氣，也不熄滅燭火，手中緊握短劍，和衣倒在床上。」但流行版的第一回到這裏並沒有結束，後面還有將近四頁。

舊版第四回的結束處是：丘處機與江南七怪約會醉仙樓，完顏洪烈的親隨趕到，引起了丘處機和江南七怪雙方的誤會，最後一句是「只聽得樓梯上腳步聲響，數十人搶上樓來。」這裏離流行版第二回結束還有十七頁。

舊版第六回的結束處是：李萍被段天德挾持到北方，被金兵抓住當挑伕，結果被潰散的大隊金兵衝散，即「金國官兵見敗兵勢大，當即四散奔逃。」這裏離流行版第三回結束還有二十四頁。

舊版第八回結束處是：江南七怪在蒙古見到郭靖，當時還不認識，只是見到了郭靖所帶的刻有楊康名字的匕首，全金髮想：「……楊康？倒不曾聽說有哪一位英雄叫做楊康，可是若非英雄豪傑，又如何配用這等利器？」這裏是流行版第四回開頭不久，離這一回的結束還有二十七頁。

舊版的第十回結束處是：江南六怪教導郭靖練武，轉眼十年過去，「郭靖已是個十六歲的粗壯少年，距比武之約已不過兩年，江南六怪督促得更加緊了，命他暫停練習騎射，從早到晚，苦練拳劍。」這裏也還只是流行版第五回開始不久，離這一回的結束還有二十五頁。

舊版第十二回結束處是：郭靖隨馬鈺練內功，直到見識梅超風做吐納功夫，這才「恍然大悟，才知這呼吸運氣，果然便是修習內功，心中對那道人暗暗感激不已。」這裏是流行版第六回開始的第五頁，離這一回的結束還有三十六頁。

所以，舊版第十四回結束處，不過是修訂流行版第六回的回末：成吉思汗同意郭靖南下，命他順便將完顏洪烈殺了，問他「……去幹這件大事，你要帶多少勇士？」此後還有一頁半篇幅，修訂流行版第六回才告結束。

舊版第十六回結束處是：郭靖在金國都城遇到穆念慈比武招親，大打抱不平，與一個貴公子（楊康）交手，「那公子忽施計謀，手臂一甩，錦袍猛地飛起，罩在郭靖頭上，跟著雙掌齊出，重重打在他的肋上。」這裏不過是流行版的第七回中，離本回的結束還有十四頁篇幅。

舊版第十八回結束處是：郭靖忙於給受傷的王處一抓藥，王處一提醒郭靖注意黃蓉，郭靖本能地替黃蓉辯護，王處一無可奈何，對郭靖說：「你去吧，少年人無不如此，不經一事，不長一智……」這裏也並非流行版第八回的結束處，離第八回的結束處還有八頁。

舊版第二十回結束處是：楊鐵心從完顏洪烈的王府中將自己的妻子包惜弱帶出，完顏康（楊康）緊緊追趕，「……上步『孤雁出群』，槍勢如風，往他背心刺去。」這是流行版第十回的開頭一頁，離本回的結束還有整整一回篇幅。

舊版第二十二回的結束處是：江南六怪在完顏洪烈王府中與梅超風作暫時休戰後，郭靖對幾位師父彙報了別後情況，朱聰聽到王處一中毒，說：「咱們快瞧王道長去。」此處在流行版第十一回開頭不久處，離這一回的結束還有三十二頁。

舊版第二十四回結束處是：黃蓉和郭靖遇到武林高手洪七公，洪七公吃了黃蓉的叫化雞，答應傳授他們一點武功，讓黃蓉與郭靖對打，郭靖多次被黃蓉擊中，反而誇獎：「蓉兒，真好掌法！」這裏是流行版第十二回的前半部，離這一回的結束還有三十八頁篇幅。

舊版第二十六回結束處是：穆念慈追蹤楊康到江南，黃蓉玩笑地將穆念慈送進楊康的住處，一番情話之後，穆念慈告辭，楊康依依不捨，「……不由得一時微笑，一時歎息，在燈下反覆思念，顛倒不已。」這裏正是流行版第十二回的結尾處，舊版與流行版的篇幅相差更加明顯。

舊版第二十八回的結束處是：歸雲莊主陸乘風看到梅超風送來的骷髏頭，大吃一驚，問道：「這……這是誰拿來的？」這裏是流行版第十三回的中間，離這一回的結束還有十三頁。

舊版第三十回的結束處是：梅超風在歸雲莊撒野，與郭靖對打後微微中毒，神智不清，黃蓉趕來幫忙，被梅超風打中軟蝟甲，「急忙一個『鯉魚打挺』躍起，只聽得一人叫道：『這個給你！』」這裏是流行版第十四回的中間，離本回結束還有十五頁篇幅。

舊版第三十二回的結束處是：歐陽克與洪七公等人在寶應縣相遇，歐陽克欺辱女性，郭靖和黃蓉幫忙，最後洪七公出面，歐陽克暗示對方不能以大欺小，洪七公大爲生氣：「好哇，你說我以大壓小，欺侮你後輩了？」這裏是流行版第十五回的中間，離本回結束還有九頁。

舊版第三十四回的結束處是：郭靖和老頑童在桃花島相遇，一見如故，結拜兄弟，然後大談《九陰真經》，郭靖見識獨特，說王重陽：「他要得到經書，也不是爲了要練其中的功夫，卻是相救天下的英雄豪傑，教他們免得互相斫殺……」這是流行版第十六回的尾部，但離本回結束還有三頁。

舊版第三十六回的結束處是：歐陽鋒上桃花島爲兒子歐陽克求婚，給黃藥師獻上三十二名西域美女，說：「……她們曾由名師指點，歌舞彈唱，也都還來得。只是西域鄙女，論顏色是遠遠不及江南佳麗了。」這裏終於趕上了若干篇幅，已經到了流行版第十八回，不過離本回結束還有三十三頁。

舊版第三十八回結束處是：歐陽鋒求婚不成，心中鬱悶，聽到老頑童也在桃花島上的消息，故意刺激黃藥師和洪七公，說：「我瞧你我也不必枉費心力來爭了，武功天下第一的名號早已有了主兒。」這裏是流行版第十九回開頭不久，離這一回的結束還有二十七頁。

舊版第四十回結束處是：郭靖和洪七公被歐陽鋒父子困在船上，恰逢白鵰飛來，洪七公命郭靖讓白鵰給黃蓉送信，郭靖照辦，「兩頭白鵰在郭靖身上挨擠了一陣，齊聲低鳴，振翼高飛，在空中盤旋一轉，向西沒入雲中。」這裏是流行版第二十回的中段，離本回結束還有十三頁。

舊版第四十二回的結束處是：黃蓉、洪七公、歐陽克三人落難無名島，歐陽克對黃蓉圖謀不軌，屢受挫折，最後「……怒從心上起，惡向膽邊生，心一横，說道：『我先去殺了老叫化，瞧小丫頭從不從我！』」這裏是流行版第二十一回，離本回的結束還有二十一頁。

舊版第四十四回結束處是：無名島上，洪七公等人忙著紮木筏，並將清水食物等搬到木筏上面，「歐陽鋒不動聲色，冷眼瞧著三人忙忙碌碌。」這裏是流行版第二十二回的中段，離本回結束還有廿七頁。

舊版第四十六回結束處是：郭靖、黃蓉、洪七公等人來到牛家村，遇到傻姑，黃蓉將她制伏，威嚇她：「誰教你武功的？快說，你不說，我殺了你。」這裏是流行版第廿三回，離本回結束還有廿八頁。

舊版第四十八回結束處是：黃蓉在牛家村酒店密室中幫助郭靖療傷，聽到雄雞高唱，知道已破曉天明，黃蓉豎起食指，笑道：「過了一天啦。」這裏是流行版第廿四回，離本回結束還有廿六頁。

舊版第五十回結束處是：黃蓉與郭靖繼續在密室療傷，聽到外面老頑童和歐陽鋒在前追後趕，老頑童問歐陽鋒是否敢於和他比賽腳力長久，歐陽鋒回答說：「有什麼不敢？倒要瞧是誰先累死了！」這裏是流行版第廿五回開頭不久處，離本回結束還有三十七頁之多。

舊版第五十二回結束處是：黃藥師和全真七子在牛家村老酒店中相遇，雙方誤會打鬥，譚、劉、郝、孫四人臉上同時挨打，接著是「丘處機見眼前青光閃動，迎面劈來，掌影好不飄忽，不知向何處擋駕才是，情急中袍袖急振，向黃藥師胸口橫揮過去。」這裏才是流行版第廿五回的末尾部分，也就是說，第五十二、五十三、五十四三回也都沒有超出較長的流行版第廿五回。

舊版第五十四回《新盟舊約》的結尾處，是秦南琴帶著郭靖去看一隻專食毒蛇的紅色神奇火鳥，觀看了此鳥吃蛇的過程，鐵掌幫負責捕蛇的蛇奴大爲惱怒，向神奇火鳥發出銀針，郭靖彈出樹枝救助。這一回，在流行版中找不到對應處，因爲這一回中，郭靖與黃蓉分道揚鑣、郭靖遇到秦南琴等情節，在修訂時都被作者刪除了，流行版中沒有秦南琴這個人物，當然也沒有什麼神奇的火鳥。

需要說明的是，舊版第五十五回名《蛙蛤大戰》，整個這一回，在修訂時全都被作者刪除了。所以，這一回所有的內容，在流行版中都找不到任何對應處。作者刪除的內容，從舊版的第五十四回中郭靖與黃蓉分手處開始，直到舊版第五十六回《岳陽樓頭》的中間部分，即黃蓉和郭靖相攜同上岳陽樓的那一刻開始，才能夠在流行版中找到對應處。這也就意味著，在刪除郭靖與黃蓉分道而行的所有情節之後，作者重寫了郭靖與黃蓉同行的情節和場景，直到同登岳陽樓處。

舊版第五十六回的結束處是：楊康在洞庭湖中君山頂上丐幫聚會時，造謠說幫主洪七公被黃藥師、全真七子等人害死，「好教丐幫與桃花島及全真教鬧的（得）兩敗俱傷。」這是流行版的第廿七回，只是言辭上稍有不同，*離本回結束還有二十四頁篇幅。

舊版第五十八回結束處是：黃蓉奪回丐幫幫主之位，與郭靖一起離開君山丐幫幫眾，「群丐直送到山腳下，待她坐船在煙霧中沒了蹤影，方始重上君山，商議幫中大事。」這裏是流行版第廿八回，離本回結束還有近二十頁篇幅。

舊版第六十回結束處是：黃蓉在鐵掌幫被裘千仞打傷，郭靖得到瑛姑指點，帶著黃蓉去找一燈大師療傷，山路越來越狹窄，「郭靖只得負起黃蓉，留小紅馬在山邊啃食野草，

---

*流行版的說法是：「好教丐幫傾巢而出，一舉將桃花島及全真教挑了，除了自己的大患。」。

邁開大步徑行入山。」這裏是流行版第廿九回，離本回結束還有十八頁篇幅。

舊版第六十二回結束處是：一燈大師幫助黃蓉療傷結束，吃了瑛姑動過手腳的九花玉露丸，說自己馬上就要搬家，突然間就「臉色突變，身子幾下搖晃，伏倒在地。」這是流行版第三十回的中段，離本回結束還有十四頁。

舊版第六十四回結束處是：瑛姑上山找一燈大師報仇，不斷遇到有人阻攔，最後一關阻攔者更加可怖，定睛一看，「只見她青衣紅帶，頭上束髮金環閃閃發光……正是黃蓉。」這裏是流行版第三十一回中段，離本回結束還有十七頁。

舊版第六十六回結束處是：黃蓉和郭靖從一燈大師處告別，來到江上乘船，黃蓉在睡夢中說話：「靖哥哥，你別娶那蒙古公主，我自己要嫁給你……不，不，我說錯了，我不求你什麼，我知道你心中喜歡我，那就夠啦。」郭靖低聲叫喚，黃蓉卻不答應，這才知道「原來剛才說的是夢話。」這裏是流行版第三十二回中段，離這一回的結束還有十八頁。

舊版第六十八回結束處是：黃蓉、郭靖與受傷的洪七公重逢，黃蓉告訴洪七公，她與郭靖的這次湘西之行，「自然知道此人除了當年的段皇爺、今日的一燈大師，再無別個。」這裏是流行版第三十三回尾部，但離本回結束還有五頁。

舊版第七十回結束處是：郭靖和黃藥師等人來到嘉興煙雨樓，因郭靖誤會黃藥師殺了他的五位師父而與黃藥師發生衝突，洪七公只好從高處跳下，出面阻止。歐陽鋒心中叫苦，不知道洪七公何以如此神速地恢復了功力。其實這也是一個誤會，「即以歐陽鋒如此眼力，亦瞧不出他徒具虛勢，全無實勁。」這裏是流行版第三十四回尾部，但離本回結束還有五頁。

舊版第七十二回結束處是：黃蓉在鐵槍廟中，當著歐陽鋒等人推測桃花島血案的真相，「『……想不到郭靖那個渾小子定要說是個黃字。』說到此處，不禁黯然。」這裏是流行版第三十五回尾部，離結束處還有三頁。

舊版第七十四回結束處是：歐陽鋒來到郭靖西征軍營中，訊問黃蓉情況，郭靖得知歐陽鋒一向在自己軍中，大吃一驚，歐陽鋒說明自己在前衝隊裏扮作一個西域小卒，郭靖這才明白：「蒙古軍中本多俘獲的敵軍，歐陽鋒是西域人，混在軍中，確是不易為人察覺。」這裏是流行版第三十七回開頭第二頁，離結束處尚早。

舊版第七十六回結束處是：黃蓉幫助郭靖攻下撒馬爾罕城，見到華箏與郭靖親熱招呼，誤會之下，獨自逃離，郭靖追趕，發現黃蓉的馬蹄印旁邊還有人的腳印，判斷是遇到了歐陽鋒，醒悟到：「蓉兒使出她爹爹的奇門之術，故意東繞西繞的迷惑歐陽鋒，教他兜了一陣，又回上老路。」這裏是流行版第三十八回開頭第二頁，離本回的結束處當然還早。

舊版第七十八回結束處是：郭靖來到華山，突然聽到黃蓉與歐陽鋒的對話，黃蓉說「不要臉，我偏偏不教你！」歐陽鋒連聲怪笑，低聲道：「我瞧你教是不教。」這裏是流行版第三十九回的前部，離本回結束還有十七頁。

舊版第八十回的結束處是：華山論劍之後，郭靖收到華箏的書信，得知蒙古即將南侵大宋襄陽，郭靖和黃蓉得到黃藥師的嘉許，前往襄陽設法營救，此刻正在途中：「這日晚間投宿，已近兩浙南路與江西南路交界處。」這裏是流行版第四十回的中段，離結束處還有十五頁。

舊版最後一回，即第八十一回，情節內容與流行版尾段基本上沒有差異，說郭靖和黃蓉援救襄陽，然後北上探訪病重的成吉思汗，最後離開蒙古南下，結束。流行版增加了四句結尾詩，即「兵火有餘燼，貧村才數家。無人爭曉渡，殘月下寒沙！」——這與流行版新增加的小說開頭張十五所唱之詩句「小桃無主自開花，煙草茫茫帶晚鴉。幾處敗垣圍故井，向來一一是人家。」前後呼應，表現了作者對戰禍的憤恨和哀悼，感人至深。

舊版開頭也曾引述前人詩句，即：「山外青山樓外樓，西湖歌舞幾時休。南風熏得遊人醉，直把杭州作汴州。」——這一詩句在流行版中改爲張十五吟誦——當然也表現了某種歷史的憤恨和無奈，但卻沒有新增加的開場詩、結尾詩這樣直接和深沉。

二、關於開頭部分的重大修訂

除了回目的明顯差異之外，原初版與流行版最突出的差異之一，是小說的開頭部分。原初版的開頭是這樣的：

山外青山樓外樓，西湖歌舞幾時休。南風熏得遊人醉，直把杭州作汴州。

上面這首詩說的是八百年前的一回事。原來當時宋朝國勢不振，徽、欽二帝被金所擄，康王南渡，在臨安（杭州）即位，稱為高宗，成為偏安之局。此時國家元氣稍定，正應力謀恢復才是，那知高宗畏金人如畏猛虎，又怕徽、欽二帝回來，加以聽了奸臣秦檜之言，殺死抗金大將岳飛，卑躬屈節的向金人議和。

那時金兵被岳飛連敗數仗，元氣大傷，兼之北方中國義民到處起兵反抗，正在手忙腳亂之際，一見宋朝和議，正中下懷。紹興十二年正月，議和成功，宋、金兩國以淮水中流為界，高宗趙構上表稱臣道：「臣構言……」

……

匆匆數十載，高宗傳孝宗，孝宗傳光宗，光宗傳寧宗，這年正是寧宗慶元五年，時交冬令，接連下了兩天大雪，只下得南宋京城杭州瓊瑤匝地，銀絮滿天，朝廷君臣圍爐賞雪，飲酒作樂，不必細表。單表杭州城外東郊牛家村，有兩個豪傑在對飲白酒，一個叫做郭嘯天，一個叫做楊鐵心……

接下來，小說很快就直接進入生活現場，寫郭嘯天和楊鐵心兄弟二人，加上楊鐵心的新婚妻子包惜弱在楊家喝酒，聊天，感歎時事，罵皇帝和奸臣，然後是丘處機出現，繼而追兵出現，後面的故事就與流行版的故事基本上差不多。

修訂版的開頭完全不同：

錢塘江浩浩江水，日日夜夜無窮無休的從臨安牛家村邊繞過，東流入海。江畔一排數十株烏柏樹，葉子似火般般紅，正是八月天時。村前村後的野草剛剛起始變黃，一抹斜陽映照之下，更增了幾分蕭索。兩株大松樹下圍著一堆村民，男男女女和十幾個小孩，正自聚精會神的聽著一個瘦削的老者說話。

那說話人五十來歲年紀，一件青布長袍早洗得褪成了藍灰色。只聽他兩片梨花木板碰了幾下，左手竹棒在一面小羯鼓上，敲起得得連聲。唱道：

「小桃無主自開花，煙草茫茫帶晚鴉。幾處敗垣圍故井，向來一一是人家。」

那說話人將木板敲了幾下，說道：「這首七言詩，說的是兵火過後，原來的家家戶戶，都變成了斷牆殘瓦的破敗之地。小人剛才說到那葉老漢一家四口，悲歡離合，聚了又散，散了又聚……」……

流行版的開頭部分不必多作引述，當今大部分金庸小說讀者都非常熟悉。這個說書的場面，張十五這個說書人，說書人所講述的《葉三姐節烈記》故事，以及郭嘯天、楊鐵心出場請張十五到曲三的小酒店喝酒，當晚郭嘯天和楊鐵心到林間打獵，見到曲三，即黃藥師的弟子曲靈風顯露高超武功，直到秋去冬來，楊鐵心到曲三酒店打酒，發現曲三酒店關門……所有這些，都是作者修訂時改寫的。

兩種版本的兩種不同的開頭方式，哪一種更好？

對這個問題的回答，肯定會仁者見仁，智者見智，很難作出一種人人都能接受的統一判斷。即，肯定有一部分人更喜歡或更習慣舊版的開頭方式；同樣，肯定有另一部分人更習慣或更喜歡修訂後的開頭方式。習慣或者喜歡，其中必然有先入爲主的因素影響我們的判斷力。也就是說，若我們最先看到的是舊版的開頭，我們會因爲習慣而喜歡舊版的方式；若我們最先看到的就是修訂版開頭，我們則會因習慣而喜歡修訂版的方式。

如是，我們就要換一種假設和提問方式：即假若這兩種開頭同時擺在我們的面前，我們會作出怎樣的判斷或選擇呢？這樣的假設和提問，將會使我們的研究深入一步。

然而，要想徹底擺脫先入爲主的印象和影響，遠比我們想像的要困難得多。例如，對於像我這樣一個一直以爲流行版是標準版本，甚至是唯一版本（因為不知道這部小說曾經過全面修訂，之前也從沒見過舊版的開頭）的人，很難真正擺脫對流行版的先入爲主的印象，即很難真正擺脫對流行版的習慣和偏愛，因而對這兩個版本的不同開頭，很難作出真正公允的判斷和評價。不過，既然對這一問題有所認識，我們總不至於會過分固執己見，至少可以進行一些盡可能的換位思考的嘗試，即儘量去減少自己的固執和偏見，然後來談論這個問題。

舊版開頭的好處，是直截了當，開門見山。作者對故事的歷史背景作出簡要的介紹之後，迅速進入故事情節主幹的源頭現場，即很快就會迎來讓人驚奇的武林人物丘處機，很快就迎來武俠小說所必須的精彩打鬥場面。對於喜歡熱鬧的武俠小說讀者，對這樣的開頭當然會感到非常過癮。進而，我所瞭解的電影或電視劇的改編者，多半也會更喜歡舊版開頭的直截了當，而不喜歡流行版的拖遝。在舊版中，區區三頁——若是大陸橫排本肯定還會更少，說不定只不過二頁——之後，丘處機就出場，引出影響主角郭靖和楊康一生命運的關鍵性故事情節，絲毫也不拖泥帶水，當然要比橫排的流行版中十七頁上丘處機才出現要好。

這裏還有一個理由，那就是小說的開頭部分，並非小說的正文，而只是小說的序幕，因爲小說的主角並沒有出場，而郭嘯天和楊鐵心實際上只是這部小說的序幕人物、背景人物和配角。如果小說作者在這些背景人物和配角的故事中拖延時間過長，當然不是小說敘事的優點。通常依電視劇改編的習慣或原則，是希望主角儘早出場，這也要求減少或壓縮序幕中次要人物及其故事情節的篇幅。按此理由，凡是不必要地增加篇幅的做法，都不是好辦法。

從這一角度看，僅僅在流行版開頭序幕中出現一次以後，就再也不會出現的說書人張十五這個角色，存在的必要性就值得考慮了。同樣，僅僅在流行版的序幕中出現而不久就會消失的曲三這個人物，是否應該在序幕中佔有如此之多的篇幅，也就成了一個可以討論、甚至必須討論的問題。習慣開門見山的讀者，和習慣主角儘快出場的電視劇改編者，肯定不會喜歡曲三這個人物的出現。

經過修訂後的流行版，則使用了與舊版大不相同的方法開頭，不再是開門見山，而恰恰是雲遮霧罩。用通俗話說，即冷水泡茶慢慢濃。

小說開頭第一個出現的人物，即說書人張十五，看起來離小說的主要故事情節更遠，看似使小說敘事顯得拖遝，但這一人物卻有非常重要的作用。具體說：

一、他可以取代作者說話。如作者在小說修訂版「後記」中所說：「我國傳統小說發源於說書，以說書作爲引子，以示不忘本源之意。」小說作者也當自己是說書人，所以用說書人說書的場景開頭，有一種自我隱喻的功能。小說開頭馬上進入書中人物的日常生活現實場景，說書人講故事當然會比作者直接講述歷史背景顯得更加真實自然，而且更加生動有趣。

二、用說書的方式講述北方人民在金人的統治下的悲慘生活狀況，用葉三姐一家遭遇的悲慘故事，以及葉三姐堅貞不屈的生動形象，激發起南宋臨安附近居民的民族感和愛國熱情，從而爲小說主題確立一個準確基調。

三、透過張十五和郭嘯天、楊鐵心喝酒聊天，讓這位見多識廣的江湖說書人成爲郭、楊二人的啓蒙者，同時也爲郭、楊二人的思想境界進行更加真實準確的定位。郭、楊畢竟是從北方逃難來南方的普通民眾，他們雖然懷念故鄉，但不宜表現出過高的政治熱情，尤其不能表現出過高的政治敏感，通過說書人張十五的啓發，則完全是另一回事了。

四、更爲重要的是，張十五這個人物出現，改變了傳奇小說「急功近利」的傳統方式，因爲張十五將讀者帶入日常化的生活現場：一次娛樂性的說書場面。既真實質樸，又生動有趣，使得小說不僅是傳奇，而且有「日常生活」，從而提升了小說敘事的藝術水準和精神境界。

再說修訂版增加的另一個人物曲三，即曲靈風，這一人物在小說開頭正面出現，作者當然也會有自己的考慮，這一人物自然有其重要的敘事功能價值。即：

一、**彌補一個情節漏洞**。即郭靖和黃蓉日後要到牛家村療傷，住進曲靈風的酒店故居，但在曲靈風被殺之前，若此人從來就不曾在牛家村出現，讀者不免會有疑惑，覺得這可能是一個敘事上的漏洞。現在，曲三這一人物出現在自己的酒店中，以後雖然不見其露面，小說的漏洞就幾乎沒有了。*

---

*這裏說小說的漏洞幾乎沒有了，是因為曲三曲靈風的女兒傻姑將要在小說的後面出現，傻姑的年齡要比郭靖大，何以在郭靖出世之前從未見過此人？這一問題直到最新修訂版才真正解決。

二、**埋下一些重要伏筆**。首先是讓曲靈風從皇宮中將藏有《武穆遺書》之謎的畫卷偷來，以便後人「發現」；其次是郭靖和黃蓉來此處療傷進行場景鋪墊；再次是爲黃藥師的出現進行人物關係鋪墊。

三、**增加人物對話及其思想水準的層次**。張十五比郭、楊見多識廣，思想認識境界至少高出一個層次；而曲靈風又比張十五的見識高出一個層次以上。如此，小說中的對話就顯得更有層次感，作者對歷史及歷史人物的評價，完全可以透過張十五與曲靈風等人說出來。而在這一對話過程中，使得郭嘯天、楊鐵心的眼界大大拓展，愛國熱情大大提高。曲靈風的存在和他的語言、行爲，實際上相當於對郭、楊二位進行更加深入的啓蒙。

四、**繼續雲遮霧罩，即繼續阻遏開門見山**。曲三這個人物，開始時並不起眼，繼而開口說話則讓人刮目相看，後來顯露武功則讓人瞠目結舌，但很快卻又如神龍見首不見尾，讓人惦念不已。這一人物的故事，也增加了小說的神秘感和吸引力，畢竟，這還是一部武俠小說，自然不能沒有這樣的人物和故事。作者似乎有意地將讀者的注意力從郭、楊日常生活情境中引開，等到讀者開始惦念曲靈風，即曲三這個人物的時候，小說敘事卻又悄悄回到郭嘯天和楊鐵心的日常生活中來，繼續他們倆關於時事政治的憂慮和對話，然後是丘處機這一引起郭、楊命運巨變的關鍵性人物登場。

現在，我們要回過頭來重新面對舊版和流行版的開頭孰優孰劣這一問題。我們可以這樣說，從純粹的通俗武俠小說，即純粹的傳奇文學敘事模式看，舊版的開頭更加簡潔；但若突破通常武俠小說的敘事模式，從一般性的文學敘事效果而言，流行版的開頭則顯得更有味道。流行版的開頭，更富有生活質感，有更多的生活細節，且郭嘯天、楊鐵心這兩個主要人物的精神狀態和心理個性也更加準確生動，給讀者留下的印象也更加深刻。

儘管流行版的開頭並非無懈可擊，例如讓張十五這個江湖說書人朗誦並解釋「山外青山樓外樓，西湖歌舞幾時休?暖風熏得遊人醉，直把杭州作汴州。」這一首詩，就多少露出了人爲痕跡，張十五這樣一個在江湖中說書的草莽藝人，似乎很難有這樣的藝術層次和精神境界。但我們要確認的是其中的關鍵性要點，那就是作者金庸先生在對這部小說進行修訂之際，心中有更高的藝術追求，即希望自己的小說具有更高的文學價値和藝術地位。

兩種開頭可以說各有所長，問題是，這兩種開頭屬於兩個不同的層次，有兩種不同的敘事目標。若我們認同作者的文學追求，則會更喜歡雲遮霧罩，而非更加簡單直接的開門見山。

三、有關秦南琴的故事情節問題

流行版對舊版最大的修改，是刪除了楊過之母秦南琴這一人物，及其所有與她有關的故事情節，將這一人物與穆念慈合二爲一。

舊版中，作者曾讓郭靖和黃蓉一度暫時分手，即讓郭靖獨行追趕前往丐幫救難的黃蓉，以便他與職業捕蛇者秦老漢和他的孫女秦南琴相遇。

舊版中有關秦南琴這一人物的情節，包括以下重要的敘事單元。

一、郭靖在隆興府武寧縣境內的樹林中借宿，與秦老漢和秦南琴相遇，恰逢縣裏衙役來催逼交蛇，否則要抓秦南琴，郭靖仗義相救，打跑了衙役。

二、晚間，郭靖聽說毒蛇之所以難捕，是因爲有一隻奇怪的火鳥專吃毒蛇，以至於毒蛇的數量大爲減少。郭靖捕捉火鳥。

三、秦南琴在與郭靖相處的過程中，暗暗愛上了郭靖，當然不好意思多說。郭靖則不斷對她說黃蓉的事情。爲郭靖的愛情經歷再增加一段插曲，也爲郭靖對黃蓉的真情和深情多做了一次有趣的鋪墊。

四、黃蓉在暗中放火燒了縣衙，燒死了知縣。這是因爲黃蓉發現這個喬知縣乃是鐵掌幫的骨幹分子，大量勒索收集毒蛇，是爲了供給鐵掌幫使用。知縣被燒死，爲秦老漢和秦南琴解除了後顧之憂，他們可繼續生活在這塊土地上。

五、郭靖和黃蓉重逢，看到了一場蛤蟆和青蛙的大戰，青蛙專吃毒蟲，受到農夫的喜愛和保護，而蛤蟆卻要吞噬青蛙。這仍是鐵掌幫在作惡，他們要大量捕捉毒蛇供幫主之用，而要捕捉大量青蛙餵食毒蛇。

六、講述了丐幫骨幹黎生和余兆興二人仗義行俠，爲了鄉農的利益而與鐵掌幫骨幹、武寧縣喬知縣的哥哥喬太等人發生衝突。以至於後來裘千仞到丐幫興師問罪，楊康不分青紅皂白，迫使黎生和余兆興兩人自殺。＊

實際上，這一段情節，在原版中還會繼續延伸。即：

七、在舊版第六十五回到六十六回書中交代，秦南琴後來還是被鐵掌幫抓去，獻給了在鐵掌幫避難的楊康，並且被楊康姦汙。後來乘亂離開鐵掌幫駐地，用毒蛇咬傷楊康，在

＊以上所述情節，包含了舊版第五十四回《新盟舊約》的後一半，第五十五回《蛙蛤大戰》全回，以及第二十六回《岳陽樓頭》的前一半。

一所道觀中遇到穆念慈，兩人先後出家。兩人一起救了郭靖、黃蓉，秦南琴講述了自己的不幸遭遇。＊

八、在舊版中，由於有秦南琴這一人物，穆念慈的命運自然也就另有安排。最重要的是兩點，第一，是她並沒有與楊過發生性關係；第二點是在第七十三回《撲朔迷離》中，她繼續追隨楊康到鐵槍廟中，見到楊康中毒而死，毫不猶豫地立即自殺殉情了。

九、最後，在小說第八十一回書中，秦南琴生下了被楊康姦汙所懷上的兒子，求郭靖給孩子取名，郭靖於是給孩子取名楊過，字改之。

如前所述，在流行版中，作者將有關秦南琴的一切情節全部都刪除了。秦南琴的母親角色，由穆念慈擔任。在流行版中，穆念慈在鐵掌峰頂情不自禁地與楊康發生性關係，過後懷孕生子，如秦南琴一樣，請郭靖爲自己的兒子取名。由於穆念慈承擔了撫育楊康之子楊過的重大職責，她當然也就沒有爲楊康殉情。

＊秦南琴、穆念慈與郭靖、黃蓉再度相遇的情節，從舊版第六十五回《午夜尋仇》的後半部分開始，到第六十六回《紅顏薄命》的整回。秦南琴毒傷楊康的情節，也是在這一次相遇時由秦南琴親口向郭靖、黃蓉、穆念慈等人說的。有意思的是，穆念慈雖然也痛恨楊康，但聽說秦南琴如此對付楊康，卻顯得非常生氣，最後甚至離開秦南琴，單獨離去。

如此，我們又要面對這樣一個老問題：即這樣的刪除和修改是否合理？或者說，經過作者修訂的流行版是否比舊版更好？

對於作者的改動是否合理等等這些問題，肯定同樣存在仁者見仁、智者見智的情況。討論這一問題的可能性，只能建立在這樣的基礎之上：即偏愛舊版的人和偏愛新版的人都不要各執一詞，更不要固執己見，從而找到一個可以討論的空間。不妨聽戀舊者說舊版的道理，再讓喜新者說新版的理由，最後達成一個共識，那就是，無論是舊版或流行版都不是一好全都好，或一壞全都壞，其中肯定有些內容很好，而有些內容則較差，亦即好與壞都只能是相對而言。如此，我們的討論就可以在同一個層面上進行了。

例如，流行版對舊版的修訂，從郭靖傷癒復出、再見拖雷與華箏兄妹之後開始。在舊版中，郭靖被迫在道德和情感之間做出自己的選擇，即當著黃藥師、拖雷等人發誓要娶華箏為妻，這一重要情節在流行版中仍然被保留了。問題是表態之後，黃蓉要去丐幫，郭靖卻沒有馬上隨之而去，二人有一段分道揚鑣的經歷。

舊版中是這樣寫的：

黃蓉見這四個蒙古人離去，郭靖卻仍站在當地，淒然道：「靖哥哥，你也去吧，我不怪你就是。」郭靖道：「蓉兒，那竹杖給楊康拿了去，你爹爹說丐幫的事只怕有變，今晚咱們去找師父，明兒我和你同去。」黃蓉搖了搖頭，道：「你一個兒找師父去吧。」取出插在腰間的郭靖那把匕首放在地下，解開背上包裹，拿出一卷畫，道：「這是我爹爹給你的。」又把包中五色繽紛的貝殼分了一半，道：「這是咱倆在那島上一起撿的，分一半給你。」打量一下攤開的包袱，見其中只有郭靖當日所贈的一件貂裘，以及若干碎銀和替換衣服，笑了一笑道：「我也沒有什麼東西給你。」緩緩結好包袱背在背上，轉身便走。郭靖牽了紅馬追上去叫道：「你騎這馬吧。」黃蓉又笑了笑，卻不答話，揚長而去。

郭靖追了幾步，停步不追，望著她的背影逐漸遠去，只怔怔的發呆。韓小瑩道：「靖兒，你打算怎地？」郭靖呆了一呆道：「我要到宮中去找洪師父。」柯鎮惡道：「那也是應當的。黃老邪到我們家裏去驚動過了，家人必定甚是記掛，我們今日就要回去，你接了洪師父，可請他老人家到嘉興來養傷。」郭靖應了，當下與六位師父拜別，收了匕首、貝殼等物返回臨安。

這晚郭靖重入大內，在御廚周圍細細尋找，卻哪裡有洪七公的影子？周伯通更是不知去向？第二晚又去尋找，仍是毫無頭緒，心想：「憑我這塊料子，這裏就有什麼蛛絲馬跡也必瞧不出來。且去追上蓉兒，助她辨了丐幫的公幹，再和她同來尋訪。」……

僅僅看上面這一段，我們不能不承認，原版的設計，本身是合情合理的。郭靖剛剛表態要娶華箏，不娶黃蓉，自然無法、也不好意思繼續與黃蓉在一起；而黃蓉在傷心絕望之際，按照通常的情理，即使對郭靖一往情深，也不好意思繼續與郭靖同行。更何況，她答應了洪七公繼任丐幫幫主，現在幫主的打狗棒被楊康偷去，自然應該緊急追尋回來才是。這就是說，舊版中有關郭靖和黃蓉分手的情節設計沒有什麼問題。而上面引述的這一段，黃蓉和郭靖分別的幾個細節，本身也寫得相當動人。若就事論事地說，這一段既然設計得有道理，也寫得不錯，那就沒有刪除的理由，即應該保留這一段才是。

流行版要刪除秦南琴這一人物，而讓郭靖和黃蓉始終在一起，這樣，作者就必須爲黃蓉和郭靖的同行找到一個過硬的理由。我們看到，修訂版中，黃蓉選擇了與郭靖在一起，理由是：一、「他要娶別人，那我也嫁別人。他心中只有我一個，我心中也只有他一個。」二、「我跟他多耽一天，便多一天歡喜。」

這裏的黃蓉表現出了出人意料的一面，她有著超乎常人的邏輯，其中奧妙，就是把婚姻和愛情分開來。婚姻歸婚姻，愛情歸愛情。郭靖可以不娶她爲妻，但兩個人還是可以相愛，且兩個人的相愛也還可以繼續。如此，兩個人當然也就可以繼續同行。這一出人意料的選擇和邏輯，有兩方面的依據，第一是當時的社會中，通常的婚姻和愛情本身就是分離的，人們並非因爲愛情而結婚，婚姻大多是父母包辦；如此婚姻之外別有愛戀，自也就相當普遍和正常。第二，黃蓉是黃藥師的女兒，她的性格和價值觀念受到父親的影響，自然與眾不同，她要忠實於自己的心靈，也重視自己的情感，從而與郭靖同行就成了必然的選擇。於是，他們一起去皇宮中找洪七公，沒有找到，然後一起去參加丐幫的聚會。

公正地說，黃蓉與郭靖是否同行，各有各的道理。舊版的道理在於符合一般性的人之常情，容易讓讀者產生共鳴；流行版的道理在於非凡的個性和價值選擇，讓讀者耳目一新。僅僅從這兩段情節來說，很難判斷高下優劣，很難說作者的修訂是否合理或一定比舊版中的情節安排更好。

要更好地研究這一問題，我們必須尋找問題的關鍵所在，這就是：作者爲何要將有關秦南琴的情節全部刪除？進一步的問題是：作者爲何要讓穆念慈這一人物——部分地——取代秦南琴這一人物？

作者要刪除秦南琴這一人物，肯定是因爲，刪除這一人物的損失小於修訂後的所得。否則，作者就不會做出這樣的決定。這樣，問題又變成了：秦南琴這一人物存在的價值有多大？她能否被穆念慈所取代？

秦南琴存在的價值，取決於以下多種因素：一、取決於她的形象的獨特性及其審美價值幾何；二、取決於這一人物與主角郭靖之間的關係的重要性，以及能否被取代；三、取決於這一人物與第二主角楊康的關係的重要性，以及能否被取代；四、取決於這一人物所連帶出的其他人物關係及其相關故事情節的重要性，以及能否被取代或者被刪除。以下我們逐一分析。

首先，有關秦南琴這一人物的形象獨特性及其審美價值問題，熟悉舊版的讀者恐怕會有先入爲主的印象，很容易對這個人物產生好感和認同，從而會增加這個問題的複雜性。當然，秦南琴這一人物的獨特性是顯而易見的：從身分上說，她出自一個獨特的社會階層，即捕蛇世家，既不同於黃蓉這樣的武林世家，也不同於華箏這樣的蒙古大汗家族，實際上，也不同於穆念慈這樣一個江湖人和武林人。從性格上來說，她也是很獨特的，因爲她既不像黃蓉那樣聰明伶俐，也不像華箏那樣豪邁爽朗，又不像穆念慈那樣自有主張，而只是一個天真善良、心地純淨而性格柔弱的女子。雖然，秦南琴的個性並非十分突出，但她的身分和形象與小說中的另外幾個重要女角的差異，還是相當明顯的。她肯定是小說中最爲不幸的女子，不僅因爲苛政猛於虎而導致父母雙亡，而且身不由己地愛上了一個不能愛自己的人，進而還要被一個自己根本不愛的人強暴，最終不得不生下強暴者的兒子，不得不將自己天然的母愛和一生中最痛苦羞辱的記憶永遠地聯繫在一起。

只不過，在這部小說中，秦南琴只是一個次要人物，作者沒有爲這個人物花費太多的篇幅，只有在郭靖和黃蓉的短暫分手過程中才加入了這個人物。後來的故事情節中，這個人物也很少被單獨進行專門的細緻刻畫，她的形象及其意義並沒有被充分發掘出來。因而，在小說中，這一人物的形象的審美價值，實際上並沒有得到充分展開。

問題是，若要充分展開這一人物形象的審美價值，勢必要爲此增加更多的篇幅，甚至需要把這個人物的重要性大大提高。但這樣做，實際上是小說的篇幅內容、情節線索和敘述方式所不能允許的。這部小說的主線，畢竟是郭靖這個主角的成長故事，所以，絕大部分的敘述都不能離開郭靖這一主角。這樣，就決定了，若離開郭靖的視野，其他人物都無法進行深入細緻的講述。

其次，我們要考察和分析秦南琴這一人物與主角郭靖之間的關係，及其在小說情節中的重要性。

秦南琴在小說中的定位，是作爲主角郭靖的一個愛慕者和追求者身分出現的，這一點非常明顯，不必多說。問題是，郭靖對秦南琴的情感態度如何，小說中沒有完全展開，也幾乎無法真正展開。雖然郭靖喜歡這個天真無邪而又善良柔弱的姑娘這一點是沒有問題的，但若想要再進一步，讓郭靖對這個姑娘的情感昇華到愛情，那就不可能了，原因很簡單，那就是有黃蓉的存在。郭靖不可能不愛黃蓉，也不可能在黃蓉之外再愛秦南琴，所以，郭靖的情感態度及其情感心理非但無法明朗，而且無法展開。華箏代表父母之命——當然只是成吉思汗單方面的父母之命——的婚姻許諾及其訂婚者的道德責任層面，黃蓉則代表了個性和情感的自由層面，婚姻和愛情兩者之間不能統一，從而造成了郭靖的內心衝突，這是小說中最重要的情節線索之一。

值得注意的是，穆念慈雖然也代表父母之命——有趣的是，這一父命也同樣只是穆念慈的養父楊鐵心單方面的主觀意願——丘處機的媒妁之言沒有得到郭靖的呼應和認可，從而這一條線索實際上沒有發展開來，小說中對郭靖和穆念慈之間的關係沒有深入展開。若再加上秦南琴這一線索，需要郭靖這位主角在這方面有所取捨，勢必造成郭靖的精神選擇的巨大困難。畢竟，這部小說並不是一部言情之書，而郭靖的可愛之處，也正在於他認定了一個黃蓉就能夠終生不渝地愛著。若郭靖在黃蓉之外，還爲另一個女孩子牽腸掛肚——僅僅是出於俠義精神當然是另一回事——則郭靖的形象和心理雖說能夠更加豐富，但其可愛可敬及被讀者認可的程度卻要被大大降低，所以，若要描寫郭靖與秦南琴的愛情關係，要講述郭靖對秦南琴的愛情心理，那就成了一件得不償失的事情。也許正是因爲這一原因，作者才要考慮將這個人物乾脆從小說中刪除。

再次，我們可以繼續考察秦南琴這一人物與楊康之間的關係。楊康是這部小說的另一個男主角。理論上說，楊康是與郭靖平行的主角，其重要性應與郭靖相等，只是小說的實際敘述過程並非如此，楊康實際上成了一個與郭靖進行比較和參照的對象，即只是小說中的第二男主角。

楊康與秦南琴的關係非常明確也非常簡單，那就是做惡者與受害人、侮辱者與被侮辱者的關係：楊康無恥地強姦了秦南琴，並且讓秦南琴懷孕，從此徹底改變了秦南琴的命運。過去，雖然明知道郭靖對黃蓉一往情深，但秦南琴總還能在自己的內心深處保留一份對郭靖的刻骨銘心的愛，並且保留一份對愛情的憧憬和幻想。而自從被楊康強姦，使得秦南琴再也無法對郭靖心懷愛情夢想，她自己就會覺得「不配」，這實際上等於徹底扼殺了秦南琴的人生意義和精神生命。所以，對秦南琴而言，楊康無疑是一個道德敗壞乃至十惡不赦的大壞蛋。這一點，也許是作者最初設計秦南琴這一人物的真正動機所在：她的存在，能夠爲楊康道德敗壞的惡人形象提供最有力的證詞。

這樣的寫法，也確實是一般武俠小說的創作常規：一對異姓兄弟，一個是道德高尚的天使，而另一個則是道德敗壞的魔鬼。我們不能排除，在這部小說創作之初，作者也曾有過這樣的設想。但在具體的寫作過程中，作者的想法似乎有了改變，即並不想將郭靖寫成一個十全十美的天使，因而在他的性格氣質中，加上了明顯的遲鈍和固執的缺點；與此同時，當然也不想將楊康寫成一個十惡不赦的魔鬼，因而讓穆念慈對他始終一往情深，至死不渝。

進而，在修訂過程中，作者的這一想法似乎更加明確，楊康的的道德缺陷，明顯是出於金國王府這一獨特環境的污染，從而造成了明顯的人性的弱點。這就是說，在修訂版中，楊康的身不由己的命運得到了作者更多的同情，而楊康的罪惡，實際上被作者——部分——赦免。於是我們看到，在修訂版中，楊康的形象有了重要的變化：最重要的一點，就是刪除了秦南琴這一人物，從而取消了楊康的強姦犯的惡行。

必須說明的是，作者的這一改變，使得小說的人物和有關情節，在一定的程度上擺脫了簡單的道德判斷，而昇華到人性探索的層面。若楊康是一個強姦犯，則很難讓讀者對這個人有任何好感或同情，從而對這一人物的人性弱點的展開，也就無法得到讀者的認同和共鳴。修訂版中，由於刪除了秦南琴這一人物，楊康玷污了穆念慈，其中最大的差異在於，楊康對秦南琴是純粹的強暴，而對穆念慈的玷污，則最多不過是一種情感的誘騙，甚至有可能是青年男女在特殊的情境之下的一種自然和本能的欲望衝動的表現。這樣一來，楊康這個人的複雜性就大大增加了，因爲他不是一個純粹的壞人，而是有明顯弱點和缺點的青年，他的行爲雖然有許多令人不齒的地方，但他的遭遇和性格弱點卻也有許多值得同情的地方。也就是說，刪除楊康強暴秦南琴的情節，對小說的人物形象塑造更加有利。

又次，我們還要討論和分析與秦南琴有關的故事情節的重要性，也就是要對刪除秦南琴有關的故事情節的損失和收益，進行一次合理的評估。在本節的開頭部分，我們已經列舉了郭靖與秦南琴相遇之後的所有主要故事情節，對此，我們不妨對這些情節的重要性及其價值，進行一些必要的分析和評估。

舊版中，秦南琴出場後的那一大段有關故事情節，具有多種敘事功能價值：

一、是塑造郭靖的俠義形象。典型的例子是恰逢縣裏衙役來催逼交蛇，否則要抓秦南琴，郭靖仗義相救，打跑了衙役；進而，聽說有一隻奇怪的火鳥專吃毒蛇，以至於毒蛇的數量大爲減少，郭靖又毫不猶豫地幫助捕捉火鳥。

二、是講述一段新的愛情故事。郭靖的俠義行爲，使得秦南琴對郭靖產生了強烈的好感，可以說是對郭靖一見鍾情，但郭靖卻無以爲報，只好不斷對她說黃蓉的事情。因此，這一段落，也爲郭靖的愛情經歷再增加一段插曲，即爲郭靖對黃蓉的真情和深情多做了一次有趣的鋪墊。

三、這次分離過程中黃蓉的行爲，也增加了小說的傳奇性，典型的例子是黃蓉在暗中放火燒了縣衙，燒死了知縣。這樣的行爲不僅符合黃蓉的性格，同時也十分符合此刻黃蓉的心情，因爲郭靖不能娶她並不得不與她分離，孤獨且失望的黃蓉需要這樣的一次瘋狂發洩自己鬱悶情緒的機會。

四、進而，黃蓉放火燒縣衙，不僅是情緒發洩，而且還發現了一個重要的大秘密，即這個喬知縣乃是鐵掌幫的骨幹分子，大量勒索收集毒蛇，是爲了供給鐵掌幫使用。這些有助於讀者對鐵掌幫幫主裘千仞及其幫眾作惡情形的瞭解。

五、講述了丐幫骨幹黎生和余兆興二人仗義行俠，爲了鄉農的利益而與鐵掌幫骨幹、武寧縣喬知縣的哥哥喬太等人發生衝突。雖然取得了暫時的勝利，但最終，這兩個人還是在楊康篡取丐幫幫主之位的時候成了犧牲品。

六、小說中的這一段情節中，例如難得一見的人捕毒蛇、專吃毒蛇的神奇火鳥、蛙蛤大戰等極富有想像力和傳奇性的場景。尤其是其中的一場蛙蛤大戰，即青蛙和蛤蟆的大戰，簡直是一項匪夷所思的奇觀。青蛙專吃毒蟲，受到農夫的喜愛和保護；而蛤蟆卻要吞噬青蛙，自然會成爲農夫們痛恨的對象。如此場景，不但以生物界的鬥爭場景象徵人間道德正邪的衝突，同時爲小說增加了濃厚的傳奇色彩，喜歡武俠傳奇的讀者肯定會覺得十分過癮。

以上六項功能，有些是能夠被取代的，有些則不能。作者在做出刪除這些情節的決定時，肯定經過了一番認真地取捨斟酌。最終還是決定刪除這一大的情節段落，表明作者覺得刪除這些情節利大於弊。在認真分析這些情節及其敘事功能之後，我們也能得出大致相似的結論。

具體說，其中的第一項功能，即對郭靖的俠義形象地描寫。有這兩段郭靖行俠仗義的故事，當然能夠爲郭靖的俠義形象增添光彩。但，好在郭靖的俠義行爲和俠義形象貫穿了全書，刪除了這一段，對郭靖的俠義形象並無根本性的影響。

第二項，即秦南琴的感情線索，雖然明顯地增加了一種獨特的愛情景觀。但如上所說，由於郭靖的情感世界不便進一步展開，因而這一段愛情故事很難真正充分展開，更不可能開花結果。從這一點看，刪除這一段損失不大。

第三項，問題稍大。因爲黃蓉放火燒縣衙，將尋找郭靖、行俠仗義、情緒宣洩多種功能結合在一起，是一個非常重要的情節。儘管作者在修訂版中也特別注意了這一點，即專門寫了黃蓉帶郭靖到給小孩做生日的人家去「胡鬧」等情節，但這樣的情節很難與火燒縣衙相比，一方面是火燒縣衙的胡鬧程度更大，因而宣洩的功能更強；另一方面，火燒縣衙不像私闖民宅，弄不好就讓人反感。

第四項，按照舊版的敘述邏輯，有關秦南琴的故事情節的真正要點，是對鐵掌幫作惡真相的揭露。這一敘事線索的依據是：一、郭靖、黃蓉的丐幫之行將要與鐵掌幫幫主直接面對；二、郭靖、黃蓉要從鐵掌幫禁地獲得《武穆遺書》；三、《武穆遺書》的「傳人」變得如此不堪，能夠大大增強小說主題的張力；四、鐵掌幫主裘千仞是「乾坤五絕」之外的第七人（第六人當是老頑童），即天下有數的高手中的高手，所以他和他的幫派的故事，應該有更多的情節內容。總之，這一線索包含了較多的歷史資訊和人生的啓示。從這一點看，流行版刪除這段情節，小說這方面的敘事效果會有明顯的損失。

第五項，在黎生和余兆興二人仗義行俠故事中，隱含了丐幫和鐵掌幫的衝突，這一段故事的重要性包括：一、後來楊康不分青紅皂白，逼迫黎生和余兆興自殺，真假善惡更加分明；二、多了一種江湖幫派的衝突場景，使得這個武俠故事顯得更加充實豐盈；三、洪七公後來震懾裘千仞，有了充分的依據，而且與假幫主楊康的所作所爲形成鮮明對比；四、裘千仞最後的懺悔會有較真實的基礎。從這一點看，刪除這段情節，會使流行版的情節敘述及其藝術效果有所損失。

第六項，如上所說，這段情節中的毒蛇世界、神奇火鳥、蛙蛤大戰等情節和場景都極富傳奇色彩，足以讓喜歡傳奇的讀者喜出望外，並且印象深刻。按說，刪除這樣的傳奇性段落，肯定會得不償失。然而，換一個角度看，這些傳奇性情節的存在，很可能恰恰是作者最終決定刪除秦南琴故事的最重要原因。

《射鵰英雄傳》的真正獨特之處，不在於無邊界想像的神奇，而在於人間故事及其人生命運的生動和張力。其中關鍵，是作者在修訂中，可能已經意識到這部小說的敘事風格必須保持統一性：神奇火鳥、蛙蛤大戰這類的故事聞所未聞，也匪夷所思，但卻與這部小說的「人間故事」的敘事風格並不統一。我們看到，除了這幾段「超現實」的故事之外，這部小說的全部敘事內容都在正常的「人情事理」的範圍之內，從這一角度看，上述的神奇故事反而變成了小說中的不和諧因素。在這意義上說，刪除上述神奇情節和場景，非但可以理解，甚至是勢在必行。

如此我們看到，舊版中有關秦南琴的這一段故事情節當然並非一無是處，刪除這一長段故事情節當然也並非沒有損失，但總體上說，刪除之後還是利多弊少。這就是說，作者的修訂和刪除，應該可以理解，也可以接受。

最後一個問題是，作者將秦南琴和穆念慈這兩個人物合而爲一，是否恰當？對此，肯定還會仁者見仁、智者見智。我的看法是，作者的這一選擇應該可以理解，也可以接受。我這樣說，理由有以下幾點。

其中最重要的理由，是這兩個人各自獨立，形象都顯得有些單薄，合而爲一之後，只剩下了穆念慈一人，此人的形象肯定要比先前更加豐滿生動，從而能夠給讀者留下更加深刻的印象。如上所說，舊版中的穆念慈對楊康一見鍾情且終生不渝，雖然也有感人的一面，特別是最後穆念慈殉情而死，可謂感人至深。問題是，這種片面的愛情，多少有些概念化的人爲痕跡，特別是，當穆念慈得知楊康強暴了秦南琴之後，如何能夠把自己的愛情進行到底？另一方面，修訂版中讓穆念慈自覺地獻身於楊康，則有更加豐厚紮實的人性依據。古往今來，不知道有多少懷春少女在情感與欲望衝動之下上演了如此人生戲劇，結局大多如穆念慈一樣，因爲理想和人性現實的差異，而讓人傷感。然而在當時的具體情境之中，獻身卻又總是鍾情者穆念慈以及所有穆念慈們的必然選擇。

在修訂版中，讓穆念慈生下了他的兒子楊過，當然不可能出現在鐵槍廟中。楊康臨死之際，當然也就無人陪伴，只有一群貪食而中毒的烏鴉死在楊康的四周，形成了一個令人印象深刻且具有象徵意義的恐怖場面。兩相比較，修訂版的結局雖然沒有讓人感動的殉情場面，但卻有一種更加令人震撼的悲劇力量，如此結局，非但沒有減色，反而顯然更佳。更重要的是，刪除了秦南琴這一人物及其有關情節之後，也改變了原版中秦南琴恨楊康、穆念慈愛楊康的兩分局面，二人的故事和情感都集於穆念慈一身，穆念慈對楊康愛恨交織，情感十分複雜，這也增加了小說人物形象的複雜性和愛情心理深度。

進而，稍稍看得遠一點，讓穆念慈成爲楊過的母親，也會使得下一部書《神鵰俠侶》的主角楊過，減少一份過於複雜和痛苦的精神衝突與磨難。

我們不難設想，若楊過的母親是秦南琴，而秦南琴必然不會真正原諒楊康這個徹底毀滅她人生和愛情夢想和希望的惡棍，則從秦南琴口中到兒子楊過心中的楊康形象，肯定不會成爲懷念或充滿深情與敬仰的想像對象。若如此，楊過勢必因爲愛母親且受母親情感評說的影響，而必須仇恨自己的父親，這會造成楊過心靈世界更加嚴重的自我衝突和精神分裂。穆念慈做楊過的母親，則不存在這樣的問題，雖然這個母親對楊康也有不滿，但畢竟還有一份刻骨深情，不可能在兒子面前透露任何對其父親不滿的消息。如此，在《神鵰俠侶》中，楊過出自本能地對父親進行神化想像，才真正順理成章。若《神鵰俠侶》的初版中楊過就是這樣，則說明，早在那個時候，作者就已經傾向於給楊過換一個母親了。

進而，刪除有關秦南琴的情節，讓穆念慈成爲楊康的情人和楊過的母親，對於郭靖與黃蓉的愛情故事，也有減少分叉並突出主線的效果。與其讓郭靖和黃蓉在面對華箏、穆念慈之外再加上一個秦南琴，不如讓這兩個主角集中面對華箏一人——因爲穆念慈對楊康一見鍾情且至死迷他，自然會早早退出對郭靖的競爭——這樣使得故事情節、人物之間的矛盾衝突及其人物內心的矛盾衝突，顯得更加集中而突出。實際上，刪除所有有關秦南琴的情節，在某些具體方面固然有所損失，但不可忽視的是，這樣一來，也使得小說的情節及其敘事變得更加簡潔。

四、情節與細節的修訂點評

除了上述回目、小說開頭、有關秦南琴這個人物及其情節線索等重大修訂外，流行版對小說舊版的許多情節和細節也進行了比較仔細的修訂。這方面的修訂，相對而言，因爲情況相對比較單純，多半是對症下藥，因而成績比較突出。

例如舊版第一回書中介紹包惜弱時，說：「原來那女子是楊鐵心的妻子包氏，她是臨安一府出名的美人，性格溫柔，模樣靦腆，恁誰見了莫不暗暗喝一聲采。她與楊鐵心新婚不久……」修訂後改爲：「他渾家包氏，閨名惜弱，便是紅梅村私塾中教書先生的女兒，嫁給楊鐵心還不到兩年。」

這樣的修訂，顯然非常合理。首先，舊版強調包惜弱是一個大美人，雖然並不算錯——她若不是美人，完顏洪烈就肯定不會對她著迷，進而爲她大動干戈，且終生深愛她——問題是，若說她是「臨安一府出名的美人」則存在一些問題：第一，她非名門閨秀，也不是嫁給了著名的丈夫，沒有更大範圍的社交活動，更沒有選美比賽，包惜弱如何能「出名」？第二，若包惜弱成了一個出名的美人，那至少表明她有出名的機會，家境肯定是惹人注目，但這樣一來，恐怕她就不會成爲楊鐵心這樣一個外鄉人的妻子了。

其次，舊版說包惜弱與楊鐵心新婚不久，這本身當然沒有問題，且還有實際證據，因爲她剛剛懷孕。問題是，若是新婚不久就遭到小說中這樣的命運巨變，包惜弱對丈夫楊鐵心的感情，是否能夠達到小說中所描寫的這種深度？即雖生活在王府中，但卻還要將自己的住處建成過去的農舍；且在見到「死而復生」的楊鐵心之後，寧可跟隨楊鐵心流浪江湖也不願再住在王府中？

最後，流行版經過修訂，文字上更加老練成熟，更符合當時作爲農夫之妻的身分和生活情境，也更符合說書人的口語習慣，讀起來更加有味道。

又，舊版第一回中，有關丘處機的一些細節被修訂版刪除或修訂了。第一個細節是：「哪知那道人並不理會，拿起匕首一陣亂剁，把人心、人肝切成碎塊，左手提壺喝酒，右手不住把心肝送入口中，片刻之間，吃得乾乾淨淨。」第二個細節是：「……那道人臉上神色悲憤，忽然淚珠滾滾，嚎啕痛哭起來。」第三個細節是他的自我介紹：「貧道本是北方人，金兵害得我家破人亡，眼見中原不能恢復，所以憤而出家。」

這一修訂，顯然是大有必要的。第一，寫丘處機吃人心肝，雖說能夠表現這一人物嫉惡如仇的性格，但未免有些讓人害怕，正所謂過猶不及。第二，丘處機這個成名的武林高手，是否會當著初次見面的兩個普通農夫嚎啕大哭？恐怕也有誇張之嫌，還是過猶不及。第三，丘處機的自我介紹，將自己的身分命運與民族關聯過緊，雖然能突出他的愛國情操，但卻與事實不符，畢竟，丘處機是一個歷史人物，他的身世與生活都有案可查。

又，舊版中，完顏烈——流行版改為完顏洪烈——帶著包惜弱經過硤石鎮（**此鎮曾是作者家鄉浙江海寧縣城**），並且看到南宋官兵欺壓百姓，他們兩人也受到官兵阻攔和盤查，完顏烈很生氣，射殺了五個南宋官兵，包惜弱十分害怕。沒想到完顏烈拿出一封介紹信來，使得帶兵的南宋軍官立即改變態度，不僅不追究完顏烈殺死官兵的事情，相反還主動道歉，而且聽到對方還缺一匹馬，趕緊送上，遵之若父母大人，完顏烈十分得意。

在修訂版中，這一情節被刪除了。刪除的原因，是完顏烈的這封介紹信後來在嘉興府再次使用，效用非常好。一個好的情節不能使用兩次，所以作者就將完顏烈遇到軍官這一情節刪除了。畢竟，南宋軍官在自己的土地上隨便欺壓自己的百姓，這樣的事情雖然並非絕無可能，但卻算不上十分典型。相反，官兵軍官對大金國的使臣也不見得都像那些文官那樣畢恭畢敬。

又，完顏烈遇到江南七怪的情節，基本上沒有多少改動。只是，舊版中，韓寶駒到醉仙樓訂酒席，數量是九桌：「給開九桌上等的酒菜，八桌葷的，一桌素的。」想必是要每人一桌，江南七怪加丘處機八人吃葷，焦木大師吃素。到了修訂版中，酒席的數量被改為三桌，兩桌葷的，一桌素的，這樣的改動，顯然更加符合實際，給丘處機和焦木大師各開一席，那是為了客氣，算是禮節的需要。而江南七怪這幾個老友完全可以共用一桌酒席，沒有必要每個人各據一桌。

又，在舊版中，柯鎮惡不僅眼睛瞎，而且還是一個跛子，但身分卻又是一個獵戶。他出現的時候，舊版書中寫道：「只見街角上轉出一個衣衫襤褸的跛子來。他左手拿了一柄鐵拐杖，在石板上東敲西擊，顯然他雙目也已盲了，殘疾又加上殘疾，拐杖不但探路，還做支撐之用。」此外，「他右肩扛著一柄獵叉，叉尾卻懸著一隻金錢豹，一跛一拐而來。」如此難怪完顏烈感到奇上加奇：「從未聽說過又瞎又跛的人能夠打獵，而且竟然打了這樣厲害的一隻金錢大豹。」不僅如此，柯鎮惡一出場，就遇到了幾個小賊因偷偷接近韓寶駒的黃馬而受傷，柯鎮惡三下五除二地給他們治好了。不僅表現他功夫了得，也表現他的俠義心腸。更奇的是，柯鎮惡雖然雙目全盲，竟然能感覺到完顏烈的存在，因而對酒保說，將豹子肉燒好之後，「待會切兩斤豹肉請那位爺台也嘗嘗。」

這樣設計柯鎮惡出場的目的，當然不僅是要讓完顏烈奇上加奇，而且要讓讀者奇上加奇。其好處是傳奇性十足，對柯鎮惡的出場加以足夠的鋪墊，使他的出場不亞於朱聰的神偷、韓寶駒的騎術，從而不失江南七怪之首的風範。

在修訂版中，柯鎮惡變成了只瞎不跛，而且也不再是獵戶了，當然也就不會有豹子肉送給完顏洪烈吃，連給小偷療傷的細節也都刪除了。理由是，又跛又瞎的獵戶設計，傳奇過度，未免有點讓人難以置信，過猶不及。而修訂版中柯鎮惡的出場沒有太多的鋪墊，雖然有所損失，但也有收穫，那就是顯得簡潔有力。

又，舊版中，段天德的叔叔枯木禪師是光孝寺的主持，他讓段天德藏身密室之中，丘處機一時無法找到，臨走時，將寺廟前的一對南北朝梁武帝時期高手雕成的石獅子用內功毀壞，表面上看似仍然完整，實際上全都粉碎，枯木爲之心疼不已。在修訂版中，寺名改爲雲棲寺。丘處機毀壞石獅子的細節也給刪除了，一來是丘處機不該破壞文物，二來，他的功力也沒有如此之高，三來讓枯木禪師如此計較寶物得失，似乎也不符合高僧的氣度。刪掉後，情節行文更加緊湊。

又，舊版中，丘處機和江南七怪打鬥，最後施展出一套試圖兩敗俱傷的劍法，名目就叫做「俱傷劍法」，而修訂版中，則將這套劍法的名稱改爲「同歸劍法」，其中意思不變，但名稱顯得更加含蓄，也更雅致，這才符合全真派武術名門的身分。這雖然是一個小小的細節，但與人物身分和性格密切相關，修改的必要性顯而易見。

又，舊版中，段天德無路可逃，到了燕京附近，想出了一個主意，要去投奔金國的六王子完顏烈。完顏烈當然不能不接待，恰好他的三哥衛王完顏永濟來說奉命去蒙古，完顏烈謊稱抓到了兩個南朝的奸細，要完顏永濟將他們帶到蒙古去處理掉。於是，不知情的段天德就帶著李萍隨完顏永濟去了蒙古。

在修訂版中，完顏永濟改爲完顏洪熙。段天德隨之去蒙古的情節，改爲段天德和李萍剛剛到中都城外，就被抓去給金兵當了挑夫。這比舊版的情節設計顯得更加合情合理，若完顏烈要殺段天德，根本不必如此費力，只要命人將他們就地處死就可以了。再說，被亂軍衝散，李萍的脫身也更加合理。

又，舊版中對主角郭靖的智力定位並非十分準確，且明顯自相矛盾。如第一次正面寫到郭靖時說：「這孩子生得筋骨強壯，聰明伶俐，已能在草原上放牧牛羊……」這就是說，作者最初是要將郭靖定位爲一個聰明伶俐的孩子。能夠證明這一定位的，還有一段情節，那就是在救助神箭手哲別的時候，郭靖能夠主動指點哲別躲進草垛，而且還能夠從容地欺騙鐵木真手下的軍士。當軍士問郭靖是否看到一個騎黑馬的漢子時，郭靖說「見到的呀！」對方問在哪裡，郭靖向西邊一指說：「過去很久了。」郭靖在這裏如此面不改色地說謊，是作者要表現他聰明伶俐，而且膽識過人。

只不過，郭靖「聰明伶俐」，在原版中卻並沒有堅持到底。隨著情節的發展，和郭靖形象的展開，作者似乎逐步改變了對郭靖形象的定位，從而逐漸改變了自己的初衷。最後，郭靖的智力形象定位於既不聰明，更不伶俐，不過是一個心地純樸厚道但卻心智一般且反應遲鈍的孩子。

修訂版對舊版的重大改變，是對郭靖性格和智力進行重新準確且統一定位。在這裏，作者毫不猶豫地刪除了「聰明伶俐」之說，改爲：「這孩子學話甚慢，有點兒呆頭呆腦，直到四歲才會說話，好在筋骨強壯，已能在草原上放牧牛羊。」而在救助哲別的那一段情節中，當軍士問到郭靖是否看到騎黑馬的漢子時，書中寫道：「郭靖不會說謊，張大了嘴不答。兩名軍士又問了幾句，見他傻裏傻氣，始終不答，便道：『帶他見大王子去！』……」如此，郭靖的形象才前後一致，再也沒有自相矛盾的痕跡。

又，在舊版中，當桑昆阻止哲別用金杯喝酒，從而讓哲別和鐵木真的將士們感到受辱，書中寫道：「鐵木真在火光下見哲別滿臉怒色，知他受了委屈，心想：『這種直性子的人必須好好撫慰。』於是叫道：『拿酒來！』……」

在修訂版中，鐵木真的這句心理描寫被刪除了。鐵木真的行爲，比上面的那段心理描寫要生動複雜得多，所以，這樣的心理描寫非但不能豐富鐵木真的形象，反而將這個具有政治謀略的政治家寫得過分簡單了。

又，舊版中寫到陳玄風帶著梅超風離開桃花島時，一不做二不休，「將師父賴以成藝的一部『九陰真經』偷了出來。」在修訂版中，將「賴以成藝」改爲「視若至寶」；將「一部」改爲「半部」，這兩點改變，至關重要。第一，黃藥師的武功自成一家，所以「九陰真經」不可能是他「賴以成藝」的武功秘笈。第二，黃藥師那裏本來就只有半部九陰真經，一部之說當然不實，容易引起不必要的誤解。

又，舊版中，郭靖和黃蓉在張家口相遇的時候，小王爺楊康也到了張家口，他是與歐陽克的八個侍女在一起，在這些侍女試圖偷盜郭靖的汗血寶馬而被黃蓉用暗器擊中的時候，還與郭靖動手，開始以爲郭靖是黃藥師門下。

修訂版中將這一段情節刪除了。部分原因是，楊康養尊處優，不大可能前往張家口，且與歐陽克的侍女混在一起；更主要的是，楊康在這裏提前與郭靖相遇並且動手，意義其實不大。作者原初的設計，很可能是想要寫楊康迎接歐陽克，而且透過歐陽克侍女盜馬的情節，讓黃蓉知道這匹馬是汗血寶馬，從而爲黃蓉開口要郭靖贈馬埋下伏筆。只是，爲了這個理由，而讓楊康和郭靖提前相遇，使得他們在北京的相遇成爲再見，有點得不償失。所以，作者在修訂時將這一段刪除。

又，舊版中郭靖應黃河四鬼之約，來到樹林中，見到黃河四鬼被人吊在樹上。黃河四鬼表示認輸，請求郭靖將他們放下來，郭靖覺得自己與這幾個人並無深仇大恨，不能眼見他們活活吊死，因而將他們放了下來，伸手在四人的脈腕穴裏一點，讓他們的雙臂不能動彈，然後才將綁縛他們的皮條割斷。

這樣的寫法，固然能夠表現出郭靖的俠義心懷，但又涉及郭靖的智力特徵，是否能夠臨時想出又要放人、又點了對方穴道，防止對方反擊自己的主意。若郭靖是「聰明伶俐」，當然沒有問題。若郭靖頭腦遲鈍，那就有問題了。修訂版中，作者顯然是要消除郭靖聰明伶俐的痕跡，所以將郭靖放人的這一段刪除了，讓郭靖聽著對方的笑顏走開，場面更加生動有趣。

又，舊版中，黃蓉初見梅超風，爲了取信對方，背誦了桃花島上的一幅有名的對聯，是：「綺羅堆裏埋神劍，簫鼓聲中老客星。」修訂版中，作者將這幅對聯改爲：「桃花影落飛神劍，碧海潮生按玉簫。」這表明，作者對黃藥師的性格設計也有了一定的改變。

又，舊版中，郭靖在歸雲莊上與自己的六位師傅重逢，馬上急奔出去拜倒在地，但只是喊了一聲：「師父，你們老人家好。」在修訂版中，郭靖依舊向六位師父拜倒，而且還將大師父、二師父、三師父、四師父、六師父、七師父逐一喊過，這樣，郭靖的性格自然更加突出。讀者的印象也就更加深刻，郭靖的誠懇表現爲囉嗦，正是小說人物性格的妙趣所在。

又，舊版中，陸乘風向黃藥師報告說：「曲靈風曲師弟的行蹤，弟子一直沒打聽到。武、馮兩位師弟卻已去世多年了。」在修訂版中，則改爲：「曲師弟和馮師弟的行蹤，弟子一直沒能打聽到。武師弟已去世多年了。」在這裏，給馮默風留了一條生路，因爲他在《神鵰俠侶》中還要出現。

又，舊版中，黃蓉和郭靖被捆綁，楊康鼓動丐幫幫眾殺死這兩個人，黃蓉忽然笑了一笑，心想：「是我和靖哥哥死在一塊，不是那個華箏公主！」修訂版中，在這一句話後面又加了一句，即：「是我和靖哥哥死在一塊，不是那個華箏！這般死了，倒也乾淨，反正前面也在落大雨，那也不用奔跑了。」這與前面遇雨說故事的情節聯繫起來，增加了一種淒涼美感。

又，舊版中，假裘千仞的真名叫做裘千里，這是一個尋常的名字，父母給孩子取這樣的名字比較尋常。在修訂版中，作者將他的名字改成了裘千丈，這個名字比起千里當然要差得多，也古怪得多，當然也就好玩得多。這一改，明顯增加了對這個人物的幽默感和諷刺性，是一個成功改寫的例子。

又，舊版中，華山論劍的前夕，洪七公及時出現在裘千仞面前，說自己是鋤奸，而不是來與對方論劍。他說：「不錯，老叫化一生殺過五百三十一人，這五百三十一人個個都是惡徒，若非貪官汙吏、土豪惡霸，就是神奸巨惡、負義薄倖之輩。老叫化貪飲貪食，可從來沒錯殺一個好人。裘千仞，你是第五百三十二人！」而在修訂版中，作者將洪七公的殺人人數減少了三百名，變成了二百三十一人。這一數字的改動，顯然表現出作者不願讓洪七公殺人太多。雖然仗義殺人在想像中的江湖並非不可理解，但從現代人的眼光看來，即使大俠也畢竟沒有隨便殺人的權力。

雖然流行版對舊版的修訂，成功的例子較多，但卻並非沒有成問題的修訂。下面這個例子可以說是一個不很成功的修訂：舊版中，郭靖和黃蓉離開一燈大師之後，與洪七公重逢，有這樣一小段情節：

……郭靖一躍而起，叫道：「師父，一陽指的功夫我也學會了，我來給您通脈，就在這山洞之中，好麼？」

洪七公搖頭道：「一燈大師傳你一陽指功夫，你可知是什麼用意？」郭靖從未想到這一節，經洪七公點破，不由得出了一身冷汗，驚叫：「啊喲！一燈大師是要尋死，那我可害了他啦！」洪七公道：「他給蓉兒治傷之時，若不見你從旁學了指法，後來那瑛姑上山尋仇，他豈能袒胸受戮？你給我治傷不要緊，這五、七年之中，老毒物若來加害，你如何對付？一燈大師這一片苦心你又如何能輕易辜負？」郭靖道：「您老人家傷癒之後就能對付老毒物了。」洪七公只是搖頭，說道：「我一時之間功夫難復，煙雨樓比武之約可已經是迫在眉睫，這事待比了武之後再說。」黃蓉笑道：「你們兩個不必爭，奇經八脈自己也能通的。」

在修訂版中，作者將這一段對話全部刪除了，直接讓郭靖告訴洪七公，說九陰真經最後的那一段梵文被一燈大師破譯，其中有療傷的秘術。

修訂之後，由於刪除了一燈大師心理曲折的說明，使得他坦然決定讓瑛姑刺殺的情節，就有自私和魯莽之嫌。因爲他在這裏只考慮了自己的懺悔和自我救贖，而沒有考慮到自己所擔負的維護武林正義的應有職責。進而，由於這一改動，也使得洪七公爲了武林的整體利益而放棄自己療傷的最佳良機的俠義情懷，少了一次極其感人的表現機會。當年明知一燈大師可以治療他的傷勢而不去找他，固然是出於維護武林平衡的大局觀，而謝絕自己的徒弟郭靖要幫他療傷的好意，則更加難能可貴。原版中的那一段，看似輕描淡寫，實際上非常感人。修訂版中固然找到了爲洪七公療傷的法子，但缺少了一次表現一燈大師、洪七公兩人俠義情懷的重要機會。這表明，作者的修訂，並非完全沒有問題。至於舊版中還有大量的問題本應修訂卻沒有得到修訂，例子會更多，這方面的情況，請參見我對《射雕英雄傳》最新修訂版的詳細分析。

五、簡短的結語

從以上對《射雕英雄傳》舊版和修訂流行版的掃描和分析中，實際上已經得到了一些印象和結論。我不想隱瞞自己的觀點，那就是我覺得，作者的這次修訂成就遠遠大於遺憾，從總體上說，這是一次非常必要也相當成功的修訂。在我看來，作者有了一種文學藝術的自覺，不再滿足於一種純粹的傳奇故事的創作，而是想要追求更加高層次的藝術效果。

若要說這次修訂的具體成就，我想，首先在於，從敘事上說，修訂版的語態顯得更加從容。前面已經說到過，修訂版的開頭與舊版的開頭明顯不同之處，就在於作者並不急於開門見山，而是力圖創造出人物生活的真實情境，更加從容地創造出一種真實可感的藝術氛圍。這樣的改變，不光是篇幅有所改變，而在於使得這部作品不再滿足於講述傳奇故事，而且有小說的人文風景敘事。

其次，修訂版改正了舊版中許多不合理的情節和細節，例如前面曾經提及的舊版中對郭靖的智力風貌的定位，從「聰明伶俐」變成了「老實遲鈍」，不僅使得小說的敘事前後一致，而且讓郭靖從一個遲鈍愚笨的人，令人信服地成長為一個大智大勇的武林高手，不僅講述了一個激動人心的人間奇蹟，更重要的是創造了一個發人深思的人生範例。認真閱讀本書的讀者，一定能夠從郭靖的愚鈍到啓蒙的過程中，體會到古賢所說「大智若愚」的生動典型。

再次，修訂版與舊版的最大不同點之一，在於作者努力超越武俠小說所常有的簡單道德判斷，而力圖深入到人性的觀察和描寫之中。從非黑即白、非此即彼的道德化判斷，到錯綜複雜的人性及其情感世界的探索，是金庸小說創作的一個明顯的走向，從《射雕英雄傳》的道德英雄郭靖到《神雕俠侶》的個性英雄楊過，就是一次巨大的飛躍。而在作者重新修訂《射鵰英雄傳》的時候，這一目標顯然成了作者的一種自覺，雖然修訂版並未完全改變道德化的基本框架，但其中對楊康的強姦罪的刪除及赦免，卻很能說明問題。

又次，修訂版與舊版相比，另一個非常重要的變化，是刪除了原有的一些爲傳奇而傳奇的內容，努力向真實的人情世故靠近，從而豐富了小說的人文內涵。其中典型的例子，是刪除了丘處機吃人心肝的細節，刪除了神奇火鳥和蛙蛤大戰等等匪夷所思的傳奇想像，使得小說的故事情節向人性的真實靠近，向現實經驗世界的人情世故靠近。

最後，小說修訂版刪除了有關秦南琴的情節，不僅是減少了一個人物及其一段愛情故事，而是剪除了一些與小說整體風格不十分協調的枝蔓。秦南琴的情節牽涉到民間生活、江湖幫派的衝突、官府與黑道的聯繫等等，單獨看當然都有其價值，但在小說整體中看，這些卻只是一種枝蔓，不僅佔有較多的篇幅，而且過度傳奇的景觀與小說的人情事理真實性追求也明顯不協調。

傳奇視野中的人性表現問題——《神雕俠侶》新修版評析

在新修版中，《神雕俠侶》的修訂曲折最多。遺憾的是，最終的修訂定稿仍非完美。部分原因在作者的道德自覺影響了人性表現，另一部分原因則是人性表現與傳奇視野產生了矛盾。以下對這部作品的新修版的細節和情節修訂作具體評析。

一、值得肯定的修訂

作者要對成名已久的名作進行修訂，首要原因當是彌補流行版的漏洞。在這方面，新修版的成績不可忽視。以下具體說明。

流行版第二回，郭靖、黃蓉遇到楊過，始終不問穆念慈消息，卻要帶楊過去桃花島。新修版增加了郭靖的提問，楊過說媽媽死了。後文還有郭靖詳細詢問楊過，深入交談。新修版第三回加上郭靖與黃蓉的談話，涉及自己早想將穆念慈接到桃花島，但怕黃蓉多心的話題。*沒有漏洞了。

流行版第二回結尾，黃蓉聽武氏兄弟說「媽媽死啦」便躍上岸去，有點欠考慮，此時郭靖、柯鎮惡受傷，楊過中毒，怎能貿然上岸？新修版增加了黃蓉問明身分，就沒問題了。

第四回中，流行版說郭靖一時疏忽，未跟楊過詳細說明全真派武功乃武學正宗，當年王重陽武功天下第一，以至於楊過看不起全真派的武功。明顯不合郭靖個性與為人。新修版增加了郭靖對楊過說明全真教是武學正宗、王重陽天下第一，但楊過就是不相信等內容。如此，郭靖、楊過的性格都照顧到了。

新修版第五回中，增加了一段有關丘處機和趙志敬、甄志丙的敘述：「丘處機查問郝大通和古墓派芳鄰動手的原因，得知是趙志敬對待楊過不公而起，甚為惱怒……七子商議之下，便改立長春門下的甄志丙為第三代首座弟子，趙志敬妒悔之餘，自對楊過加倍惱

*我使用的流行版是北京三聯一九九四年五月第一版，簡稱三聯版；新修版則使用廣州出版社、花城出版社二〇〇五年六月第二版，簡稱廣州花城版。

恨。」這一段中，除「七子商議」一說不能成立（全真派只有六子了）外，其餘均非常到位。讓丘處機心理豐實，也交代了趙志敬和甄志丙的處境變化及其相互芥蒂，爲後文做出鋪墊——新修版將尹志平改名甄志丙，在第六回末加以注釋。

流行版第六回，說尹志平傾心小龍女的秘密被發現，是因爲他說夢話以及他「一遍又一遍書寫小龍女的名字」，新修版改爲趙志敬派人盯楊過，而意外發現甄志丙在古墓外徘徊，進而發現小龍女二十歲生日時，甄志丙送禮的禮箋。*

流行版第六回中，尹志平發誓不與人說楊過與小龍女裸體相對的秘密，竟削斷自己兩根手指；新修版改爲舉手向天發誓，**就合理得多。

---

*新修版的改動比流行版更加合理。流行版中說尹志平說夢話，能夠聽到的人也只能是尹志平門下，而不會被趙志敬及其門下聽到；寫「小龍女」的字條，只要有一絲正常理智就會及時毀掉，而不會被趙志敬拿了當作把柄。新修版讓甄志丙到古墓外徘徊並給小龍女送禮，他會認為這是「秘密行為」，被發現只能是偶然或天命。

**流行版中的問題是，尹志平（甄志丙）似乎只想到眼前表示衷心誠意，卻沒有想到削斷兩根手指之後將如何面對師長的詢問、同門的質詢、趙志敬的告密：兩根手指不見了，對於一個練武之人來說肯定不是一件小事，只要丘處機詢問，甄志丙總不能對自己的師父說謊，如此，他還有希望成為掌門弟子嗎？再說，趙志敬豈能不添油加醋地向大家傳播尹志平（甄志丙）斷指的消息？新修版改動之後，甄志丙只是舉手發誓，當然就不會有任何問題了。

第七回《重陽遺刻》中，新修版解釋：「……其中『解穴秘訣』、『閉氣秘訣』、『移魂大法』三項神功互有關連（聯）……」*減少疑竇。

新修版第十回中，增加了一段郭靖惦記楊過，想要上終南山全真教看望楊過，但卻被黃蓉阻止的補充敘述。彌補了流行版中郭靖對楊過不聞不問的缺陷。第十一回郭靖與楊過重逢，新修版又增加了「郭靖對他常自掛念，生怕全真教眾多心，便沒去探望，也沒派人查詢……」更加嚴密。

新修版第十一回中，楊過在埋葬了洪七公和歐陽峰之後，回思二老的奇招神功，又在華山頂山洞裏多耽了二十餘日才下山。在楊過，這是完全可能的。

新修版第十二回中，在金輪國師、霍都等參與武林大會期間，增加了黃蓉與霍都的口頭爭鬥場景。黃蓉說「咱們今日結盟，結的是『抗蒙保國盟』，抗的是蒙古，所保的國是大宋……」霍都說「我師父要做的，是天下武林盟主。他老人家當了盟主之後，他老人家說什麼，大夥兒就奉命而行……」這樣一來，不僅更加嚴謹，更加有趣，黃蓉和霍都的形象也更突出。

*這一段較長，也很「專業」，因而沒有完整抄錄。

第十三回中，小龍女受傷，流行版中是點蒼漁隱的「槳片撞在她左腳腳指（趾）上」，新修版改爲槳片砸碎磚塊，「一小塊磚片跳了起來，撞在她左腳腳趾上。」＊

第十四回，黃蓉發現楊過師徒之間產生男女之情，非常震驚，新修版增加了一小段有關「三綱五常」的解釋，並增加了一段超長的注釋，解釋何以楊過師徒不能成婚，便於當代讀者理解師徒成婚的「亂倫」嚴重性。

第十五回，楊過受傷無人過問，程英竟然沒有與黃蓉母子師徒打一聲招呼就將楊過帶走，新修版中讓她向郭芙打了招呼。

第十五回，楊過聽程英吹奏《淇奧》，流行版中讓楊過記起其中句子，而新修版則說「楊過聽小龍女說過……到底是什麼句子，他卻不記得了。」當更真實。

第十五回書，黃藥師教楊過「彈指神通」，流行版中說只教楊過，新修版改爲「次日清晨，黃藥師叫了程英來，要楊過和她一起受教……」當然更合情理。

第十六回中，老頑童被絕情谷弟子抓走，楊過和金輪法王等人隨後跟去。流行版中說楊過想救他，而「法王等均覺如此怪事，豈能不看個究竟？」新修版則增加了兩小段，一

＊若槳片直接撞腳趾，會有斷趾之虞。

段說楊過的心理從要害老頑童到要救老頑童，另一段說忽必烈指派金輪國師去設法網羅老頑童為己用。若非如此，則金輪國師就完全不像個「公職人員」。至於新修版中讓楊過不斷喊「這老先生是我朋友」，則有些過。

第廿一回，新修版將襄陽安撫使由呂文德改為其弟呂文煥，*並加以注釋。第廿二回，老鐵匠馮默風出現在蒙古疆場，新修版中，讓他手中的鐵錘變成了燒紅的鐵錘，擋者披靡，且燒壞了金輪國師的手，可謂神來之筆。

新修版第廿四回中，增加了有關趙志敬和甄志丙等七個全真道士來到襄陽圍城的四個自然段，既交代了他們的來龍，也解了圍城之厄，敘事更加綿密。

新修版第廿四回中，借金輪國師見忽必烈之機，交代了霍都王子的身分來歷、耶律齊兄妹的處置方略、讓金輪國師負責全真教事、讓霍都負責處理丐幫事，填補了若干漏洞，使得敘事更加綿密順暢。霍都的來歷若非借子聰之口說，而是由金輪國師說（按理師父應知道徒弟的來歷），或許會更好。

*呂文煥之名第一次出現，見廣州花城版第三冊第七二五頁，注釋在第廿一回回末，第七四八頁。

第廿七回，楊過回到活死人墓附近，急於見小龍女，流行版中說，他聽到重陽宮方向有打鬥聲（實際上），於是「他好奇心起……」就去了重陽宮，顯然沒有道理。新修版增加五個自然段，讓楊過聽到全真巡邏道士說話，聽到趙志敬、小龍女的消息，楊過不進活死人墓而趕到重陽宮才嚴絲合縫了。

第三十三回，增加了郭襄請大頭鬼喝酒以及大頭鬼敬仰郭靖夫婦、感謝郭襄請酒的細節，如此大頭鬼帶郭襄去見神雕俠事便更合理。

第三十四回，流行版說周伯通不知自己有子，與《射雕英雄傳》的敘述不合。新修版改爲他曾聽說，但避如蛇蠍，不肯多想，更嚴謹且更凸現老頑童性格。

第三十四回末，郭襄問楊過如何認識小龍女，流行版中讓楊過從幼年說起，且故意避開郭靖等人的名字，囉嗦而做作。新修版要簡潔生動得多，且讓郭襄贊同其師徒之戀，表現了不凡的見識和個性。

二、可以商榷的修訂

說新修版並非完美，理由之一，就是其中一些修訂值得商榷。以下具體說明。

第二回中，寫到穆念慈交代楊過去投奔師父郭靖，但「楊過年雖幼小，卻生來倔強，頗有傲氣，不願去桃花島投奔於人，寄食過活。」這一說當然有些道理，楊過確實有些傲氣，但問題是，當年不去，長大且認識了歐陽峰，為何還會跟著郭靖夫婦去呢？更要命的是，在新修版第三回書中，作者又說拜師一事「……楊過當時初生不久，自早遺忘。」前後明顯自相矛盾。

第二回寫歐陽峰教楊過蛤蟆功，流行版中說，蛤蟆功「變化精微，奧妙無窮」，新修版改為「蛤蟆之為物，先在土中久藏，積蓄精力，出土後不須多食。蛤蟆功也講究積勁蓄力之道……」後者雖更具體，但不夠簡明扼要。

新修版第五回中，增加了孫婆婆要楊過關照小龍女一生一世的臨終遺言，此後楊過還多次提及，*這有點畫蛇添足。楊過年幼，將來是否能在活死人墓中立足也還難說，孫婆婆的這一遺言實在沒有道理。而楊過多次複述，反而影響他本人的情感和性格發揮。

新修版第七回中，李莫愁向小龍女和楊過詳細敘述了自己的傷心往事：「……你師姐本來有個相好的男人，他對我說盡了甜言蜜語，說道就是為我而死一千次一萬遭也沒半點

*孫婆婆遺言是在廣州花城版第一冊第五回，楊過提及這一遺言處，分別為第一五九、一六四頁。

後悔。不料跟我只分開了兩個月，他遇到了一個年輕貌美的姑娘，立即就跟她好得不得了……」＊問題是，李莫愁是不是會對小龍女、楊過說這些？李莫愁是傷心人，所說正是她不願回憶的，對別人說更不可思議。進而，李莫愁是個有自尊的人，如何能將這段傷心史拿來交換對方同情？流行版中只有十二個字，即「做姊姊的命苦，那是不用說了」，那才是真正的李莫愁。

第八回中，楊過給陸無雙療傷，看到對方胸脯，不敢觸摸，新修版增說：（楊過）「『……倘若她是姑姑，這般敞開了衣衫，露出胸脯，叫我接骨，我敢不敢瞧她胸脯？呸，姑姑的胸脯比這個美上一百倍，她只要不惱，我自然要瞧。』……」這一修訂實無必要。第一，見到異性身體而震驚恍惚，是純真男孩的自然反應，若有雜念就不再純真。第二，比較小龍女和陸無雙胸脯美醜，是猥褻。第三，楊過此時不懂小龍女心意，且重點也應在情而不在身體。

第八回結尾處，新修版刪除了有關丐幫四弟子的大段情節。那是一段非常精彩的情節。理由是，一，丐幫人多勢眾，哪裡都會有其監視，報訊。二，丐幫中總有人不信陸無

＊新增加的這一大段敘述加議論，幾乎用了一個頁碼，詳見原文。

雙的本領，從而立功心切。三，丐幫弟子唱「蓮花落」是書中最具江湖風情的段落。四，楊過的機靈和武功、陸無雙的懊惱和大意，也在這段情節中得到展示，且爲以後的「薩華滋」之名進行了鋪墊。

新修版第十回中，楊過大喊大叫，流行版中是「好媳婦兒……大家快下樓去散散心罷！這賊婆娘厲害得緊。」新修版卻改爲「……洪凌波笑妹子，李莫愁這小姑娘潑辣得緊，老哥哥收拾她不了！」進而將「……你們快走罷，咱兩個男子漢死不了。」改爲「……李莫愁這麼年輕美貌的小姑娘，咱們蒙古還真少見，我要捉她回去做個老婆！」這樣的改動，簡直莫名其妙。第一，洪凌波是李莫愁的弟子，楊過怎會讓她離開？第二，李莫愁當眾誣衊小龍女，楊過還有心稱這「賊婆娘」爲「小姑娘」，還要「捉她回去做個老婆」？

流行版第十一回中，歐陽峰破了洪七公打狗棒法的最後一招，洪七公大感震撼，誇獎對方武功了得，兩人相擁在一起，哈哈大笑而死，何等簡潔痛快。新修版卻硬要加上幾段，這幾段畫蛇添足，還自相矛盾。首先，歐陽峰說「我想了這麼久，方能還招，終究是打狗棒法了得！」按理，歐陽峰說這樣的話，兩人應該互相佩服，互相和好才對，但作者偏偏讓他說完再出手比拼內力。其次，作者寫歐陽峰與洪七公的內力反擊自身，把《易經》中的「物極必反」原理解釋為「內力反擊（自身）」，似乎忘了歐陽峰不僅逆練九陰真經，實是「亂練」，如何能夠「極」而向「反」，與正路相對？最後，若這二人內力互補，按理應該互濟，讓二人同時受益，但作者卻還是讓二人精疲力竭而死。

第十三回，楊過與達爾巴打鬥，黃蓉提示楊過使用「移魂大法」，新修版增加了一小段，說「古墓派的玉女心經講究兩人共使，須求心意相通，王重陽在古墓石室中刻下《九陰真經》法要時摘入『移魂大法』的大綱，旨在擊破玉女心經的兩人心意相通……」也是莫名其妙。新修版第七回中，作者曾說「移魂大法」與「閉氣法」及「解穴法」相互關聯，在這裏何以又變為專門對付玉女心經？再說，王重陽是否見過林朝英的玉女心經武功呢？

第十四回，小龍女再次離開楊過，流行版中，小龍女覺得自己是個「不祥之人」，給楊過的留言為「善自珍重，勿以為念」；而新修版改為「壞女人」，留言改為「你自己保重，記著我時別傷心。」小龍女會認為自己壞？進而既然是自己要離開，何以還要對方「記著我」？

第十五回，楊過在程英處養傷，程英提及陸無雙，新修版增加了一句「你的媳婦兒」，楊過增加了一句「她不是我媳婦兒……當不得真的。」這細節首先是不合程英個性，其次是使得楊過變得嚴謹迂腐起來，不再好玩。

第十五回，新修版增加了程英的自語：「就算真的叫我姑姑，也不是說不通……」，後來楊過知道她是黃藥師的弟子，「突然之間，明白了她昨晚的話……衝口便想叫『姑姑』，但『姑姑』二字與他有特殊含義……」程英的自語莫名其妙（因為她喜歡楊過，就不能提「姑姑」，何以反而要說自己可以做姑姑？），楊過的警戒也是多此一舉（因為楊過的性格直到見到公孫綠萼時，也還有三分風流，謹慎迂腐不是他的個性）。同一頁中增加了一段程英愛慕楊過的敘述，也屬於多此一舉，因爲程英的感情已經很明顯。

第十六回中，李莫愁的衣裳被燙破，流行版中是楊過將自己身上的（程英為他新作的）外套扯下來送給她，新修版則改爲「當即拾起地下馮默風脫下的破舊外袍」送給對方，這樣改，程英肯定高興，但卻有幾個問題。第一是，楊過不對老馮說一聲就將他的衣服送人是慷他人之慨。第二是，從地上拾起別人的衣服肯定不如脫掉自己的袍子快。第三是，從審美效果看，楊過將程英製作的袍子送人，有更大的衝擊力，讓程英看到楊過身上的舊袍子，讓人黯然神傷。若是讓李莫愁將鐵匠老馮的髒袍子披走，那就只是一件髒衣服而已。

第十六回中，楊過聽信傻姑之言，以爲郭靖、黃蓉是自己的殺父之仇，流行版中寫到程英勸說楊過不可輕信，並未提出任何建議；新修版則增加了三個自然段，首先是楊過與程英提前結拜兄妹；其次是程英勸說楊過要三思而行，再次是讓程英說：「……敵人厲害，事事小心……多等得十年，你的武功長進了十年，仇人卻老了十年……」這些修訂並不恰當。其一，讓楊過提前與程英認兄妹，是洩露天機；其二，程英對楊過所說的話不合她身分性格，楊過的仇人乃是她師父的女兒女婿，在程英的立場，除了勸說楊過別輕信外，說什麼都不合適。

第十七回開頭，新修版加了楊過與公孫綠萼的對話，首先是楊過說「情是絕不掉的，谷名『絕情』，想絕去情愛，然而情隨人生……」其次是公孫綠萼誇獎楊過聰明，並拍掌叫好。這一改動有點過頭。上引語言，不是楊過的話，而是作者的；公孫姑娘的語言行爲，也有些「跳」。

第十八回中，新修版增加了關於公孫綠萼的敘述：「公孫綠萼年方十八歲，正當情竇初開之時，絕情幽谷中所授內功修爲，本來皆教人擯棄情愛，斷絕欲念。但有生即有情，佛家稱有生之物爲有情……一縷情絲，牢牢繫上了這少年男子……」這一段本身並無不妥。只是減少了留白。其中說「牛馬豬羊、魚鳥蛇蟲等等，也均有情」，不免高深而突兀。進而，後面公孫綠萼質詢父親時，加上了「……剛才你中毒針後要解藥，說過要讓他們出谷，不加阻攔，這話便不守信。剛才比劍，明明是他們饒了你，人人都瞧見的……」如此質詢，副作用是情感立場模糊了道德立場，人們會以爲她爲情郎而忘父恩，公孫止的發怒易被理解成是被女兒的「惹氣」所致。

第二十回，小龍女回應公孫止，新修版中增加「你對我使過不知多少壞心！」且將流行版的「原也不必跟他客氣」改爲「我好後悔先前饒他性命！」前一說不合真實，後一說不符合小龍女的心態：她對公孫止生氣，不是他對她「使過多少壞心」，而是因爲他對楊過使壞心。其實她仍然感激公孫止，也知公孫止對她一往情深。如此這段情節才張力十足。若改了，小龍女成何人哉？

第二十回中，楊過用自創的「古詩劍法」對付公孫止，新修版增加一段：（楊過）「忽然想起，當日在程英的茅舍中養傷之時，枕邊有一本四言詩集，躺在床上無聊，曾加翻閱……這時心中想起……」這一段首先不是地方，此時楊過正在與公孫止決鬥，插敘會破壞節奏；其次「忽然想起」與後面的「這時心中想起」相重複。這一段與後文中楊過答小龍女問及「前幾日我躺著養傷，床邊有一本詩集……」又重複。至於其他內容，也應該在楊過與小龍女對話之後，由作者敘述，而不應該讓楊過在此替作者說。

第廿一回，楊過要殺郭靖，流行版中的情節是楊過動手之際，被瀟湘子擋開（此人不

願意楊過刺殺郭靖而成為蒙古第一勇士）。新修版進行了顛覆性的改動，在楊過要刺殺的那一剎那，小說中增加了一大段敘述，大意是楊過感到郭靖身上的熱氣，下意識地產生孺慕之情，從而不能下手，進而，在瀟湘子動手的時候，楊過「自然而然地用劍隔開哭喪棒」。這樣的改動是得不償失。流行版中這段情節，把楊過的衝動性格推到極致，也讓緊張懸念張力發揮到極致。楊過殺不殺郭靖的懸念延宕得越久，他的個性表現就越突出，而戲劇張力也就越大。新修版立足於楊過對郭靖的孺慕之情，看起來似乎真實，但其中疑問是，其一，出劍的一剎那如何能夠延宕如此之久？其二，楊過要報父仇，如何會有「至於親生之父，只不過是一個虛無渺茫的意念，既從來沒見過他面，也不知他是否愛惜自己……」之想？讓他這樣想，是徹底顛覆了楊過的性格和心理價值觀，變成了一個實用主義者，讓人鄙視。其三，楊過提前救人，後面的許多戲便被洩氣了。

第廿四回，新修版將原來的回目《意亂情迷》改爲《驚心動魄》，新回目將主題焦點由情感心理的層面改爲情節傳奇的層面。

第廿四回，甄志丙與趙志敬爭執中提及甄志丙對小龍女的玷污，被小龍女聽到，是小說的重大關鍵之一。對此，流行版中讓尹志平說「倘若我不說，你也不會知道，是不是？」，暗示玷污小龍女一事是他自己對趙志敬說的。這絕無可能。這事見不得人，一旦暴露便身敗名裂，如何能對人說？退一步說，他要找人分享，也絕對不會是趙志敬。尹志平年近不惑，且精明能幹，何以會犯下如此幼稚的錯誤？所以流行版之說不能成立。新修版的修改卻變本加厲，讓甄志丙對趙志敬說「……那晚她躺在地下玫瑰花旁，一動不動，不管我如何親她疼她，吻她的小嘴臉頰，她半點也不抗拒……」進而大段抒情：「在我心中，她是藐姑射山的仙子，是王母娘娘的女兒媚蘭……」使這段情節成了中學生戲劇。實際上，這場談話，越簡潔越含糊就越真實，也越好。

第廿四回結尾處，新修版增加了趙志敬的心理活動的另一個層面，即保護甄志丙不讓小龍女殺掉的原因，表面上看固然有理，但趙志敬與甄志丙一起逃亡，應該有更大的闡釋空間。現在說，顯得趙志敬全無人性，反而不好。

第廿五回，全真教緊急召回甄志丙（**尹志平**），流行版中說是要讓他當掌教，固然不妥（**要任命新掌教，不必急於一時**），新修版改爲急召甄志丙任代掌教，同樣不妥。甄志丙已是第三代首座弟子，在長輩閉關之際，可代行掌教之權。再說，在新修版中，丘處機等人剛剛派甄志丙率人增援襄陽，又馬上將甄志丙緊急召回，也不合邏輯。全真五子爲了對付小龍女而閉關，現在又置襄陽危難於不顧，如此只顧門派私怨而不顧民族大義，全真老道實不光彩。要緊急召回甄志丙，除非是在老道閉關之後，全真教面臨大事（**例如蒙古**

冊封教主），而不得不將首座弟子甄志丙緊急請回來商量。

第廿五回，甄志丙私自將代掌教之位讓給趙志敬，本身就是一個兒戲般的情節（不知道他們如何向丘處機等人交代），而新修版中，趙志敬的道號竟然也有「知幾真人」與「清肅真人」兩個。

第廿六回寫楊過練成重劍，新修版增加了一段「又想」，即說玉女心經的求輕求快「也並非錯了」，如此平衡看似周到，實則破壞了武學的層次區分。

第廿六回，楊過回襄陽找郭芙報復斷臂之仇，新修版在其間增加了四個自然段，讓楊過「又想……此刻要傷她雖易，究非男子漢大丈夫的磊落作爲」，加上郭靖、黃蓉私語，黃蓉要郭靖用降龍十八掌打女兒的屁股而別不理睬郭芙之類，除了交代郭芙斬斷楊過手臂之後曾出去躲避十多天這一資訊相對有意義外，都甚無聊。

第廿八回，楊過和小龍女在重陽宮中拜堂，新修版讓楊過多說了一段禱告詞：「祖師爺」王重陽賠罪，並表示願爲全真教奔走效勞，既不符合楊過的性格，更不符合此刻的心境，作者要爲楊過臉上貼金，結果使他成爲花臉。

第三十二回，楊過教陸無雙修習《玉女心經》，新修版增加了一段「《玉女心經》的精要本在兩人聯手拒敵，兩心相通……」這一說，對《玉女心經》其實是一種簡單化，真正作為林朝英心靈筆記的玉女心經應該包含許多層次，諸如女性獨立層次，打敗情郎層次，以及（最後）情侶聯手層次等。

第三十三回，郭襄要跟大頭鬼去見神雕俠，流行版中，郭襄稱說：「前輩，請你帶我去！」而新修版中改為「前輩大叔，請你帶我去！」莫名其妙。

第三十四回，楊過施展「黯然銷魂掌」而沒戰勝老頑童，流行版說他收起狂傲之氣，稱對方「周老前輩」，新修版卻讓他稱對方「伯通老兄」，進而說自己當對方是「好朋友，好兄弟」，這些修改，似是而非。直呼其名「伯通老兄」，豈是年過三旬的楊過作風？自封好友、好兄弟，也不合楊過孤獨者性格。

第三十四回末，老頑童寬恕了慈恩，但新修版卻讓老頑童說「和尚，我當你是朋友！」不僅讓朋友貶值（寬恕與朋友風馬牛不相及），也讓寬恕貶值（對朋友寬恕算不得什麼）。

第三十七回，楊過回到嘉興，本來適逢大雪，流行版中也一直是冒雪而行，且大雪始終未停；但新修版竟讓楊過不斷「冒雨而行」，直到「大雨稍歇」，莫非是校對錯誤？

第三十九回，郭襄被綁在高臺上，郭靖無法相救，對女兒喊話，流行版中，郭襄的回答是「爹爹媽媽，女兒不怕！」言簡意賅，英勇慷慨，已非常好。新修版卻讓她說：

「……女兒名叫郭襄，爲了郭家名聲，爲了襄陽，死就死好了！你們千萬別顧念女兒，中了奸計。」又囉嗦又虛假。

第三十九回，楊過回憶郭襄追隨他跳崖，求他不可自盡，楊過說「我答應了」已很好。新修版畫蛇添足，讓郭襄說「你是神雕大俠，言出如山！」楊過答：「是不是神雕大俠，倒不打緊。小妹子自己跳下來叫我不可自盡，我必須聽話！」

三、無價值修訂與該改而未改

在新修版中，有一部分屬於可改可不改，即無價值增訂，當然也還有一部分是本應修訂但卻被作者忽視的細節。

下面先說無價值修訂。

新修版第五回中，增加了楊過和小龍女關於「冷天也穿白衣」的談話，這一修訂，最好的評說也只能是可有可無。

新修版第六回中，增加了小龍女教授楊過練功的內容，其中一處長達二個頁碼之多，內容不過是「一般修習內功之道，多爲增強內力……」，以及「古墓派祖師林朝英當年創此武學，只旨在勝過其心中愛侶王重陽，但求於對方出乎不意之時在其後頸或背心輕輕拍上一掌……」之類，還有幾個招式名稱如「柔網式」、「天羅地網式」之類。這些內容之可有可無，理由是對楊過和小龍女的生活和個性沒有提供真正有意思或有味道的資訊。

新修版第八回中，楊過逗引陸無雙發怒時，新增了一段：「楊過自小便愛逗人爲樂，生性頗有幾分流氣……這時尋小龍女不見，正自傷心氣苦，便以逗弄這少女爲樂，稍洩悶氣。又可見到她生氣的模樣，聊以自慰，以爲見到了姑姑。」這一增加當然並非不對，但也沒有增色，多了細緻之長而少了含蓄之美。

新修版第九回中，將耶律楚材的長子、耶律齊的大哥之名，由「耶律晉」改爲「耶律鑄」。進而，將流行版中「……窩闊台做了十三年大汗之後，他兒子貴由繼位。貴由糊塗酗酒，只做了三年大汗便短命而死，此時是貴由的皇后垂簾聽政。」改爲「窩闊台做了十三年大汗逝世，皇后尼瑪察臨朝主政。」

新修版第十一回將「藏邊五醜」改成了「川邊五醜」，原因是他們的祖師爺從西藏的金輪法王變成了純粹的蒙古國師，與西藏沒有半點關係了。

新修版第十一回中，增加了楊過渲染全真派郝大通殺害孫婆婆事，且質問對方敢不敢出去讓大家評理的段落，本來很好，但後來再讓楊過罵對方「郝大通，你這無恥凶徒，妖道惡棍，這場血仇，我遲早要報……」則有些過。畢竟，楊過的主要仇人不是郝大通，而是趙志敬。後來，楊過罵趙志敬爲「豬狗不如的老雜種」，才算是言歸正傳，不過，此類罵人話其實也屬可有可無。

新修版第十五回中，增加了一段楊過與程英關於稱呼的對話，究竟要稱對方爲「師姊」還是「姑姑」，倒是不難看，也不算錯，但若沒有這段，並無問題。

新修版第十六回，增加了楊過與程英研討彈指神通和玉簫劍法的情節，共二個自然段。修煉武功當然很好，但楊過裝腔作勢討程英歡喜、以至於陸無雙問他們「玩不玩拜天地」，那就是另一回事了。

第三十一回，小龍女勸楊過娶公孫綠萼，說她人很好，流行版中，楊過只說「公孫姑娘自然是好」，新修版中增加了「不但好，而且非常之好！」有啥意思呢。

第三十八回中，程英、陸無雙陪黃蓉尋找郭襄，流行版中有程英拈花吟詩、黃蓉感慨傷懷的細節，稍嫌做作；新修版照舊，但增加了三人見秋海棠、說「斷腸花」，或許有人會說好，但人爲痕跡非常明顯，有不如無。

第三十九回末，戰爭結束，郭靖要上華山，流行版中說「此件大事已了」，新修版改爲：「蒙古雖然退兵，或者又再來攻，請各位在襄陽稍作休息，瞧明敵軍動向，以免上了惡當。周老爺子等幾位傷勢未曾痊可……」雖然周到，卻不乾淨俐落。而第四十回開頭竟又出現「受傷眾人在道上緩行養傷」之說，不免自相矛盾。

下面再說該改而未改的細節。

第一回中寫道：「卻見牆上印著三排手掌印，上面兩個，中間兩個，下面五個，共是九個。」不久之後卻又寫道：「第三排的兩個，是對付無雙和小英。最後三個，打的是阿根和兩名丫頭。」讓人疑惑，到底是三排手印，還是四排？進而，九個手掌印，還有邏輯矛盾，若李莫愁不知道陸展元夫婦已死，何以知道程英寄居在陸家及陸家三個傭人？反之，若連程英、三傭人都調查清楚，何以竟又不知道陸展元、何沅君夫婦已經死了？新修版解釋說：「上面一對手印說明是要殺陸展元夫婦以洩當年的怨憤，即使死了也要將他們拆骨揚灰……」可是，李莫愁的弟子洪凌波卻又不知道陸展元已死，她出場時說：「但取陸家一門九口性命……」這又是爲何？

第一回中，武三通將兩個兒子從陸家抱出來，但到半路上，忽然沒來由地將小兒子武修文獨自留在樹林中。這樣做當是讓武修文遇到郭芙，人爲痕跡明顯。說武三通瘋瘋癲癲或力氣不支是說不通的，因爲他此後曾兩次同時抱走兩人，即先是程英和陸無雙，後是陸立鼎夫婦，都沒出問題。

第二回書中，楊過自始至終都沒有提醒義父其名當爲「歐陽峰」，他明知義父爲不知自己是誰而苦惱，也曾聽到郭靖提到歐陽鋒之名，以楊過的聰明及對歐陽鋒的感情，都應提醒歐陽鋒這一細節。可楊過見歐陽鋒兩次，且在一起的時間都不短，但始終沒有說這一訊息。

第三回中，郭靖、楊過將兩頭驢子拴在普光寺外的松樹上，後來郭靖、楊過追趕兩個道士上山，將兩頭驢子忘了。他們丟下驢子可能有充足的理由，但郭靖曾經放牧，楊過喜歡動物，這兩個人都不會丟下驢子不管，至少也應該放開韁繩讓牠們自由吃草吧。

第四回書中，霍都等人將重陽宮鬧得一塌糊塗，郭靖問這些人是誰，而丘處機並不馬上回答，而是將郭靖帶往後山去看一塊碑，進而念詩、讓郭靖猜測碑上的字如何刻上、說王重陽和林朝英的歷史故事……丘處機要對郭靖敘述往事，當然沒有問題。但此時郭靖剛到、天色已晚、重陽宮的大火還沒有撲滅，丘處機要找郭靖上後山說往事，時機實在不對。哪怕是丘處機先帶郭靖去保護小龍女，回來的路上經過石碑，順便說起，也要比現在的安排好得多。

第十八回，楊過和小龍女一起去公孫止的劍房尋找武器，趁旁邊無人，兩人熱情擁吻。這一細節看起來沒有問題，他們兩情相悅，親吻乃天經地義。可是作者忘了，楊過身中情花之毒，想一想情人都會疼痛難忍，若是擁抱還帶接吻，血液循環速度增加多倍，能沒有痛苦？

第二十回，楊過與郭靖對話中有「郭伯伯，你死之後，我必會記得你今晚這一番話。」其中「你死之後」這樣的話，豈不是暴露自己的殺機？這話如此刺耳，郭靖何以竟沒絲毫反應？郭靖正當英年，身強力壯，何以有「你死之後」這一說？楊過要暗殺郭靖，怎會如此大意？

第三十回，裘千尺「心中所記得的兄長乃是個剽捷勇悍的青年」，實際上，裘千尺在二十年前離家出走時，其兄裘千仞至少年過四旬，不再是青年了。

第三十九回，郭靖對襄陽安撫使說：「安撫使何出此言？襄陽在，咱們人在，襄陽亡，咱們人亡！」實際上，應該是「人在襄陽在，人亡襄陽亡」才對。

四、楊過與小龍女的欲望與情感

新修版修訂最多的，是楊過和小龍女的生活細節。

新修版第六回中，增加了大量篇幅，敘述楊過和小龍女在古墓中的生活內容。諸如練習「天羅地網勢」，談論「聯手痛打牛鼻子，挑了全真教」，以及楊過明明覺得「氣悶之極」，但卻對小龍女說「我願意在這古墓中陪你一生一世」，進而怕小龍女將他趕出古墓而大哭且「哭得幾乎是故意撒嬌」，小龍女說他會氣悶，楊過發誓說「我陪著你在一起，一點也不氣悶，反而開心得很。你如不許我陪你，我就一劍殺了我自己」，當天晚上，楊過夢到白蝴蝶，在夢中抓住了小龍女的兩隻腳……以至於小龍女不得不從此與他分房而息。

以上這些內容，是楊過和小龍女在一起的日常生活細節。單獨看，每一個細節都是可能的，也並不違背青春欲望和人性本能。然而，將這些細節放在一起，尤其是放在楊過和小龍女的人生和情感的大框架中看，味道就不大對頭了。

首先，楊過練功未成，就要去挑了全真教，小龍女不覺得他孩子氣，反而與他正經八百地討論全真教的道德形象，這已不合小龍女的習慣和個性。

其次，楊過明明不可能在古墓中生活一輩子，自己也知道這一點，卻偏偏要對小龍女發誓陪她一輩子，這看起來是楊過故意說謊。

再次，楊過因小龍女說要考察自己是不是乖而撒嬌做癡，已經有點肉麻，進而十六歲的楊過還要故意撒嬌大哭，就更讓人起雞皮疙瘩了。

最後，十六歲的楊過開始注意小龍女的白腳，進而想到「我一生一世在這裏瞧著她這對小小的白腳兒，那一生一世就開心得很。」進而在睡夢中「心口突然一團熱氣，慢慢向下移往小腹，突見一對白蝴蝶忽上忽下，忽左忽右地在眼前翩翩飛舞。楊過看了一會，瞧得有趣，疾躍而起，伸出雙掌……」抓住小龍女的雙腳，這些性欲本能的衝動和性意識萌發的描繪，本身當然沒有什麼問題，而且文字很美。楊過是一個青年，當然可能會有欲望衝動和性意識萌發。問題是，其一，性意識萌動之後怎樣？若無後續，就不如不寫。實際上，楊過很快就要與小龍女脫掉上衣練習玉女心經，此時楊過如何能夠迴避自己的欲望？其二，更爲重要的是，這二人的關係有一個先天限定，那就是在小龍女離開古墓之前，楊過一直不敢將小龍女當作自己的戀愛對象。即不僅是不敢將小龍女當成妻子，也不敢當成情人或欲望對象。新修版書寫楊過的性欲覺醒和性意識萌動，而又不能讓它繼續正常發展，最後還要反過頭來寫楊過的蒙昧，豈非自相矛盾，自找麻煩？

新修版第六回中，還寫到古墓派武功分爲若干篇，並說到除了室內所刻的心經要訣圖形之外，還有口傳詳解，說小龍女和楊過在練習劍法時折斷劍尖、鍾鈍劍鋒，這些當然沒有問題。但接下來就有些問題需要討論了。

作者解釋說：「殊不知『無鋒劍』不易傷人，乃因林朝英只求克制全真劍法，無意當真與王重陽性命相拼……蓋林朝英和王重陽對劍之時，七分當真，卻有三分乃是戲耍……」這一段畫蛇添足的敘述，實在問題多多。

在流行版中，林朝英所創的「玉女心經」如同一個博大精深的經典，在小龍女和楊過不斷的閱讀和實踐中逐漸呈現其中奧妙，讓人浮想聯翩，最後在酒樓上共同對付金輪法王時，才揭露其最後的、也是最深的秘密：一、真正的高潮段落，應該是玉女劍法與全真劍法相互配合、共同對敵；二、在雙劍合璧之際，已經只有制伏對手之能，而沒有傷人害命之心。這兩條奧妙，完全符合林朝英的玉女心態，合情合理，讓人遐想，更發人深思。

而現在，作者迫不及待地揭開林朝英創作玉女劍法的最後心理秘密，是過早洩露天機，大煞風景。進而，以上所改，說林朝英的這一套「玉女心經」，完全是用來對付王重陽，這實際上是否定了林朝英獨立人格和事業心。按這種說法，林朝英是一個愛情至上之人，而不是對武功藝術極爲癡迷之人，如是，就不是原來的那個林朝英，因而她和王重陽的故事就該重寫了。

進而，說林朝英的這套武功完全是用來與王重陽打鬥，因而沒有劍尖、也沒有劍鋒，打鬥不易傷人，這不符合林朝英創作這套武功的初衷。王重陽武功蓋世，林朝英如此戲耍，如何能與王重陽旗鼓相當？

進而，作者揭開了秘密，說林朝英三分戲耍和撒嬌，才能「常常」在與王重陽的比武決鬥中獲勝。第一，林朝英與王重陽並非「常常」比武，因爲王重陽早年忙於驅除韃虜的事業，後來幽居活死人墓；第二，林朝英與王重陽的經典之戰，已經被丘處機敘述過，是拼鬥到最後，林朝英改變賭約，即她若失敗就自殺，才逼迫王重陽不得不讓她一招，哪來的武功耍賴的機會？

進而，作者如此寫，似乎忘記了林朝英與王重陽之間誰也不服誰的基本情況，若是有一方耍賴，那就沒有了平等對立的基礎，談何性格心理衝突？在上面的這段話裏，作者表現出對女性超級高手林朝英的輕視之意。

進而，作者似乎忘記了，林朝英的玉女心經的創作，實際上是在幽居古墓之後，是自己一生武功的精華總結，也是幽居心態的間接體現。也就是說，林朝英的這一套武功，王重陽其實沒怎麼見過，如何會說什麼王重陽容讓才讓她獲勝？

進而，這樣的寫法也自相矛盾。因爲小說中的一個關鍵性的情節，是王重陽被林朝英的武功克制——是真正的克制而不是耍賴，證據是，楊過後來用玉女劍法克制了趙志敬和甄志丙——很不服氣，因而多年之後還要重新進入活死人墓，將九陰真經刻在墓裏，表明「重陽一生，不輸於人」。若王重陽早知林朝英的武功壓根兒就不能戰勝他，他還有必要將九陰真經作爲「一生不輸於人」的王牌？

總之，上面新增加的這一段，純粹是多餘，而且大大破壞了小說原有的肌理。

在第六回中，新修版還增加了更重要的部分，是對小龍女和楊過之間情感在無形中發展、積累、深入的描寫。這一設計創意本身當然是美妙的，只可惜具體的寫法卻有點「邪」。

書中說：「玉女心經練到第七篇之後，全是二人聯手對敵之術，雙劍合璧，男攻則女守，男守則女乘機攻敵……二人心中皆存了個全真道人在，試招者每每便是郝大通……有時跪地求饒者竟是丘處機。師徒二人大樂，相對大笑。」

這一段看起來寫得非常有意思，但其中有明顯問題。

第一，楊過和小龍女如何雙劍合璧？是兩個人都使用玉女劍法嗎？林朝英爲何會創造兩個使用玉女劍法的人聯手對敵的招術？若說楊過和小龍女的聯手，是一個人使用玉女劍法，而另一個人使用全真劍法，則楊過和小龍女的武功見識卻又沒有到如此火候（**否則後來的情節就沒有必要了**）。

第二，兩個人練劍，如何雙劍合璧？沒有對手，如何對實戰進行合理的想像？作者忘了，這二人直到武林大會之後，仍是一攻一防，而沒想到雙劍合璧。

作者的目的是要引發下段：「小龍女受師之誡，不可大悲大樂，自知不合，忙收斂笑容。楊過……忍不住便想伸臂將她抱在懷裏，親她幾下……小龍女問道：『你這招是什麼？』楊過道：『我怕丘處機跪在地下……因此我要全力護你。』」

這一段的問題之一，是只顧其一而不顧其二，楊過是小龍女的徒弟，難道沒有同樣的師門之誡？即使是楊過如火，二人互相影響，但要在古墓中長期平靜相處而不涉情欲，非「不可大悲大樂」不可。

問題之二，在這樣的情況下，恐怕不是楊過本人的情欲衝動，而是作者讓他衝動。因爲在楊過眼裏，小龍女是師尊，沒有男女性別之念（後來有大量敘述基於這一點展開），只有作者才會把此時的小龍女看成是一個讓人衝動的美女。

問題之三，楊過衝動之後又自我抑制了，看起來似沒問題。但他卻向小龍女說謊，這又破壞了另一條規則，那就是楊過本不會也不該向小龍女說謊。

其實，作者不僅替代了楊過，實際上也替代了林朝英。因爲後面的敘述更加離譜，不僅說楊過上面的搞法「正是《玉女心經》第七篇的要旨所在」，還設計了更加猥褻且露骨的性愛招式「亭亭如蓋」，要旨是：「這一招我……摔倒在地……你撲在我身上回護之時，必須兩腿分開，撐在地下，腰脊出力挺住，上身才不致當真壓在我身上……」

這不是在模擬做愛姿勢嗎？

創造這一招式的林朝英，此時已經完全不像是超級武林高手，而是一個尋常的花癡。小說中說什麼「殊不知林朝英創建這些招式之時，設想自己臨敵時遇到危難，王重陽只因愛極了自己，竟肯捨卻自身，來救愛侶。」這一說法根本不成立，林朝英已是絕世高手，有王重陽天下無敵，何須如此荒唐設想？

作者硬要解釋說這是林朝英在古墓之中相思之情發作（其實是情欲發作），想出如此招式用以自慰，但林朝英怎會將自慰招式當成古墓派的經典？更重要的是，林朝英進入古墓後，強烈排斥、抑制這種情感，以至於矯枉過正，以不可動情爲古墓派的修行要訣。既如此，她本人又怎會如此放浪自己的欲望想像？

搞到這一地步，還沒有算完。小龍女「師尊的架子尊嚴盡去」，進而還有「願爲鐵甲」這一招，即「楊過須得雙臂環抱小龍女，似乎化爲一件鐵甲，將她周身護得不受敵傷」，最後「伸嘴欲在她臉頰上一吻」……這些，當真是林朝英創作出來的古墓派玉女心經武功？若是如此，小龍女的師傅早就應該在武林中招收男伴，而不會終老於古墓之中了。

對於楊過和小龍女而言，這樣的武功實在是高度危險動作，欲蓋彌彰，也得不償失。

作者要寫的，當是兩人之間情感和心靈的交融，而不是欲望或身體的接觸。這樣的身體接觸，後患實在太多：楊過這時候還不懂得男女之性，而一旦有了性經驗或性衝動，再要回到混沌狀態，幾乎就不可能了。否則，楊過如何能只把小龍女當作純粹的姑姑、師父，而不當她是情人、欲望對象？

小龍女形象深入人心之處，就是她的聖潔，一塵不染，混沌天真，對男女的情感、欲望始終似懂非懂——甄志丙玷污了她，實際上是對她的性啓蒙——無論怎樣，小龍女都不應該充當誘導者、甚至誘惑者。所以，有關「亭亭如蓋」的部分，並無美感，更無必要。

當然，如何講述及描寫楊過和小龍女在古墓中的生活和情感狀態，是一個值得研究的問題。作者希望在修訂版中增加這方面的內容，本來無可非議。但要涉及男女性愛欲望心理與行爲的話題，在這部小說中，則是一個「危險的雷區」。

《神雕俠侶》的妙處，在於楊過和小龍女在古墓中共處時，兩人之間沒有性別之分，心理上也都一片混沌這一根本性的傳奇假定。

按照通常的人性本能，這對青年男女單獨相處多年，不僅會互相愛戀，而且多半會有性愛生活，甚至生出許多孩子來。但，楊過和小龍女是傳奇中人，他們與常人不一樣，如此才讓讀者感到新奇、欣賞和羨慕。他們的與眾不同之處，其一是師徒關係，其二是古墓派的規矩森嚴，其三是小龍女一貫冷若冰霜，其四是楊過對師傅小龍女敬若天人，其五是這兩人的日常相處如同家人，沒有欲望漣漪。

直到小龍女受傷、楊過發誓要與小龍女在一起，小龍女的自我約束之心才逐漸鬆弛，從而有情感恣肆的機會，真正的突破口卻還是在甄志丙與之發生性愛關係之後。而即使是此時，楊過對小龍女也仍然沒有半點情色性愛之想。這才有小龍女傷心離去，楊過萬里尋師的故事。流行版的敘述已經恰到好處，因爲這兩個人的感情，在活死人墓中並未真正萌芽，只是愛情種子已播下，需要他們在一次又一次的分離之中慢慢去發芽、生根、開花和結果。

在新修版中，作者試圖挑戰這一假定性，一定要讓楊過和小龍女在性愛欲望與性愛衝動的邊緣徘徊，把這一對師徒在活死人墓中和諧相處的故事變成一段情色故事，而又不想徹底顛覆原先的假定，結果當然只能自相矛盾，人爲地製造新的漏洞。

作者認爲這是描寫人性，當然不錯。問題是，人性之複雜多變，正是小說家縱橫想像的基礎，小說情節之成立，正在於在各種有趣的假定性環境中所展現的人性風貌。林朝英和王重陽當年有情人而不能成爲眷屬，楊過和小龍女的情感產生於不知不覺間，其非凡的個性才是其深刻人性的載體。失去了這一載體，只是演繹「人人都有欲望」這一「普遍人性」，則小說存在的價值就要大打折扣了。《神雕俠侶》的獨特神韻，也因此而受到了嚴重的破壞。

新修版在第六回中還有一處重大修訂，那就是關於楊過離開古墓的敘述。流行版的情節是：小龍女自知重傷難癒，因而要殺了楊過，以便同死。然而小龍女在劍尖指向楊過喉頭之際「見到他乞憐的眼色，突然心中傷痛難禁，登時眼前發黑，全身酸軟，噹的一聲，長劍落地，接著便暈了過去。」從而楊過「一呆之下，當真是死裏逃生，急步奔出古墓。」這一情節符合人性情理，也很符合小龍女和楊過的性格。若說有什麼疑問的話，那就是楊過是否會在小龍女暈倒的時候迅速離去？

新修版中的情節改爲楊過曾有機會與小龍女對掌，並乘機奪下小龍女手中的長劍，「但他無論如何不肯以一指相加於師父」，以至於小龍女再次獲得刺殺楊過的機會，但最終還是不忍心，因而長劍落地，小龍女並沒暈倒，楊過轉身就逃，但臨出門時看了小龍女一眼。「楊過心中大慟：『姑姑就要死了，我說什麼也不離開她！她要殺我，讓她殺好了。』」進而表白：「我捨不得離開你！你殺了我也不打緊。你如真的死了，我就自殺，否則你到了陰間，沒人陪你，你會害怕的。」楊過出古墓，其目的不再是逃命，而是去爲

小龍女搞（偷或搶）藥。＊

新修版的這一寫法，整整一個頁碼的情節，不僅使流行版中的那種扣人心弦的緊張感無影無蹤，且讓二人的重大命運懸念蕩然無存。既然知道楊過是去買藥，哪裡還會有絲毫緊張和懸念可言？

進而，看起來新修版是表現楊過對小龍女的深情厚意，但這種情意的表達卻顯得非常虛假做作，離人性的真實和楊過的衝動個性越來越遠。任何一個人面對突如其來的生命危機，都會本能地保護自己。楊過的出逃，絲毫也不影響他對小龍女的深情；他逃走之後再想到小龍女生死未卜而毅然回到古墓，才顯得更加難能可貴。而現在，讓楊過將自己的生死置之度外，不但減少了面對生死危機的本能刻畫，而他的那些情感表白，根本不像是由衷之言。如此，便把楊過對小龍女的真情虛化，至少是將深情淺化了。

此後，楊過與小龍女的身體接觸不斷增加。小龍女讓楊過離開古墓，楊過首先是「奔上去抱住她」，然後再哭訴自己不願離開；楊過出人意料地在斷龍石落地之前回到古墓，

＊新修版中還有一句「楊過心想古墓中沒銀子去買藥」的話，這實際上也不合情理，古墓並不生產糧食，當然也不生產棉花蠶絲，若無銀兩，小龍女和楊過即使不餓死，也會沒有衣服穿。沒有銀兩之說，顯然比較過分，也顯得很不真實。

先是小龍女「撲在楊過身上只是喘氣」，接著自然是「楊過輕輕摟住了她，輕拍她背脊。」

在流行版中，小龍女問楊過，若是另外的女子也像自己這樣對他好，他會不會也待她好，楊過回答說「誰待我好，我也待她好。」此時楊過並不懂得這話對對方是一個傷害，只是說真話。發現小龍女臉色蒼白，且說「你若要再去喜歡世上別的女子，那還是別喜歡我的好。」楊過也不過笑道：「咱們沒幾天就要死啦，我還去喜歡什麼別的女子？難道我會去待李莫愁和她那個徒兒很好嗎？」這一情節，已非常貼切，也大有味道。新修版中，作者卻畫蛇添足：「楊過心中一驚：『世上女子千千萬萬，要是千千萬萬個女子都待我好，難道我就喜歡那千千萬萬個女子？……』說道：『姑姑，我待他們好，那跟對你不同的……世上如果另外有個女子，像你這樣待我好，我也當她是好人，只是好朋友就是了，但我決不能爲她而死。』」進而表白：「……就算你天天打我罵我，用劍每天斬我一個傷疤，我還是真的喜歡你。老天爺就算要我做狗做貓，你天天鞭我踢我，我也定要跟在你身邊。姑姑，我這一生一世，就只喜歡你一個人。」

說新修版的這一段是畫蛇添足，理由如下。

首先，楊過這些話，是在表達男女之情嗎？如果是，那麼後面怎麼會不敢認小龍女爲妻？如不是，此說豈不是荒唐無稽？

其次，楊過的表白看起來絲絲入扣，頭頭是道，但骨子裏卻顯自私和虛僞。即只愛自己的姑姑，而對別的女子只是當好人、當好友，他既然不敢把小龍女當妻子、當情人，那麼他的這一番表白，豈不是說此後永遠不會真心對情人女友？

再次，楊過的這番表白做作，看起來深情，實際上卻是放浪，他似乎完全沒有想到「沒有幾天好活」這一殘酷事實，而遐想到世上千千萬萬的女子對自己如何、自己對女子如何……楊過是什麼人呢？

最後，楊過對小龍女如此鍾情，首要原因恰是小龍女對他好。若小龍女對楊過刻薄寡恩，楊過豈能對她如此？所以，上述最後一段，說不論小龍女對他如何、甚至待他如同貓狗他也會甘之如飴，這種情話實在庸俗且虛僞，不像楊過所言。

作者忘了，小龍女心中將楊過當成了情人，而楊過心中的小龍女卻仍是姑姑和師父，而並非情人。如此，在新修版中才會出現這樣的情形：「兩人手掌相接，登時心靈相通，深知此生此世，互相決不相負。兩人相望，石室中雖光亮不足，也感到有如說了千百句言語，互證情意，決無他日變心之虞。」

很快就真相大白。小龍女被甄志丙姦污，以爲是獻身於楊過，指望楊過對她如對妻子，但楊過仍然稱呼她爲「姑姑」，並且明確表示自己決不敢有娶姑姑爲妻的妄想，使得小龍女傷心吐血。新修版增加了兩大自然段，細述小龍女的心態。*不能說加得不合理，但並不比流行版中小龍女「只氣得全身發抖，突然『哇』的一聲，噴出一口鮮血」的細節更好。

第十三回，楊過與小龍女在武林大會上重逢，新修版增加五個自然段，從「楊過凝視小龍女，見她頭髮散亂，伸手輕輕給她理好……」到「……小龍女……心中的喜悅甜美，當真難以言宣，全身放軟，靠在楊過身上。」

增加這二人見面的細節描寫，本身當然沒有問題，新修版也因此顯得比流行版更加周到。只不過，新修版中的細節，並非全都恰到好處，寫小龍女適當撒嬌，當然沒有問題；問楊過一天要想她幾次，也問題不大。但小龍女說「（想我）兩百次不夠，我要三百次。」和「你吃飯的時候也想我，又多一百次，一天想五百次。」進而升級到「八百次」、「一千次」，恐怕就稍稍有點過。

*從「小龍女昨晚給歐陽峰點中穴道，於動彈不得之際遭人侵犯……」到下一段的「……那還不是變了心，等於是斬釘截鐵地說：不要我做他的媳婦。這不是蛛絲馬跡，加意提防又有什麼用」止。

進而，在霍都暗算朱子柳後，又增加一段：「楊過心情激動，說道：『姑姑，我叫你叫慣了，嘴裏仍叫你姑姑，心裏卻叫你媳婦兒！』小龍女微笑道：『好的，沒人的時候，你可以叫我媳婦兒，嗯，媳婦兒，媳婦兒，我愛你這麼叫我！』……」這一段顯得多餘。前文中已經有了二人「執手而語，情致纏綿」的概述，非常含蓄，給讀者留下想像空間，比說出這些話來更有意趣。

第十七回中，楊過與小龍女在絕情谷中重逢，流行版已經寫得生動簡潔，接近完美，作者在新修版中卻硬要改寫，加入「她一生之中雖未與師父、孫婆婆談論過愛情的真諦」，以及「若二人易身而處，楊過愛她之情既不弱於小龍女，所作決定，也當是『讓對方喜樂，由自己心痛』」之類說教，以及「……我一切全是爲你好，好好走吧」之類臺詞，非但沒有增光，反而有所減色。

小龍女和楊過的愛情，純係靈性本能，不勞理論總結。直接寫來會生機勃勃，而一旦加入議論思辨，就變成了「**（理論的）**灰色」。

第十八回中，新修版增加了楊過爲了讓小龍女相認，故意摔倒，繼而假哭，讓小龍女打屁股等三個自然段，也實在沒趣。如上所說，楊過與小龍女的愛情之美，在其純真之愛和性靈之美，而不在肌膚的接觸和俗氣的打情罵俏。

五、絕情谷主公孫止

新修版改動較大，且較失敗的，是對公孫止形象和行為的改動。

第十八回，楊過與公孫谷主的衝突過程，流行版中已經寫得相當清楚，也很到位，看不出有什麼修訂的必要。但作者卻並不滿足，在新修版中增加了許多內容，有更多回合，更多曲折。

一般說來，更多回合與曲折應該是好事，但在楊過與公孫止衝突打鬥過程中新增加的這些回合與曲折，卻並非好事。至少，並非全部是好事。

新修版增加的第一條情節線索，是楊過設法用古墓派的玉蜂金針打入對方穴道，然後又給對方解藥，條件是讓楊過和小龍女平安出谷。然而公孫谷主得到解藥後卻又出爾反爾，楊過的努力於是落空。

這一條線索包括這樣幾段情節，其一，是楊過用玉女心經的快掌打擊公孫谷主穴道的段落（包括多個自然段）；不料公孫谷主自閉穴道，楊過的打穴沒有效果。其二，楊過再次打擊公孫止的穴道，乘對方不備，將玉蜂針打入對方身體。公孫綠萼為父親求解藥，楊過讓公孫谷主放大家平安出谷，便給他解藥。其三，公孫谷主拔針去毒後，馬上翻臉，說自己並沒有說話不算數，即「不過要在十年之後，柳姑娘要先跟我拜堂成親，你小兄弟啊，在谷裏給我砍柴種花，住上十年，那時候我就讓你平安出谷……」這樣一來，瀟湘子、尼摩星，甚至樊一翁、公孫綠萼等人，都對谷主的做法不以爲然。

很明顯，作者要這樣修訂，是提前將公孫止卑鄙無恥的形象本質暴露在讀者面前。看起來，這樣做會給觀眾留下更加清晰、更加深刻的印象。然而，這樣做實際上卻是得不償失。因爲流行版中對絕情谷、對公孫止的描寫，非常精彩、傳神，妙處在於層層深入，即一層一層地揭開絕情谷及其谷主的神秘面紗，讓人看到其「道貌岸然」的高冠古服下的卑劣靈魂。

第一層次，一開始，人們看到的絕情谷如同仙界，這一仙界的最高領導人公孫谷主自然如同神人（他出場時還是這樣）。第二層次，人們發現他要結婚，而且還爲爭奪小龍女而與楊過大打出手，這個時候，大家才發現他不過是一個凡人。第三層次，當他將楊過和自己的女兒一起推下鱷魚潭的時候，進而聽裘千尺說她的不幸遭遇，我們會覺得他簡直是一個魔鬼。第四層次，當裘千尺講述往事的時候，我們又慢慢覺得，公孫止其實不過是一個自私自利的卑鄙小人，即不過是一個大男子僞裝下的小男人，其英俊容貌、高雅裝扮、端莊禮儀的背後，不過是一顆壓抑變態的可憐靈魂。

而在新修版中，作者讓公孫止這一人物從一開始就表現出如此卑鄙的行徑，如同早早地給這個人物畫上了一個壞蛋的臉譜，反而失去了層層揭秘之巧。金庸小說之妙正在打破臉譜標籤，對人性的隱秘及其種種變態寓意深刻的揭露。若只有一張簡單地臉譜，那還有多少人性認知價值和審美趣味？

進而，上述描寫不僅故意貶低了公孫止的武功，實際上也歪曲了他的個性形象，楊過在他的背上亂拍亂打，他不斷說「好舒服，再打！」「勞你駕，舒服得很！」之類，違背了此人不苟言笑、裝模作樣的本來性格，也沒有顧及他是一個武功高手，一個谷主、一代宗師身分。在鱷魚潭裏，公孫小姐曾說其父親「行爲端方，處事公正，谷中大小人等都對他極爲敬重。」可見即便此人是個岳不群式的僞君子，也必然有自己的習慣性僞裝，言行小心翼翼，以便欺世盜名。

對這樣的人，我們還可以換個角度看，即在常溫常壓下，他真的有可能「行爲端方，處事公正」；只有在溫度或壓力超出他的正常承受範圍，才會變得異常，或者露出其重重包裹裏面的真實面目。而新修版中公孫止的這種表現，完全不像是一個（僞）君子，而簡直像是一個地痞兼惡霸。

進而，在新修版第十八回中，作者還安排了另一段情節和再一次曲折。那就是：公孫止用「陰陽倒亂刃法」，大力將小龍女擊中，小龍女就勢倒地；楊過不假思索地施展「亭亭如蓋」一招，以做愛姿勢護住小龍女；小龍女在楊過襠下出劍，擊中公孫止的小腹；楊過立即拉起小龍女，兩人雙劍齊出，指向公孫止雙眼；公孫止小腹受傷、雙眼被指，只能束手就擒；然而小龍女和楊過並不擒住對方，而是將雙劍交給公孫綠萼，然後表演接吻，以至於被公孫止抓住機會，反將楊過制住。

這一情節無非是要再一次證明公孫止是一個毫無道德的卑鄙傢伙，楊過和小龍女再次放過他，他非但不認賬，反而對楊過變本加厲。只不過，這一寫法，已經沒有任何新鮮感了。作者新編「亭亭如蓋」這一匪夷所思的做愛姿勢武功，原來不僅是要讓楊過和小龍女虛擬性愛遊戲，挑戰其理智力量；而是要在這裏反敗爲勝，制伏公孫止。如此千里伏流，草蛇灰線，可謂煞費苦心。只不過，這兩個人到最後卻還是要反勝爲敗，以便與原來的楊過被抓獲的情節接上榫頭。

問題是：既然前一次公孫止已經明顯說話不算數，楊過和小龍女兩人怎麼能不接受教訓，竟然對此人如此大意毫不防範，以至於再次上當受騙？就算小龍女天真無知、心地純潔，楊過的機敏和智力何在？作者這樣寫，豈不是連楊過的機智聰明也被貶低了？更不用說，楊過當眾親吻小龍女，第一不符合楊過的生活習慣；第二不符合楊過的個性；第三、忘卻了情花毒未去，不能如此動情；第四、（新修版中）只讓小龍女毒發疼痛，而讓同樣中毒的楊過安然無恙（這樣一來，楊過就顯得更不是個東西了），不符有關情花之毒的原理及其敘事邏輯。

這樣一來，公孫止的僞君子畫皮提前剝開，後面再出現任何卑鄙行爲，我們都不會感到驚訝，使得後面的情節衝擊力大大減小，剝奪了讀者的震驚快感。更重要的是，公孫止這一人物也就因此而成爲一個簡單臉譜式的壞蛋，人物性格的複雜性、人性的複雜性大大消滅，絕對是得不償失。

六、從金輪法王到金輪國師

新修版最大的情節改動之一，是有關金輪國師這個人的。首先是將流行版的金輪法王改爲金輪國師，即不再是西藏法王，僅僅是蒙古國師，在第十三回末有專門注釋。這一點，改動雖然大，但並無實際意義。

真正有意義的改動，在對金輪國師與郭襄關係的細節與情節方面。

新修版第三十八回，增加了大量金輪國師與郭襄相處的細節，總量超過三個頁碼。大致上說，新增加的篇幅及其情節思路是可信的。因爲金輪國師是真想收郭襄爲徒，而以他的智慧武功，想要與郭襄處好關係應非難事；另一面，郭襄的個性特別可愛，純潔而伶俐，只要國師答應陪她去找楊過，當能與國師和諧相處。甚至會學習國師的武功，當然，郭襄是否會像書中所寫的那樣聽信國師對楊過的友好表態，便對國師「俯伏在地，按照密教的禮節，向他五體投地的叩拜」，顯然還是一個疑問。至於國師是否會與郭襄談及她與楊過的關係，是否會教授郭襄驅除煩惱的六字大明咒和瑜伽密乘，郭襄是否會說「不學驅除煩惱的法門」進而說「我喜歡心裏有煩惱」這樣的哲理，也必會仁者見仁，智者見智。

新修版第三十九回，增加了幾個自然段，敘述郭襄被綁上高臺的經過，重點表述了金輪國師曾堅決不允並大罵忽必烈的使者；進而由大汗下旨，國師無可奈何的態度。如此更切合國師的宗教身分和收徒誠意。進而，在後文中還提及國師「終不忍真的便舉火將她燒死」，「憐惜郭襄，聲音竟然啞了……」後來更是出人意料地從火焰中救出郭襄交給楊過，條件不過是讓郭襄再叫一聲師父。最終還以自己的生命再次拯救郭襄，贏得了人們的由衷欽敬。金輪國師的故事結局徹底改變，他的形象也扭轉乾坤，應算新修版的一大貢獻。

然而綜觀金輪國師的形象，其實算不上成功。作者如此方便地將西藏金輪法王改爲蒙古金輪國師，就是一個例證。若是此人與西藏血肉相連，就不宜改動。進而，在絕情谷中，他對楊過的態度逆轉，寫得也很簡單化。他對趙志敬的收買，也是有頭無尾。新修版中他與郭襄相處，也缺乏內心情感與理智的矛盾衝突。

屠龍刀、聖火令、畫眉筆——《倚天屠龍記》新修版中三大問題研究

金庸先生對《倚天屠龍記》的最新修訂，也像其他作品的修訂一樣，有得也有失，有些修訂好壞參半，有些修訂可有可無，亦有應修訂而沒有修訂的。

其中修訂得好的地方自然有很多。例如第三回中，龍門鏢局總鏢頭都大錦誤將俞岱岩交給西域少林派中人，新修版中增加了若干對話，表現了這個總鏢頭應有的謹慎。*再如第十二回中，常遇春入蝴蝶谷，帶來武當七俠給張無忌和胡青牛的禮物。**同一回中也增加紀曉芙說明受傷情形的敘述，***這才前後一致。新修版第廿六回中交代了楊逍等與張無

---

*在這裏，我使用的流行版是北京三聯一九九四年五月第一版，簡稱三聯版；新修版則使用廣州出版社、花城出版社二〇〇五年六月第二版，簡稱廣州花城版。

**在流行版中，武當派的人完全不理睬胡青牛，甚至也不再關心張無忌。於情於理都說不通。現在這樣改，就顯得武當派中人通情達理得多了。

***在流行版中，張無忌初見紀曉芙的時候，看到她左肩、左臂負傷，但紀曉芙在回憶受傷情形時，竟然完全沒有提及左肩左臂受傷經過。新修版專門提及，便顯得周到許多了。

忌分頭行動的線索，*彌補了流行版的漏洞。第三十九回，謝遜在少林寺被囚的洞窟中畫了四幅畫，揭露周芷若的真面目，**新修版將這段情節全部刪除，當然修訂得好。宋青書之死，流行版中是被張三豐打死，新修版中改爲自己死去，***自然新勝於舊。

修訂得不好的例子也有不少。

例如第二回張三豐悟道情節中，流行版語言簡潔，令人嚮往；而新修版則大量引述老子語錄，大掉書袋，實在不如不改。再如將天鷹教的口號，由原來的「日月光照，鷹王展翅」，改爲「日月光照，騰飛天鷹」。並沒有改好，若要修訂，當以「日月光照，天鷹騰飛」爲好。

---

*張無忌與楊逍等人原來就約好一起去迎接謝遜，但流行版中，張無忌似乎忘記了他們的約定而獨自行動，新修版改正了這樣的情況，讓楊逍先行準備，如此才前後一致。

**在第三十九回中，謝遜曾提醒張無忌到地牢中細細察看。其中的漏洞是：一、為何瞎子偏要畫畫，而不寫字？二、謝遜如何能夠畫出他從未見過的趙敏、周芷若之區別？三、謝遜的行為與他此時懺悔與寬宥的心態如何相符？

***宋青書雖然該死，但由張三豐親手打死，未免有點殘忍，畢竟宋遠橋只有這一個兒子，更何況，這個人現在已經徹底殘廢，何必還要如此殘酷？讓他自己死，那就是另一回事了。

再看修訂得好壞參半的例子。

其中最典型者，是新修版第十回中增加殷素素挺身而出的情節，維護丈夫，並主動向俞岱岩承認錯誤，敢做敢爲，從而光彩照人。但其中她對俞岱岩的語言**（說讓他斬斷自己的一條手臂之類）**，以及俞岱岩對她的態度，仍然有明顯瑕疵。

再如第二十回中，寫張無忌初見外公殷天正，新修版注意到張無忌的心態，當然很好，但作者說殷天正此時也正是想到了已死的女兒、女婿，就過分了。在同一回中，張無忌看到外公與宋遠橋大伯的比武，想到自己父親母親或許正常，但作者卻讓年紀老邁的殷天正、身材發福的宋遠橋在張無忌的眼裏，直接「化」成年輕的殷素素和張翠山，恐算不上好文章。

再看可有可無的修訂。

新修版第十六回中寫張無忌在絕谷中修煉九陽真經，提及九陽真經的來歷，就屬於此例。再如第廿五回中增加的周顛插科打諢，第三十七回書中華山派高老者的俏皮話，這些都是有其不多，無它也不少的修訂。

再說該修訂而沒有修訂的例子。

例如第七回書中，謝遜說空見建議他去尋找屠龍刀，並找到刀中秘密，顯然不妥當。＊

再如第二十回中，陽頂天的遺書最後一段中寫「余將以身上殘存功力，掩石門而和成昆共處。夫人可依秘道全圖脫困……」＊＊第廿四回中，張三豐被空相打傷吐血後說：「少林派金剛般若掌的威力果是非同小可，看來非得靜養三月，傷勢難癒。」但到了第廿五回開頭，張無忌擔心老人家的身體，張三豐卻說：「火工頭陀內功不行……我的傷不礙事。」如此就自相矛盾了。第三十四回中，周芷若在大都客棧之中將多嘴的僕役阿福點了穴道，踢入床底。此後就再也沒有提及此人的下落，未免有點草菅人命。

上述種種，若是要一一細說，那需要一張超長的清單。

這裏，我們重點討論作者在新修版中對屠龍刀與倚天劍的線索、聖火令及其明教內部政治鬥爭、張無忌與四個姑娘之間的愛情線索這三大問題的修訂。

＊之所以說不妥，是因為空見神僧來找謝遜的目的，不是要幫助謝遜復仇，而恰恰是要消弭謝遜的仇恨心，如何還會做出那樣的建議？

＊＊這一寫法的不合理之處是，陽頂天應該知道其夫人是在與成昆偷情，而不是被對方脅迫，他應該知道其夫人不願意失去成昆；進而，陽夫人早已知道並熟悉了明教的秘道，何勞陽頂天的囑咐？

一、屠龍刀：秘笈兵書藏何處

新修版中改動較大的情節線索之一，就是有關屠龍刀和倚天劍的線索。

流行版第三十九回的回目名稱爲《秘笈兵書此中藏》，是因爲周芷若將已經斷了的屠龍刀和倚天劍帶到少林寺，最後被張無忌發現。

這一情節有明顯的不合理處，具體說：一、正常人誰會將刀劍和傷患綁在一起呢？二、更重要的是，周芷若早已經拿到了兵書和秘笈，爲何還要將斷刀、斷劍帶到少林寺來？這豈不是讓周芷若主動提供自己的罪證？

對此，新修版進行了重要修正。即讓周芷若將斷刀、斷劍留在了荒島之上，然後張無忌派明教天鷹旗堂主李天垣與彭瑩玉率眾去島上將斷刀、斷劍取回。爲說明時間的合理性，作者專門讓張無忌在少林寺「又過了十餘日」。＊

＊張無忌交代任務一幕，見廣州花城版第四冊第一三七〇頁，李天垣攜刀、劍回歸，見第四冊第一三九一頁。

與此相關的另一個問題是，在流行版的設計中，《武穆遺書》和《九陰真經》是分別直接藏在屠龍刀和倚天劍中。其中問題也非常明顯：一、屠龍刀曾多次被火煅，什麼材質的兵書秘笈藏在裏面能夠避免烈火焚燒和強力煅打？二、兵書和秘笈的抄寫本要怎樣的簡單，才能夠裝在刀、劍的柄中而不顯累贅（尤其是倚天劍的劍柄中）。

對此，小說中也作了重要修訂。即所謂「兵書秘笈此中藏」，並非說兵書和密笈直接藏在刀、劍之中，而是說刀劍之中藏有能夠找到兵書、秘笈的資訊和地圖（這個資訊和地圖是有字的鐵片，安裝在刀劍的柄中，因而不怕焚燒煅打）。鐵片上刻了「武穆遺書，九陰真經，驅胡保民，是爲號令。」也就是說，周芷若是從屠龍刀、倚天劍中取得地圖資訊，然後按照資訊到「普渡山桃花島」去取《武穆遺書》和《九陰真經》，這就變得更加合情合理了。桃花島是郭靖、黃蓉的家，將重要的兵書、秘笈藏在島上就天衣無縫。

由於周芷若所獲秘密資訊是屠龍刀、倚天劍中分別藏有獲取《武穆遺書》和《九陰真經》的地圖和提示，所以周芷若在東海無名荒島上將屠龍刀和倚天劍偷到手之後，所得就不是兵書和秘笈，而是鐵片上的地圖和提示。因而在新修版的第三十四回中，周芷若的行動路線和行爲方式就有了重大改變。

在流行版中，周芷若自離開丐幫之後，就一直與張無忌在一起，直到婚禮的舉行。之所以如此，當然是因爲此時的周芷若已經開始修煉九陰真經。而在新修版中，由於九陰真經藏在桃花島，周芷若必須找機會離開張無忌而前往桃花島，找到九陰真經並儘快開始修煉。

恰好周芷若發現張無忌和趙敏不約而同地走進往日約會的飯店，自然會大大喝醋生氣，她不再玩自殺遊戲，*而是主動離開了張無忌，離開了大都。

這一修訂，使得人物性格和小說的情節更加合理。

首先，周芷若是一個具有雄心壯志的人，甚至是一個野心勃勃的人，當然不會安心爲張無忌當一個全職太太，肯定要回到自己的陣營，主持門派工作。

其次，自從獲得九陰真經的地圖和提示之後，周芷若便處在這樣的一種矛盾之中。若是真的熱愛張無忌，當然就不捨得離開他，無論如何都要與情郎在一起。若是更熱愛權力，那就要鍛煉武功，當然就要找到九陰真經並儘快加以修煉。周芷若在張無忌身邊逗留了一段時間，趙敏的出現，爲她提供了離開張無忌的藉口。

---

*這是一段很長的故事，也很有趣味，尤其是韓林兒對周芷若的情感態度，讓人莞爾。其中關鍵，正是周芷若的「自殺遊戲」。周芷若顯然並不是真的要自殺，因為她自殺之前，故意到韓林兒的房中悶坐了半天，將韓林兒搞得神魂顛倒，不能入睡，然後周芷若自殺，韓林兒自然會在第一時間發現並將她解救下來。

再次，流行版中周芷若的「自殺遊戲」未免有點做作，對周芷若的形象多少有點傷害，同時又難以表現周芷若的內在矛盾和衝突，似乎周芷若對張無忌當真傾心相愛，完全是因爲嫉妒趙敏而要以自殺威脅張無忌。現在一怒而去，周芷若完全不用做作，而能達成隱秘的目標，外人卻被蒙在鼓裏。如此造成了情節懸念。

最後，分別之後，張無忌也多了一次向周芷若登門求親的機會，使得他們的婚姻故事更加自然合理。即大大好過流行版中，周芷若與張無忌一路同行直至正式舉行婚禮的那天。爲此，小說中增加了若干情節，讓張無忌前往求婚，增加了這一婚事的可信度。進而，讓周芷若有機會向懂得九陽真經和武當內功的張無忌請教，也使得周芷若練習九陰真經的真實性和可能性大大增加。

順便說一句，新修版和流行版唯一的讓人疑惑之處，是何以周芷若從海上歸來，便沒有任何人質疑或反對她與魔教大魔頭張無忌的交往甚至結婚？峨嵋派的那個鐵杆反對黨丁敏君到哪裡去了？難道是因爲周芷若武功高了，就不再有人反對她與峨嵋派及其前掌門人滅絕師太的宿敵明教教主，即魔教大魔頭相親相愛？

到目前爲止，新修版對屠龍刀和倚天劍及其內部秘密的情節線索的修訂，都非常順暢，甚至稱得上完滿。比流行版的設計和敘述當然要好得太多。

只不過，還有一個大的問題，如何讓斷裂的屠龍刀和倚天劍出現在少林寺？

小說的第三十九回是《秘笈兵書此中藏》，必須讓張無忌獲得擁有屠龍刀並以此「號令天下」的資格，那就必須讓斷刀、斷劍出現在少林寺，讓明教銳金旗主吳勁草將斷刀接上，讓張無忌得到周芷若偷盜屠龍刀和倚天劍的鐵證。

既然流行版中，周芷若將斷刀、斷劍帶上少林寺，並將它們與受傷的宋青書捆綁在一起的情節不合情理，那麼應該怎樣讓屠龍刀和倚天劍出現才算合理呢？

我們看到，作者在新修版中設計了這樣的情節思路：讓黃衫女子，即活死人墓中楊過的後人從周芷若的武功中判斷其武功來路肯定是來自九陰真經，從而知道她偷了倚天劍；進而從周芷若身上取得證據，交給張無忌；張無忌再派人去無名荒島周芷若曾住過的山洞中將斷刀、斷劍找到，送到少林寺來。

這樣的設計思路雖然不是最好，當然也不是不可以，只要黃衫女子將周芷若身上的證據找來，後面的情節就全都順理成章了。

於是，問題的關鍵，就是這個黃衫女子，她會不會如此多事？

流行版第三十八回結尾，黃衫女子（**楊過的後人**）救了謝遜，並說要讓周芷若嘗嘗「九陰白骨爪」的滋味，謝遜求情，黃衫女子說了一句「金毛獅王悔改得好快啊！」便從周芷若身邊退開，本回結束。如此乾脆俐落，也符合隱士身分。

新修版第三十八回的結尾處，增加了許多篇幅。其中不少是黃衫女子的篇幅：首先她要伸手到周芷若懷裏掏出一個小小包裹；其次是要審問周芷若；再次是要告訴張無忌屠龍刀和倚天劍的下落；進而對張無忌說：「這對刀劍以後就由你保管吧！號令天下，驅除胡虜，保障生民，正該善用此刀劍！」

這一段修訂，並非完全不合情理。但小說的敘述中，卻有諸多不符合小說的敘事肌理處。具體說：

第一，黃衫女子就算知道周芷若所練九陰真經多半是從倚天劍中得來，最多是問清楚來歷，如何就直接對周芷若搜身？

第二，更大的問題是，黃衫女子搜了周芷若的身，但卻並沒有直接搜到《九陰真經》和《武穆遺書》，而只是搜到了兩塊鐵片、幾句指示、一張桃花島的地圖。這實際上是一個小小的漏洞，因爲《九陰真經》和《武穆遺書》都應該在周芷若的身上（**若非如此，後來趙敏如何能夠從她身上偷到這個？**），黃衫女子搜了周芷若的身，但卻又沒有發現這兩本書，豈不是漏洞？

第三，黃衫女子對張無忌說「這對刀劍以後就由你保管吧」，這話聽起來似乎能夠表現黃衫女子的俠義心腸、對張無忌的好感，但骨子裏卻是傲氣沖天，以爲自己是武林泰斗，而完全不像是一個「世外高人」。她並非武林泰斗，更不是郭靖、黃蓉的後代，有什麼資格說讓張無忌來保管屠龍刀和倚天劍呢？與她相比，峨嵋派掌門人周芷若反而有部分繼承權，因爲她畢竟是郭襄的嫡系傳人。

第四，如此一筆，既語焉不詳，卻又讓張無忌隱隱明白，不僅減少了後來張無忌得知真相時的震驚力度，實際上也降低了張無忌的智力水準。張無忌是不喜歡胡亂懷疑人，或者是過於相信人，當然也是不願意懷疑周芷若對他如此欺騙陷害，但他並不是傻瓜，只要別人給出一點線索，他就應該全然明白。對張無忌而言，要麼將揭露真相的時間提前，要麼乾脆別說。像現在這樣吞吞吐吐，說一半留一半，對張無忌的智慧水準肯定是一種傷害。

進而在三十九回中，黃衫女子與張無忌告別，張無忌請她示知芳名時，新修版又增加了一段：「黃衫女子檢衽還禮，從懷裏掏出一個小包，交給張無忌，說道：『種種疑竇，由此索解。』這個小包，正是她適才從周芷若懷中摸出來的。張無忌接在手裏，茫然不解。」這一修訂同樣有問題。即：她第一次與張無忌說到「屠龍刀和倚天劍歸你保管」的時候，爲何不將這東西交給張無忌，而要把說話、交貨分開來？要麼是黃衫女子第一次告訴張無忌秘密之後就馬上離開；要麼是乾脆等到這次告別時再將包裹交給張無忌，並囑咐張無忌，然後離開。無論怎樣，都要比現在這樣重複且囉嗦，卻又語焉不詳要好些。

更好的辦法，當是讓趙敏在周芷若懷中取出《武穆遺書》和《九陰真經》的時候，同時取出鐵片，然後根據鐵片推測出屠龍刀和倚天劍的秘密，進而讓張無忌派人去取斷刀、斷劍。是否在少林寺範圍內讓斷刀復原，其實並不重要，因為張無忌無論在何處，都可以將復原的斷刀派人送給少林寺方丈，而少林寺方丈都可以原封不動地退回給張無忌，讓張無忌擁有武林盟主的信物屠龍刀。

二、聖火令：明教內的政治鬥爭

流行版很少直接寫到明教內部的政治路線鬥爭，即使寫到，大多是一筆帶過。在武俠小說中，這樣的寫法總體上來說無可厚非。或許是考慮到小說的主角張無忌是明教教主，所以在新修版中，增加了不少有關明教內部事務、宗教規章、政治鬥爭方面的內容。

新修版對這方面的增訂，作者的設想也許很好，但放在小說中看，卻是問題多多。下面我們分別說。

1、關於聖火令

關於聖火令，新修版爲此增加了許多新的情節內容，值得專題研究。

首先是張無忌和小昭在明教的秘道中，不僅發現了前教主陽頂天的遺書，還同時發現了陽頂天手書的明教聖火令，即三大令、五小令。從此，這一資訊貫穿此後的明教重要情節。例如第廿四回開頭，張無忌和韋一笑前往武當山救援，韋一笑攔路搶馬，新修版增加了一句：「（張無忌心想）……陽教主傳下聖火大令三條、小令五條，將來務須遵從。」這很自然。

在第廿五回結尾處，明教群英在蝴蝶谷聚會中，新修版突出了有關聖火令的話題，主要是張無忌當眾宣讀《聖火令》的三大令、五小令。*

新修版增加這一大段情節篇幅，實在很難說是必要，更說不上成功。

在明教的聚會上，教主張無忌要作政治報告，當然並無不可。但這部武俠小說，政治

*這一段情節內容共有五個自然段，詳見內文

報告不可過長，更何況，張無忌本身並不是真正懂得政治的一個領袖，所以他的政治報告的場面及宣示的「聖火令」在這裏宜點到為止，而不宜大肆渲染。

值得討論的要點是：

第一，其中「聖火令第一大令」，即「第一令，不得為官做君。吾教自教主以至初入教弟子，皆以普救世人為念，決不圖謀私利。是以不得投考科舉，不得應朝廷徵聘任用，不得為將帥丞相，不得做任何大小官吏，更不得自立為君主，據地稱帝。於反抗外族君皇之時，可暫以『王侯』、『將軍』等為名，以資號召。一旦克成大業，凡我教主以至任何教眾，均須退為平民，僻處草野，兢兢業業，專注於救民、渡世、行善去惡，不得受朝廷榮銜、爵位、封贈，不得受朝廷土地、金銀賜與。惟草野之人，方可為民抗官、殺官護民；一旦為官為君，即置草民於度外矣。」——這並不像是一條條令，更不像是刻在聖火令上的條文。因為條令就是條令，不必有那麼多的解釋。更何況那些解釋中，又有許多嘮叨的話。

第二，在這一次聚會上，明教的抗元事業才剛剛正式開始，此刻特別強調聖火令的第一大令，即不許明教徒當官做宰、不許接受朝廷的任何封贈榮銜等等，實際上是無的放矢，此時根本沒有這個必要。

第三，有趣的是，作者讓張無忌在這裏鄭重其事地宣布聖火令第一大令，而後來卻又讓張無忌眼睜睜地看著韓林兒稱帝、朱元璋稱王、無數教徒稱大將軍、大元帥，這實際上是讓張無忌自己打自己的嘴巴。作者雖然試圖解釋，在抵抗外族入侵的戰爭中，明教徒爲了方便起見，可以稱王稱帥稱將，這實際上又等於是自我否定，或者自我修訂，相當於美國的「憲法修正案」。既然如此，那又何必要在此鄭重其事地宣布、宣示、講解？

第四，這不過是明教的中層以上的幹部會，主要的目的是要讓大家團結起來，一致對抗元朝統治。而且希望大家團結一切可以團結的力量，要遵守教規、軍紀等等，總之，有許多更實際的話題可以作報告。而作者偏偏僅僅是宣布聖火令的第一大令，是典型的無的放矢。

第五，上面的最後一段，試圖將「高建牆，廣積糧，緩稱王」的說法與明教聖火令聯繫起來，但明教聖火令說的是不許稱帝也不許稱王，而朱元璋此時已稱「吳王」，實際上已經違背了聖火令。這又有什麼說頭？

總之，在這裏插上一段聖火令第一大令，即明教徒不許做官云云，實在是有些考慮欠周到，以至於有些莫名其妙。這一段實在算不上是好的修訂。

進而，在第三十回中，新修版增加了一段：「原來這聖火令共十二枚，這六枚上刻的是武功，另外六枚刻的是明教教規三大令、五小令。這十二枚聖火令乃當年波斯『山中老人』霍山所鑄，他在其中六枚上刻了他畢生武功的精要。十二枚聖火令和明教同時傳入中土，向爲中土明教教主的令符，年深日久之後，中土明教已無人識得六枚聖火令上的波斯文字。中土明教則在空白無字的另六枚聖火令上刻了三大令、五小令的中土教規。」這一段無所謂好與不好，作者既然要突出聖火令上的實際教規內容，當然要設計這一教規的來由。

第三十四回，張無忌與周芷若同行，說到自己有歸隱之意，周芷若大爲不解，暗示逐走胡虜之後，明教教主大有可爲（當皇帝）。新修版增加了張無忌的話，涉及聖火令。「張無忌道：『我才幹不足以勝任教主，更不想當教主。何況我教上代教主留有遺訓大戒，我教教眾不得爲官作府、爲帝爲皇，縱然驅除胡虜，明教也只能身處草野，護國護民，決不能自掌天下權柄。將來如天下太平，這一教之主，更非由一位英明智哲之士來擔當不可。』周芷若道：『明教上代當真有這樣的規矩？如若將來的皇帝官府不好，難道明教又來殺官造反、重新幹過？我瞧這條規矩是要改一改的。你年紀尚輕，目下才幹不足，難道不會學麼……』」這一段增補，很難說好。功成身退，毫無權力欲望，原本是張無忌的天然本性，現在卻夾雜著明教的規章制度，如此，張無忌性格特點反而部分模糊。

在新修版第四十回中，作者增加了小昭從波斯給張無忌送來書信和另外幾枚聖火令，張無忌帶領明教高層重溫聖火令全部內容的情節。這一問題其實也很簡單，那就是作者在這裏抄錄了聖火令的全文，未免顯得囉嗦和拖遝。張無忌率領大家重溫聖火令，或許是可能的，但小說作者是否有必要將學習材料全文一一抄錄，則大可商量，這不符合金庸小說簡潔生動原則及其一貫風格。

在閱讀聖火令的時候，我們還會進一步發現，聖火令的內容本身實在過於囉嗦，不斷重複，太多廢話。例如聖火令第三大令是「不得自相爭鬥」，前提應該是第二小令中所述的「同教教眾，即爲兄弟姊妹，情同骨肉，重情重義，生死不渝。」但作者將這二者分別當成一令，顯得很不簡潔。

如前所說，第一大令中的囉嗦幾乎隨處可見，既然說了「不得做任何大小官吏」，又何必說「不得應朝廷徵聘任用、不得爲將帥丞相」？既然說了「不得受朝廷封贈」，又何必說「不得受朝廷土地、金銀賜予」？繼而，既然說了「不得爲官爲君」，後面竟然有「可暫以『王侯』、『將軍』等爲名，以資號召」與之相對，小問題是，打仗時用將軍號召或許可以理解，用王侯之名有何必要呢？大一些的問題是，所謂「大令」者，應該是明教的「憲法」，而後面「於反抗外族君皇之時」，則最多只能是「憲法修正案」，即不能與憲法並列，更沒有直接寫入憲法正文的道理。這一「憲法修正案」，實際上應該是由張無忌在這次明教最高層領導會議上建議通過的，若由陽頂天建議通過，也須寫明，否則就會影響這第一大令的嚴肅性與可行性。更大的問題是，明教當真有不可作官爲君的教令嗎？方臘爲前代著名教主，他不就稱王稱帝了嗎？（方臘稱王稱帝可不是為了抗擊外族入侵）

由此可見，作者寫得越多，帶來的問題也會越多。在這一情況下，對於政治歷史的具體內容，實在不宜過於精細。否則會讓讀者有更多的挑剔餘地。

總體上說，新修版中增加的有關聖火令的情節內容，沒有什麼意義。非但沒有爲這部作品增添光彩，反而增加了不少累贅，甚至自相矛盾。

2、朱元璋率兵威脅張無忌

新修版第三十六回的結尾，增加了六頁半的篇幅。重點是寫朱元璋率領二萬兵馬來少林寺聽命，表面上說是要幫助明教奪回金毛獅王謝遜，實際上卻是要向張無忌等明教最高層領導人耀武揚威。

小說的增訂，意義實在不大，所帶來的負面因素卻很多。

朱元璋率部出現的第一段就不妥。問題一，正如張無忌所想，此事不符合武林規矩，哪有率領大軍來參加武林大會的道理？問題二，作者讓張無忌爲朱元璋的到來並駐紮找到了一個理由，那就是可以威懾少林寺，讓他們不敢提前加害。但，少林寺本來就沒有提前加害的打算，再說，張無忌等人眼睜睜地盯著少林寺，少林寺如何敢提前加害謝遜？還有，看守謝遜的少林寺三老僧早已向張無忌保證，要保護謝遜的安全。如此等等，這一條理由實際上也不能成立。問題三，也是其中最大的問題，是本應該讓下屬朱元璋來少林寺拜見教主張無忌，而現在卻讓張無忌率領左右光明使等高層領導去登封看望朱元璋。這是啥禮俗？

接下來的段落中說到韓林兒稱帝，問題是：

第一，歷史上曾稱帝的韓林兒與小說中的這個對張無忌無比崇敬的韓林兒相互「打架」。此前不久，韓林兒還曾對張無忌說「那時候啊，教主做了皇帝，周姑娘做了皇后娘娘，楊左使和彭大使便是左丞右相，那才叫好呢！」沒過多少時間，這個韓林兒竟然自己做起皇帝來，這怎麼可能？

第二，在新修版中，作者專門強調明教的三大令五小令第一條，就是禁止明教徒稱王稱帝，而這裏卻又說在戰爭期間這一條可以不執行，這就出現了兩個相互關聯的問題，一是既然如此，作者還要讓張無忌再三強調這一條禁令幹什麼呢？二是，張無忌本人既然再三強調這一禁令，爲何聽到韓林兒稱帝的事毫無反應呢？說到底，所謂戰爭期間可以稱王稱帝之說其實不通：戰爭期間需要元帥、將軍、校尉一類便於軍事指揮的軍職與軍銜，當真有稱皇帝的必要嗎？要稱皇帝，也該是明教教主張無忌才合乎道理啊。若張無忌不願稱帝，那就只有兩種可能，即一是張無忌退位，讓另一個人當教主兼皇帝；二是張無忌繼續當教主而沒有任何明教徒敢擅自稱帝。現在的情況，正是自相矛盾。

接下來講述郭子興與朱元璋等歷史人物的真實歷史，這一段其實也沒有必要。本書是武俠小說，而不是歷史小說，更不是歷史，沒有必要讓小說中人物強行向歷史靠近，否則就會有太多的裂縫，補不勝補。

進而，新修版大寫朱元璋公開質疑趙敏的身分，並逼迫張無忌表態，到底是站在明教一邊，還是站在蒙古人一邊。搞得張無忌、趙敏幾乎難以下臺，最後不得不表示退出中原到蒙古去定居……這一大段敘事，看起來似乎也有些道理，假如張無忌遇到這樣的質詢，真的不知道怎樣說爲好，只有趙敏表示自己的立場，才能化解這一場危機。可問題是，這一場危機，本來就是子虛烏有。這一段故事中的朱元璋，根本不是小說中或歷史上的那個殘忍霸道且老謀深算的朱元璋，在如此情勢未明、沒有勝算的情況下，他率領大兵，公然逼宮，要達到什麼目的呢？是要逼迫張無忌馬上下臺，讓他當明教教主？從小說中看，那是一點可能性都沒有。那麼，他到底要達到什麼目的呢？為何要如此赤裸裸地表現自己的野心，甚至甘冒生命風險來玩這一場無意義的遊戲呢——按照這部武俠小說中楊逍、范遙、韋一笑、周顛等人的性格，為了維護張無忌這一難得能夠號令明教無所不從的教主，對一切反對教主的人都會當場拍案而起。只要有任何一個人拍案而起，朱元璋就會吃不了兜著走，更不談明教最高領導層群起而攻之了。也就是說，這一段故事，從朱元璋那邊看，是毫無道理；而從楊逍這邊看，同樣也是沒有道理的：他們哪有如此之好的涵養，不當場喝斥甚至嚴重處罰朱元璋呢？

另一方面，這一段在簡單化老謀深算的朱元璋的同時，對張無忌等明教最高領導層的政治覺悟則未免過於抬高，楊逍等人本來都是些性情中人，如何能夠容忍朱元璋如此放肆？而張無忌所謂「趕韃子」而不是「殺韃子」的政治目標，雖然頗符合張無忌一貫不喜歡殺人的性格，但對明教和抗元事業來說，如何說得通？這些話，只能是作者沒有必要的拉抬。

再說，趙敏在這裏的表現，也完全沒有性格可言。從大局看，現在元朝並沒有最後崩潰，她父親和哥哥還在力挽狂瀾，她如何能夠馬上自覺地離開中原，回到蒙古，永不回來？她是在中原長大，出生和成長於東京汴梁，後來生活在大都，蒙古草原已經沒有了她的家族親人，她到哪裡去？從性格看，趙敏這一鍾情之人固然能夠爲了情郎張無忌而忍辱負重，但以她的個性，對朱元璋這一卑瑣人物的狼子野心和陰謀詭計居然也甘心如此忍讓？

小說中接下來的大段內容，是張無忌到朱元璋的軍營裏去探訪慰勞士兵，朱元璋本人已經提前離開，而朱元璋的死黨李文忠等人，終於公開讓張無忌挑選朱元璋爲教主的接班人，這又多了一重不合理。此時，朱元璋不過是吳王，而不是宋國的龍鳳皇帝，他的頭上還有韓林兒。在韓林兒沒有死之前，至少在理論上，朱元璋還是要接受韓林兒的領導和指揮，要選擇新教主，就算不考慮楊逍等人，也應該先考慮韓林兒吧？在還沒有把握或把柄拿下韓林兒之前，作爲一個富有野心抱負和機心權謀的政客，朱元璋這樣做豈不幼稚荒唐？

總而言之，這一敘述段落，完全不符合這部小說的情節邏輯，也不符合小說人物的性格肌理。如此修訂，當屬嚴重失誤。

3、韓林兒之死、朱元璋的陰謀和張無忌的無奈退隱

在新修版的第四十回中，作者增加了下面的幾段情節。

其中第一大段，是彭瑩玉向張無忌報告：龍鳳皇帝韓林兒應吳國公朱元璋之請，從滁州遷往應天的途中翻船溺水而死，朱元璋下令將負責護送的大將廖文忠逮捕並將處死；彭瑩玉進一步報告說：這個廖文忠是冤枉的，因爲害死韓林兒實際上是朱元璋的旨意，廖文忠不過是執行者，現在則要擔當替罪羊。因此張無忌十分煩惱，深覺此事難以兩全，既不能讓廖文忠的這件大冤案在明教之中發生，又不能指責並處罰朱元璋，以免造成明教的分裂及抗元事業的挫折。張無忌與明教最高領導層商討了半天，也找不出一個善策，最終只能是做出一個「不管兵革戰陣，明教光明乾淨」和「明教正直光明，永保黎民百姓」的空洞決定。

這一段情節充分表現了明教作爲一個宗教團體，在處理政治問題時的尷尬。更表現了明教教主張無忌以及高層領導人在面對具體的政治問題、民族問題、戰爭問題和具體權謀與道德衝突問題的複雜局面時的無奈，這種尷尬與無奈，使得張無忌心中鬱悶，說他從這一刻開始萌生退隱之心，應該能說得通。因此這一段修訂，應該是貢獻大於損失。

小說中的另一情節段落，是張無忌與朱元璋的直接會面，不過地點由流行版的濠州改為應天府；參與會見的人物也由流行版的張無忌、趙敏二人改為明教高層人物集體會議；會見主題也就由流行版的朱元璋設計欺騙張無忌，改為明教高層推舉張無忌為明教義軍的正式大首領，號稱「明王」，但張無忌堅決反對，表示自己絕不會稱王。正在這時，波斯明教總壇派人給中土明教送來了另外六枚聖火令，張無忌與明教高層領導幹部重溫了陽頂天教主的遺囑、盼望明教上下一體遵奉《聖火令》的三大令、五小令，因為三大令的第一令就是「不得為官做君」，張無忌算是找到了為自己不願當明王的充分理由，最後終於將明教教務交由楊逍、范遙、彭瑩玉代理，自己則送趙敏前往蒙古，決心從此寄居蒙古，不回中土，日後教主一任，必須另擇賢能。

這一段故事情節，從大體上說，是馬馬虎虎可以接受。這樣寫張無忌與明教關係的結局，或許比流行版中張無忌簡單地受騙上當、純粹心灰意冷要好些。這裏突出了宗教精神與現實政治之間的矛盾，也突出了現實戰爭政治需求與張無忌的個人願望及其道德底線之間的矛盾。張無忌最終離去，顯得理由充分，也比較負責任，而不再是兒戲般地悄然隱退了。

當然，在抗元大業尚未最後完成之際，張無忌要退隱，而且還要退隱到蒙古去，且要在蒙古定居終生，是否能行，還是疑問。

總之，新修版對朱元璋和張無忌的關係寫得太多、太複雜了，有些過猶不及。

其實，張無忌要退隱，不用如此複雜。我們都知道：

第一，張無忌本來就不是一個熱心權力的人，他擔任明教教主，本來就是情勢所迫，勉爲其難，在接回謝遜且看到謝遜出家後，就應該、且必然要主動提出退隱，將明教教主的權力交給自己的繼任者。

第二，張無忌現在身邊有了趙敏，趙敏是蒙古郡主，爲了追隨張無忌，趙敏拋棄了自己的家庭、階級、民族，張無忌如何能夠帶著趙敏率領明教群雄與蒙古人繼續作戰，且很可能是與趙敏的父親和哥哥作戰？即使朱元璋不責備、不質詢這一點，張無忌自己也會想到這一點；張無忌不想自己，也應該想到趙敏。

第三，張無忌現在面臨的情況，是朱元璋在實際作戰之中逐漸坐大，其權欲逐漸膨脹，已經不是過去的那個朱元璋了。殺害韓林兒，只不過是一個小小的序曲而已。但，作爲明教的教主，這個時候又不能秉公處置朱元璋，因爲朱元璋羽翼已豐，且對抗元大勢具有重大的影響。

有了這三條原因，張無忌的退隱就是必然趨勢。在何種契機之下退，則成了一個很小的問題。當然，對這一線索，我們必須交代清楚。

三、畫眉筆：張無忌的情感線

張無忌的情感線，是指他與殷離、小昭、周芷若、趙敏四個少女之間的情感關係線索。在新修版中，張無忌與殷離的關係線索修訂得很少，可以忽略不計。作者對另外三個姑娘的形象及其與張無忌之間關係的修訂較多，需專題討論。

1、張無忌與小昭

小昭與張無忌的關係的修訂，開始時很細微。如第廿二回，張無忌被周芷若刺傷，新修版增加了一句：「……一時情不自禁，伸雙臂抱住了他的頭頸，叫道：『你不能死，你不能死！』」這一細節，恐怕有些欠考慮。雖合小昭感情，卻不符合她的性格，因爲她是一個靦腆而又有心計涵養的姑娘，在如此大庭廣眾之中，很難做出如此大膽舉動。

第廿二回，宋青書出面向重傷的張無忌挑戰，小昭挺身攔住對方，新修版中有些細微但重要的修改：「……張無忌柔聲道：『小昭，你爲什麼待我這麼好？』小昭淒然道：

『因爲……因爲你待我好，**我願意……願意為你而死！**』張無忌向她凝視半晌，心想：『就算我此時死了，也有了一個真正待我極好的知己。』**柔聲道：『以後，你做我的小妹子吧。』小昭緩緩點頭，喜悅無已。**」*這兩個細節，算不上好。小昭說自己願意爲張無忌去死，行動已經表現出來了，再用語言說出來未免多此一舉。考慮到小昭的個性，她可以做，但不見得會說。更何況，說出這句話，使這段感人的情節反而少了含蓄之美。張無忌感動之餘，讓對方以後做自己的小妹子，其實是一種不倫不類的表達方式。

新修版讓張無忌認小昭爲妹妹，恐怕是仁者見仁、智者見智。我本人對這種「認妹妹風」不以爲然。

第廿二回書中，楊逍向張無忌介紹小昭的來歷，新修版增加了一些內容，例如：「而且她的面貌和一個人十分相似，這個人和明教卻有大大的干係」，又如「只不過她所相似的那人離去已久，陳年舊事，我也沒太放在心上，諒這小小丫頭，凝得什麼？」再如：「當日光明頂上，張無忌給周芷若刺傷，小昭對他情急關懷、他說認了她做妹子，楊逍都

*黑體字是新修版增加的。

看在眼裏，知教主與她頗有情誼，原來對她所懷的敵意，便減了不少。」前面兩句話，彌補了流行版的一個很明顯的情節漏洞——在流行版中，楊逍說小昭「以她精通八卦方位這節來看，只怕不是崑崙，便是峨嵋派的了。」——這一漏洞的要點，是小昭的形象很像其母親紫杉龍王黛綺絲（**後來在大都的酒館裏，光明右使范遙一見小昭就說「真像，真像」便是最好的證明**），對此，楊逍應該有所察覺，所以說小昭是崑崙、峨嵋派的臥底根本就不能成立。新修版糾正了這一點，楊逍乾脆挑明說小昭像一個人。

只不過，這樣一來，卻又出現了新的問題，而且還不止一個問題，至少有兩個問題。第一個問題是，楊逍若誠心將張無忌當成教主，則小昭像明教紫杉龍王一事，就應該向教主張無忌說明白，對教主，不應該有任何隱瞞資訊的理由。第二個問題，若楊逍看出小昭與紫杉龍王形象相似，他就應該表明，之所以留下小昭，是想探聽破門出教的紫杉龍王的訊息；進而，以他對紫杉龍王身世來歷的瞭解，小昭來到光明頂曾到處尋找某物，又怎能說「小小丫頭，礙得什麼」這樣的話，而不去提醒張無忌對這個小小丫頭多做提防？

新修版第廿二回最後，張無忌離開光明頂時叮囑小昭，又增加了一句：「『……小妹子乖乖地等著我回來！』最後這句話說得甚輕，只她一人聽見。」對此，我不免有點擔心，在明教楊逍等超級高手面前如此輕聲耳語，恐怕還是會被聽到；更何況，這樣一來，張無忌的這種心理會讓他的行爲變得多少有些鬼祟。

新修版第廿三回的開頭，小昭要跟張無忌去，見到張無忌時大哭，張無忌勸導她不要哭，作者將流行版的「好孩子，別哭，別哭，別哭！」改爲「小妹子，別哭，別哭，別哭！」這一改動本身或許沒什麼，即使沒有正式認妹妹，張無忌也還是可以稱呼對方爲「小妹妹」的。但，緊接著修訂，味道就有些變了：

「張無忌微笑道：『小妹子，你將來長大了，一定美得不得了。』小昭笑道：『你怎麼知道？**現今不美嗎？』張無忌雙臂輕輕摟住了她，在她臉頰上一吻，說道：『現今好美，將來更加美得不得了！』小昭羞紅了臉，輕聲道：『教主哥哥，我要永遠、永遠跟著你，你肯嗎？』張無忌道：『我肯極了！』小昭道：『你可不許反悔？』**」＊如此味道實在不大對頭。張無忌顯得俗氣，小昭也變得放浪，兩個人的性格都有些變形，失去了流行版中那種含蓄動人的美感。

第三十回的最後，是小昭同張無忌告別時刻。在流行版中，小昭最後對張無忌說：「公子，你以後莫再記著我，殷姑娘跟我母親多年，對你一往情深，是你良配。」張無忌

＊文中黑體字是新增加的。

無法回答，只說：「咱們殺將出去，擒得一兩位寶樹王，再要脅他們送回靈蛇島去。」」新修版改成了兩人卿卿我我：「……張無忌低聲道：『我會永遠永遠記得你。我前晚做夢，娶了我可愛的小妹妹做妻子，以後這個夢還會不斷做下去。』小昭柔聲道：『教主哥哥，我真想你此刻抱住我，咱二人一起跳下海去，沉在海底永遠不起來。』張無忌心痛如絞，覺得如此一了百了，乃是最好的解脫，緊緊抱住了小昭，說道：『好，小妹子，咱二人就一起跳下海去，永遠不起來！』小昭道：『你捨得你義父，捨得周姑娘、趙姑娘她們嗎？』張無忌道：『我這時候想通了，在這世界上，我只不捨得義父和小妹子兩人。』小昭眼中射出喜悅的光芒，隨即又決然地搖搖頭，說道：『現今我可不能害死我媽媽，你也不能害死你義父。』」新修版的這一改動，實在很難說好。

流行版中，張無忌在要與小昭永別之際，六神無主，只想出了一個衝出去擒住一兩個寶樹王並進行要脅的餿主意，但這時候的張無忌是真正的張無忌，而且是純潔無瑕的張無忌。在新修版中，張無忌不合時宜地向小昭表達自己的愛意，說自己做夢娶其爲妻（**但卻不說自己做夢娶了四個妻子**），這實際上是一種極端自私的表現，因爲小昭爲了救母、救張無忌等人，已經決定犧牲自己的情感，要去做波斯明教的聖女教主，張無忌的情感表達只會讓她雪上加霜。進而，張無忌說自己此刻只捨不得義父和小妹妹（**小昭**），而不考慮趙敏、殷離和周芷若，這顯然是一種虛僞（**因為他做夢娶四妻，其中包括小昭，也包括另外三人**）。若不是虛僞，那就更壞，即是極端自私：見到小昭就說自己只關心小昭，但在三十一回中，他分明知道「我心中真正所愛，竟是那個無惡不作、陰毒狡猾的小妖女（**按：指趙敏**）」……如此，這個張無忌豈不是成了一個不折不扣的情感騙子？新修版這一個看似多情的張無忌，實際上成了一個只愛自己而不會真愛他人的人，變成了一個醜陋的玩弄少女情感的人。這個人，當然不是那個總是關愛他人而常常忘我的真正的張無忌。

最重要的修訂是在第四十回書中，作者讓小昭派人送來明教的另外六枚聖火令，還給張無忌寫來一封情書。內容是：「張公子尊鑒：自分別以來，沒一個時辰不想念你。你身子安好嗎？反蒙的大業順利嗎？奉上聖火令六枚，這本來是中華聖教的東西。你見到聖火令時，請記得萬里之外的小丫頭小昭。她的命運連這聖火令也不如，因爲她不能見到你，不能天天伴在你身邊。願明尊保佑你！我盼望終有一天能回到你身邊，再做你的小丫頭，那時我總教的教主也不做了。」

這一封情書看起來順理成章，實際上是畫蛇添足。

若小昭從離別之後就再無蹤影，其讓人懷想和感動人心的程度會有十分；若小昭派人給張無忌送來六枚聖火令而不寫信，其感人的程度也會有八分（**她心中的情感欲望與道德**

理智的矛盾如何能夠寫得出來？不如不寫）；若小昭給張無忌寫信，只關心張無忌的事業和身心，而不提及自己的情感態度（小昭關心張無忌是肯定的，但她自己的情感態度無論怎樣寫都無法完整表達），其感人的程度也還有六分。現在，作者選擇下下策，讓小昭寫信示愛，其中疑問多多：一、小昭已是波斯明教教主，竟如此不掩飾不克制自己的情感欲望，算什麼聖處女教主？二、小昭有感情，但也非常理智且有決斷，明知與張無忌今生無望，還會如此徒然亂心？三、小昭對張無忌一往情深，明知道張無忌身邊並不缺少美女，自己退出，對張無忌反而是一種解脫；若自己遠在萬里之遙還要作此情感表達，那無疑是要動亂張無忌的「軍心」，使得張無忌更加無法定情，這豈是小昭的初衷？

更加嚴重的問題是，這封情書看起來注重小昭的情感，但卻實際上貶抑小昭的獨立人格。在這封短短的情書中，「小丫頭小昭」和「再做你的小丫頭」之說竟然一再重複，與其說是小昭甘心為奴，不如說是作者的大男子主義情感心理作怪。在新修版中，小昭甘願做小丫頭、永遠做小丫頭，即甘心做妾、永遠做妾的想法、說法和做法被作者一再強調，變得十分突出，這就不免讓人懷疑作者「我自己心中，最愛小昭」之說，未免有些自私。如此情感，恐不是愛小昭這個人，而是愛小昭自甘永作小丫頭的這種無條件臣服於男子的姿態。

作為一個男子，我也喜歡小昭。但我覺得應該分清：一、男子的隱秘欲望是一回事，而一種可以公開的價值觀念則是另外一回事。在價值觀念上，應該對女性和男性同樣尊重，這才公平（這種公平實際上也是金庸小說的一貫原則）。二、男性的隱秘欲望，不能以貶抑女性的人格尊嚴作為前提或基礎——小說中的小昭一度對張無忌以奴婢身分自居，這是可能的；但要說永遠做小丫頭就是小昭的真實意志和內心願望，則顯然缺乏個體性格和普遍人性的依據。三、若把小昭的被明顯貶抑的奴性人格作為欣賞和玩味的對象，且對這一姿態大加渲染，問題就會更加嚴重。

2、張無忌與周芷若

第十七回書中，成年張無忌與周芷若重逢，作者在新修版中對周芷若的形象作了修訂。流行版中，張無忌眼中的周芷若形象是：「只見她清麗秀雅，容色極美，約莫十七八歲年紀。」而新修版中則是：「只見她清麗秀雅，姿容甚美，約莫十八九歲年紀。」新修版中，周芷若的年齡增加了一歲左右，而容貌卻減扣了二三分，從「極美」降到了「甚美」。作者為何要如此，我不知道。

第三十一回中，謝遜要讓張無忌與周芷若訂婚，周芷若猶豫不決，原因是她知道張無忌心中另有所愛。流行版中說是「他心中實在喜歡趙姑娘，我是知道的。」新修版改成了：「他心中真正喜歡的是殷姑娘、是趙姑娘、是小昭，我知道的。」新修版的這一改動，看起來很有道理，但這樣一來，周芷若的情敵未免太多，而她心中的張無忌就成了一個見異思遷的花花大少。實際上，周芷若的情敵始終只有一個人，那就是趙敏，由此看來，新修版的改動，並不十分合適。

新修版改動較大的，是周芷若在無人荒島上對張無忌吐露了滅絕師太逼她發誓不許與張無忌真情相愛的情節，其中牽涉一連串的問題。

首先，是周芷若向張無忌透露滅絕師太逼她發誓不許與張無忌真情相愛的訊息，當然有可能。但這牽涉到作者敘事安排的問題，前面滅絕師太在萬安寺中逼迫周芷若發誓，已經爲讀者所知；新修版在後面還專門安排了一段《往事依稀》（這個問題我們後面專門討論），讓周芷若回憶萬安寺發誓情形，再後面還有周芷若向張無忌透露萬安寺被迫發誓的情節，如此，一段往事被重複多次，在敘事上說，並非好事。相比之下，流行版的處理方式其實更好。

其次，張無忌在這裏也向周芷若透露了一個「秘密」，那就是當時在萬安寺見到趙敏要劃破周芷若的臉的時候，張無忌說曾在心裏發誓，說若是周芷若的臉被劃破，他就要娶周芷若爲妻。這一說就非常荒唐了。理由之一，當時的情況十分緊急，張無忌根本就沒有「在心裏發誓」的時間。理由之二，當時張無忌最多只不過是對周芷若有好感，也知道周芷若對自己似乎有點好感，如此而已，在這樣的情況下，如何會有那樣的誓言？理由之三，雖然張無忌曾表白自己願意娶面容醜陋的殷離爲妻，看起來張無忌似乎真的不在乎對象的容貌美醜，但我們清楚地知道，當時張無忌發誓要娶殷離，並不是主動的選擇，而不過是爲了安慰殷離而已。不論美醜之說，其實不大靠得住，而張無忌在這裏發誓，似乎專門收羅醜女爲妻，更是言不由衷，顯得虛僞。最後，張無忌若當時沒有這樣的想法，也不可能有這樣的想法，如今竟對周芷若如此表示，那麼張無忌成了什麼人呢？

有意思的是，殷離突然發問：「阿牛哥，真的嗎？」此問一語中的。張無忌所說，當然不是真的。作者讓他虛構假誓言，不過是爲了透露其價值觀念，即「誰真正對我好，我也真正對她好」。這一價值觀念，在缺少主動性層面上說，似乎很像張無忌；但在更深的情感品質層面上，這一價值觀念其實不過是自私的打算，爲了籠絡對方，隨時可以製造出當年如何在心裏發誓的說辭。如此一來，新修版將這個張無忌變成了一個言不由衷的情感騙子。

第三十四回，新修版中，增加了一個周芷若吻張無忌胸口傷疤（這傷疤是周芷若用倚天劍留下的）的細節。此一細節，無可無不可。

3、關於《往事如煙》

新修版第三十八回的結尾，增加了周芷若的一大段回憶，長達八頁，並為此專門列出標題：往事如煙。

這段《往事如煙》純粹多餘，甚至是狗尾續貂。

在新修版中，作者在許多書中都插入了大段的《往事如煙》，似乎有一種新的癖好。而絕大部分的《往事如煙》都不成功，有不如無。

在這部書的第三十八回中，《往事如煙》正式開始之前，作者就將敘事焦點集中到周芷若身上了，後面才是《往事如煙》的正文。若新修版的第三十八回結尾處僅僅加了以上幾段，雖然不無囉嗦，但勉強還能讓人接受。但作者卻並不以此為滿足，只是把上面的這幾段作為長篇《往事如煙》的一段小小的序幕。

關於《往事如煙》，我的看法是：

第一，這樣的專門段落，不符合小說的慣常體例，實際上也不符合這部作品的基本敘事風格。在小說中加上一個《往事如煙》的小標題，顯得不倫不類。

第二，這一長段往事回憶，其實不過是幫助或代替作者敘事。其中一部分內容，張無忌和讀者都早已知道了。在這裏重複，毫無新意，如扎眼的補丁。

第三，這一段往事中有關屠龍刀和倚天劍中的秘密，似有揭秘作用，但也可以說是「洩密」。使讀者不能與張無忌同步感受揭秘時的震驚效果。進而，周芷若在荒島上的暴行揭秘，由於沒有等到恰當時機，也有洩密的嫌疑。

第四，這段回想不符合周芷若的性格。此人胸有城府、心思深邃，且不會懺悔，因而在這裏大規模地展現周芷若的心理活動並不恰當。

第五，在這一場合中，周芷若會有怎樣的心理，需要作深入的研究或設計。而她對張無忌的矛盾心理，她的內心情感欲望與道德理性的矛盾掙扎，她對殘害殷離和趙敏一事的懺悔，後面應該有專門且更好的機會（**例如她「見鬼」〈即見到殷離〉之後與張無忌重逢時就是說出秘密、懺悔自己的最佳時機**）。

4、張無忌與趙敏

第廿七回中，趙敏問張無忌，她和周芷若誰更美，張無忌衝口而出說：「自然是你美！」新修版又加了一小段：「趙敏大喜，問道：『你不騙我嗎？』張無忌道：『我心中這樣想，便衝口而出，要說謊也來不及了。』」增加這一段，實在沒有多大意思，衝口而出說出實情本來就很好，至於兩人此刻的心理活動，留足空白讓讀者去想像，實際上比說出來更好。張無忌本身就從來不會說謊騙人，此刻卻說什麼「要說謊也來不及」似乎他平常習慣說謊，甚至喜歡說謊。

第廿八回中，趙敏突然咬了張無忌一口，流行版中寫的是：「張無忌……不知她為何突然咬自己一口，卻見她眼中滿是笑意，臉上暈紅流霞，麗色生春，雖然口唇上黏著兩撇假鬚，仍是不掩嬌美，不禁疑團滿腹。」新修版改為：「……卻見她眼光中滿是笑意，柔情脈脈，盈盈欲滴，張無忌從她的黃臉假鬚之後，心中見到了她的豔麗嬌美。」這一修改，彌補了流行版的一個漏洞，那就是趙敏明明化了妝，臉上塗抹了黃粉或黃油之類，張無忌無論如何也不可能看到她的臉色，新修版說張無忌看到她「眼中滿是笑意、柔情脈脈、盈盈欲滴」當然沒有問題。說張無忌「心中見到了……」雖然不無做作，但也勉強可以接受。新修版這一段真正的問題，是改正了前者的漏洞，同時卻又忽略了另一點，那就是趙敏突然咬張無忌一口，流行版中說張無忌「不禁疑團滿腹」，這是非常準確的，新修版刪除了這一句，使得張無忌的反應失卻了核心要素，沒有落在疑惑的焦點之上，造成了新的遺憾。

第廿九回中，謝遜問趙敏為什麼要施展與敵同歸於盡的「人鬼同途」、「玉碎昆岡」、「天地同壽」等自殺招數，趙敏說因為看到張無忌情致綿綿地抱著（受傷的）殷離，張無忌大為感動，流行版中，張無忌對趙敏說：「下次無論如何不可以再這樣了。」新修版中增加了一句，變成了：「我對你才情致綿綿，你以後無論如何不可再這樣了。」新增加的這一句，突出了張無忌的主動性，勇敢地向趙敏表達自己的情感，看起來很痛快，但張無忌在四女同舟之際，能不能做這樣勇敢的表達？這是一個問題。照我看，這是作者說的，不是張無忌說的。

第三十二回，趙敏曾向張無忌作衷心表白。流行版是：「不錯，從前我的確想殺你，但自從綠楊莊上一會之後，我若再起害你之心，我敏敏特莫爾天誅地滅，死後永淪十八層地獄，萬劫不得超生。」這一番表白，一片赤忱且乾脆俐落，但在新修版中，作者仍有改動：「不錯，從前我確想殺你，但自從綠楊莊上一會之後，我就萬分捨不得張無忌你這小鬼了。我若再起半分害你之心，我敏敏特莫爾天誅地滅，死後永淪十八層地獄，上刀山、下油鍋，受盡折磨，萬劫不得超生！」其中「我就萬分捨不得張無忌你這小鬼」之說既拗口又無味，而「上刀山、下油鍋」之說純粹是漢文化的迷信，如此發誓恐非趙敏所長。

第三十五回，趙敏對張無忌談及小昭時說：「謝她對我說了真話。那天小昭跟我們分別時，悄悄把我拉在一旁，對我說：『趙姑娘，我就要去波斯了，今後再也不能照料教主。他武功雖高，但心地太好，容易上人家的當，請你以後好好照顧他。我知你是教主的心上人，他寧可性命不在，也要回護你平安周全。』聽她這麼說，我自然開心得很。從來沒人跟我這樣說過，我盼望是這樣，但不知能不能是真。小昭是第一個這樣說的，我心裏當然感激她。我問她：『你怎麼知道？』她說：『我自然知道。我冷眼旁觀，早看了出來。我一心一意想做教主的小丫頭，永遠在他身邊服侍他，就算他娶了你做夫人，我也是這般待他。』」

上面這段話，讓人莫名其妙。第三十回最後，小昭同張無忌告別時明明說：「殷姑娘跟我母親多年，對你一往情深，是你良配。」怎麼又會對趙敏說對方是張無忌的良配？在這部書中，小昭對趙敏從來沒有好感，更不會對趙敏如此以「小丫頭」自居。而趙敏又是一個不會對張無忌說謊的誠實姑娘，怎麼會編出如此荒唐的謊言來？總之，這是一處明顯的敗筆。屬於嚴重修訂失誤。

接下來的一段有關趙敏從荒島脫險真相的對話，倒是很有必要。張無忌與趙敏同行，不可能不涉及荒島遭遇。趙敏所說是實，也合情合理。只可惜，作者讓張無忌「說不出話來」，故意不讓他繼續追問迫害趙敏的究竟是誰？另一方面，趙敏也沒有問張無忌，他們是否殺害了營救他們的水師官兵？

5、大結局：張無忌的情感與婚姻

再說新修版對張無忌與趙敏、周芷若之關係的處理。

對這一關係的結局，流行版已經處理得接近完美。即張無忌退隱，顯然是要與趙敏結婚，正在給趙敏畫眉。而周芷若前來逼迫張無忌踐諾，全書的結局是：「張無忌回頭向趙敏瞧了一眼，又回頭向周芷若瞧了一眼，霎時之間百感交集，也不知是喜是憂，手一顫，一枝筆掉在桌上。」這一結尾性格突出，矛盾昭彰，留白足夠，餘味無窮，堪稱小說敘事的完美典範。

但在新修版中，作者卻增加了七個自然段，寫趙敏讓張無忌出去問周芷若到底要張無忌幹什麼，周芷若說她要求張無忌可以與趙敏同居生子，但不許與趙敏正式舉行婚禮；張無忌竟然答應了；進而，張無忌甚至展開想像，覺得小昭和殷離也都可能會來嫁給自己。

新修版的這一結尾，是典型的畫蛇添足，讓人難以接受。理由是：

一、周芷若情不自禁地來找張無忌、糾纏張無忌甚至威脅張無忌，是可能的，也是可以理解和接受的。但若說周芷若當真明目張膽地提出不許張無忌與趙敏結婚，則是沒有任何根據和可能的，而周芷若自信張無忌在十年八年之後會一心想著她，只能是可笑的無稽之談。

二、周芷若提出的要求非常奇怪，即同意張無忌與趙敏同居，只是不許他們正式舉行婚禮，她到底要幹什麼？是要張無忌將「正妻」的位置虛位以待，留給她周芷若？在她傷害張無忌如此之慘後，她的這種信心從何而來呢？

三、周芷若提出不合理要求，張無忌竟然答應這一不合理要求，似乎他不用與趙敏商量，就可以決定與趙敏的共同生活方式。這顯然是對趙敏的極大不尊重。趙敏爲張無忌犧牲了一切，而張無忌如此報答趙敏，還說「不違背俠義之道」？實際上，這不僅違背了俠義之道，也大大違背了做人的基本道德。

四、更加荒唐的是，在發生了這一切之後，張無忌居然回到「夢娶四美」的原點，公然盼望並思慮有朝一日能夠美夢成真——他痛快地答應周芷若，不與深愛他且爲他拋棄一切的趙敏正式結婚，大概就是出於這一心理動機。

這一寫法，蔑視了趙敏，歪曲了殷離，玷污了小昭，也貶低了張無忌。

蔑視趙敏，理由如上所述。趙敏爲張無忌犧牲了一切，目的就是要嫁給張無忌爲妻。而張無忌如今竟不僅要她退出中原，還要她做一個不明不白的小老婆，這一選擇，對趙敏的蔑視可謂無以復加。趙敏是一個鍾情的少女，爲了愛情和婚姻可以不惜一切，但若面對如此蔑視，她還能甘心忍受，那就完全不是趙敏了。

歪曲殷離，理由也很明白。殷離「不識張郎是張郎」，無論是作爲一種心理疾病，還是作爲一種理智選擇，都已經既成事實。在心理上，想像中的張無忌當然永遠會比現實中的張無忌更加可愛；而在理智上，殷離一生的悲劇就是來自男人的三妻四妾，她最痛恨的正是男子在情感和欲望上貪得無厭，這樣一個人若沒有被嚴重歪曲，如何會甘心來當張無忌的小老婆？

玷污小昭，理由並不難以理解。小昭爲了張無忌而犧牲自己的情感，當了波斯明教總壇的聖處女教主，命運的悲劇和情感的高貴讓人肅然起敬，且必會永垂不朽。而現在，作者竟然讓張無忌完全無視於小昭的命運和身分，無視於小昭及其波斯明教的聖潔和尊貴，讓波斯明教聖處女教主來當張無忌的小老婆。不僅是對小昭的玷污，同時也是對宗教的褻瀆。

說這一結尾中對張無忌的貶低，有很多線索或理由。一，趙敏如此犧牲，而張無忌對趙敏的意志和情感態度竟然如此輕忽，這個張無忌算是一個什麼東西呢？這只能是作者對張無忌良知的貶低。

二，夢娶四美的確曾是張無忌的隱秘欲望，但那不過是在美夢之中，且已經成了張無忌成長過程中的「過去式」。殷離的夢中斥責，已經對張無忌的隱秘情感有所警示，張無忌也已經接受了這一警示。若說到最後，張無忌居然對自己的美夢進行理性認同並繼續期盼，那未免是對張無忌的道德理性的貶低。

三，張無忌的至愛只有一個人，那就是趙敏。這一點在小說中，已經是確鑿無疑的事實。所有讀者都認同這一事實。在這部書的「後記」中，作者說張無忌「對於周芷若、趙敏、殷離、小昭這四個姑娘，似乎他對趙敏愛得最深，最後對周芷若也這般說了，但在他內心深處，到底愛哪一個姑娘更加多些？恐怕他自己也不知道。」這一論斷在哲學層面上或許可以成立，因為每個人都有可能不知道自己到底要什麼。而在文學上，這一論斷就有些問題了，尤其是在傳奇文學層面上，小說文本中已經分明寫到張無忌明確且公開表示了自己的真愛是趙敏，這應該是這個故事和這個人物的唯一權威論定。作者在小說本文之外再作猜測或論述，只能算是一家之言。而現在作者利用自己的話語權力，隨意篡改張無忌的情感立場，只能看作是作者對張無忌情感和人格的扭曲和貶低。

四，新修版最後一段，說「這四個姑娘，個個對他曾銘心刻骨地相愛，他只記得別人的好處，別人的缺點過失他全都忘記了，於是，每個人都是很好很好的。」這一結尾似乎是爲張無忌再度夢想四美同室辯護，但其中顯然故意混淆了好感、愛情、婚姻三者之間的區別。張無忌容易對人產生好感是一回事，對女性的愛情是另一回事，而選擇婚姻對象就更是有所不同了。若以此作爲張無忌認真燃起三妻四妾的欲望理想，恐怕是對張無忌智力和形象的貶低。

總之，作者不讓張無忌最後選定自己的配偶，這一「最主要的更動」，其實是對張無忌形象的誤解和誤導，是一個明顯的敗筆。

後記

近幾年來，金庸小說新修版的出版引起了金庸迷的興趣，也引起了許多爭議。我閱讀過一些作品的新修版，有些話想說。二〇〇五年底，還曾在臺灣淡江大學做過有關金庸小說新修版的專題演講，從去年下半年開始，就有意識地將以前幾年閱讀金庸小說新修版的札記整理出來，於是就有了這本書。

說起來，我與金庸小說新修版還有過一段特殊的因緣。

數年前，我在電視連續劇《神雕俠侶》劇組中當文學顧問，製片人張紀中收到金庸先生尚未複印的《神雕俠侶》新修版校樣，他立即送給我參考，我發現其中幾處該改而沒有改，就發電子郵件告訴了張紀中，張紀中立即將我的電子郵件轉發給了金庸先生，當晚接到金庸先生從澳大利亞打來的電話，讓我將全部校樣看完，給他直言不諱地提出意見和建議。我答應了，並奉命給金庸先生寫出了《〈神雕俠侶〉吹毛求疵錄》。其中大部分意見和建議都被金庸先生採納。於是應邀為此後的若干部新修版寫《吹毛求疵錄》，直到《天龍八部》修訂結束。後來我去美國做訪問研究，最後兩部書我就沒再繼續參與了。

這幾年，極少數的知情者希望我出版這一系列將近百萬字的《吹毛求疵錄》，但我無法同意。因爲我的有些意見和建議被金庸先生採納，有些則沒有，出版我的《吹毛求疵錄》必須引證金庸先生修訂稿的校樣，沒有得到金庸先生許可，我當然無權這樣做。

這本書中所涉及的《書劍恩仇錄》、《碧血劍》和《射鵰英雄傳》三部書，我並沒有參與其中，是看到出版後的新修版之後的閱讀札記整理出來的。我雖然曾給《天龍八部》的修訂版提過許多意見和建議，但我的這份閱讀札記也只是按照出版後的新修版重新做出引證、判斷和分析。正式出版物之外的修訂消息，不該，也沒有必要在這裏多說。

二〇〇七年的春節長假，我是在電腦前度過的。爲了趕緊整理出這一書稿，不得不調整原定的去外地休假過年的計畫。如此，我的女兒和太太也不得不放棄外出度假的機會，陪我在家中過年，有時候還要幫我查閱資料。等到書稿完成之日，太太已經結束假期開始上班，而女兒過幾天也要開學了，我耽誤了她們應有的假期，想起來當真抱愧！

最後，我想借此機會，感謝出版社的社長及編輯先生！

陳墨

武俠品賞六部曲 之6

修訂金庸（下）

金庸小說新版評析

金庸改版令你大驚奇

作者：陳墨
發行人：陳曉林
出版所：風雲時代出版股份有限公司
地址：10576台北市民生東路五段178號7樓之3
電話：(02) 2756-0949
傳真：(02) 2765-3799
執行主編：朱墨菲
美術設計：許惠芳
行銷企劃：林安莉
業務總監：張瑋鳳

初版日期：2019年12月紀念版初版一刷
版權授權：陳墨
ISBN：978-986-352-756-5
風雲書網：http://www.eastbooks.com.tw
官方部落格：http://eastbooks.pixnet.net/blog
Facebook：http://www.facebook.com/h7560949
E-mail：h7560949@ms15.hinet.net
劃撥帳號：12043291
戶名：風雲時代出版股份有限公司
風雲發行所：33373桃園市龜山區公西村2鄰復興街304巷96號
電話：(03) 318-1378
傳真：(03) 318-1378
法律顧問：永然法律事務所 李永然律師
北辰著作權事務所 蕭雄淋律師
行政院新聞局局版台業字第3595號 營利事業統一編號22759935

國家圖書館出版品預行編目資料

修訂金庸（下）金庸小說新版評析：金庸改版令你大驚奇
／陳墨 著. -- 臺北市：風雲時代，2019.10- 冊；公分

ISBN 978-986-352-756-5（下冊：平裝）

1.金庸 2.武俠小說 3.文學評論

857.9 108013711